Zdenka Becker

*Taubenflug*

*Für Inka*


Grafische Gestaltung: Dorothea Löcker, Wien
Umschlagabbildung: © Chris Keller/bobsairport.com
Druck und Verarbeitung:
Druckerei Theiss GmbH, St. Stefan im Lavanttal
ISBN 978-3-85452-645-2

Informationen über das aktuelle Programm
des Picus Verlags und Veranstaltungen unter
***www.picus.at***

Zdenka Becker

# *Taubenflug*

Roman

Picus Verlag Wien

# 1

Heute wurde Tereza Poláková, die Erzfeindin meiner Mutter, die einst ihre beste Freundin war, zu Grabe getragen. Und heute sah ich ihren Sohn Daniel nach mehr als sechsunddreißig Jahren wieder. Wir standen am Grab seiner Mutter und wussten nicht, was wir reden sollten. Was sagt man einem Mann, der einem einmal sehr nahegestanden ist, an den man viel gedacht hat, der ein Teil der eigenen Geschichte ist? Daniels älterer Bruder Gregor war vor vier Jahren gestorben. Seine Asche wurde nun am gleichen Tag beigesetzt wie der Leichnam seiner Mutter, beide in das Familiengrab der Poláks. Seine Mutter Tereza war am Tag des Begräbnisses meiner Mutter gestorben. Es war ein Chaos, an das ich nicht gerne zurückdenke. Und schon gar nicht an den Tag, an dem ich erfuhr, dass meine Mutter gestorben war.

Tereza und meine Mutter Klára waren nicht nur beste Freundinnen seit ihrer Jugend, sondern auch verwandt. Ich weiß nicht mehr genau, wie, aber ich glaube, dass ihre Mütter richtige Cousinen waren.

Obwohl meine Mutter in den letzten dreißig Jahren eine offene Feindschaft zu Terezas Familie gepflegt hatte, hielt ich Kontakt zu allen Poláks. Zu allen außer Daniel. Keiner hatte Kontakt zu Daniel. Niemand wusste, wo er war. Er meldete sich nie und antwortete auch nicht auf die Briefe, die ihm die Eltern und der Bruder an die ungarische Adresse eines Taubenzüchtervereins schrieben. Ich schrieb ihm nicht.

Und dann erwartete Gregors ältere Tochter Anna ihr erstes Kind. Veronika, Annas Mutter, war meine ehemalige Schulkollegin und eine langjährige Freundin. Unsere Freundschaft überstand nicht nur ihre Hochzeit mit Gregor, der, wenn es nach dem

Wunsch unserer Mütter gegangen wäre, mein Ehemann hätte werden sollen, sondern auch die Jahre, die wir durch Stacheldraht getrennt waren.

Ich freute mich auf Annas Kind, als ob es mein Enkelkind wäre. Zuerst hieß es, dass es ein Mädchen werden sollte, dann wieder ein Junge, aber es war letztlich sowohl Anna als auch Veronika egal. Der errechnete Termin kam, es verging ein Tag, dann der nächste und nichts geschah. Der Arzt sagte, dass alles in Ordnung sei, dass er noch zuwarten wolle. Ich rief mehrmals an und fragte nach, ob es schon Anzeichen für eine bevorstehende Geburt gebe, wurde aber jedes Mal enttäuscht. Schließlich sagte mir Veronika, ich solle nicht mehr anrufen, es mache Anna nur nervös, wenn alle Verwandten und Freunde sich mehrmals am Tag über die Ankunft des neuen Familienmitglieds informieren wollten. Wenn das Baby da sei, würden sie es mich wissen lassen. Ich wartete geschlagene zehn Tage und konnte mir nicht vorstellen, warum der Arzt die Geburt nicht einleitete, da läutete endlich mein Telefon.

»Hallo, hier ist Veronika«, sagte meine Freundin, und bevor sie weiterreden konnte, fiel ich ihr ins Wort. »Ein Mädchen oder ein Junge?«

»Das weiß ich nicht«, sagte Veronika, und erst da erkannte ich, dass ihre Stimme eigenartig klang. »Deine Mama liegt tot neben mir auf der Straße, mit einem Tuch zugedeckt. Wir warten auf den Leichenwagen.« Sie begann zu schluchzen.

»Was?«, schrie ich. »Wieso?«

»Ich war mit ihr beim Arzt. Sie hat mich darum gebeten. Und dann, als wir auf die Straße gingen, passierte es.«

Ich verstand die Welt nicht mehr. Veronika, die meine Mutter all die Jahre für ihr »verpfuschtes Leben« verantwortlich gemacht hatte, begleitete sie auf ihren eigenen Wunsch hin zum Arzt. Was ging da vor sich?

»Der Arzt hat ihr gesagt, dass ihr Herz sehr schwach sei und dass sie sich schonen solle und dass im Prinzip dem Alter entsprechend alles in Ordnung sei.«

Das Herz meiner Mutter war schon seit einigen Jahren sehr schwach gewesen. Im vorangegangenen Sommer war sie zweimal im Krankenhaus gewesen, weil ihr die Hitze stark zugesetzt hatte. Sie war auf der Geriatrie gelegen und hatte gesehen, dass es dort viel schlimmere Fälle gab als sie. Erst zwei Tage zuvor hatte sie mir am Telefon gesagt, dass sie dort die ganze Zeit gebetet habe, dass Gott sie vor langer Bettlägerigkeit und Windeln verschonen möge.

»Ich komme am Wochenende«, sagte ich ihr, »wahrscheinlich erst am Sonntag.«

»Warum erst am Sonntag?«

»Ich habe viel zu tun.«

»Wenn du nur nicht früher kommen musst«, sagte sie müde, und ich dachte, dass das wieder einer ihrer Tricks sei, um mich zu manipulieren.

»Wie ist es passiert?«, fragte ich Veronika, die immer noch schluchzte und sich schnäuzte. Ich weinte nicht. Ich war zu überrascht und fühlte mich überfahren. Der Schock ließ mich kaum atmen. »Wie ist es passiert?«, wiederholte ich.

»Wir sind zum Taxi gegangen. Ich hatte gerade mit meinem Handy eines bestellt. Und deine Mama jammerte, weil wir ein paar Schritte, sogar ein paar Stufen, hinuntergehen mussten. Sie war sehr erschöpft, blieb alle paar Meter stehen und murmelte etwas vor sich hin. Aber ich konnte das Taxi nicht vor das Ärztehaus bestellen, weil dorthin keine Autos fahren dürfen. Es ist eine Fußgängerzone. Auf den Stufen ging ich vor ihr, damit sie, falls ihr schlecht werden sollte, nicht hinunterstürzte. Als ich etwa auf der vierten Stufe von oben war, drehte ich mich nach ihr um und sah, wie sie, gerade auf der zweiten Stufe, versuchte, sich auch mit der linken Hand am Geländer anzuhalten. Sie drehte sich leicht weg von mir, das alles wirkte wie in Zeitlupe. So stand sie wie versteinert ein paar Sekunden, und ich sah sie nur an und konnte nicht einmal schreien. Ich wusste sofort, dass sie im Stehen gestorben war. Erst als ihre Knie einknickten, begann sie nach unten zu sinken. Ich hielt sie auf und wunderte mich, wie leicht sie war. Es wäre für mich nicht schwer gewesen, sie hinunterzutragen, aber ein junger Mann kam mir zu Hilfe, nahm mir die Last ab und brachte sie auf den Gehsteig. Er zog ein kleines Messer aus seiner Jackentasche, riss Kláras Bluse auf und begann mit Wiederbelebungsversuchen. Glaub mir, als ich das Messer sah, bekam ich Angst, aber er sagte mir, während er die Brust deiner Mama regelmäßig drückte, dass er als Sanitäter ausgebildet sei. Inzwischen kamen zwei Ärzte aus dem Ärztezentrum und ein ganzes Team mit Notarztwagen, die versuchten, Klára mit Sauerstoff und Stromstößen von den Toten zurückzuholen. Rund um uns standen Passanten, die vom nahen Supermarkt her zusammenliefen und den Wiederbelebungsversuchen zusahen. Aber am schlimmsten war, dass plötzlich jemand eine Filmkamera zog und alles filmte.«

Ich war fassungslos. Nicht nur, dass meine Mutter plötzlich gestorben war – die Nächsten sterben immer unerwartet –, auch dass sich jemand die Freiheit genommen hatte, den intimsten Vorgang im Leben eines Menschen, der sich nicht mehr wehren konnte, auf Video zu dokumentieren, um es vielleicht seinen Freunden auf einer Party vorzuführen, war mir zu viel.

»Deine Mutter starb im Stehen, wie eine Königin«, sagte Veronika gefasster als zuvor.

»Ich komme morgen«, sagte ich und war mir nicht ganz sicher, ob ich die Fahrt von Wien nach Bratislava schaffen würde. Meine Knie zitterten, der Kopf drohte dem Überdruck nicht standzuhalten. »Kannst du mir bei den Formalitäten helfen?«

»Natürlich«, sagte Veronika. »Leider kenne ich mich bei Begräbnissen ganz gut aus.«

Erst dann fiel mir Anna ein. »Ist das Kind schon da?«, fragte ich.

»Nein, aber sie ist schon im Kreißsaal.«

In der Früh fand ich ein SMS auf meinem Handy: »Heute in der Nacht kam unser Sonnenschein Laura auf die Welt. Anna und Clemens.« Zumindest das, dachte ich. Eine gute Nachricht. Eine sehr gute Nachricht.

Ich setzte mich ins Auto und fuhr nach Bratislava. Als ich den Grenzübergang Berg passierte, wusste ich immer noch nicht, wohin ich eigentlich fahren wollte. In die Wohnung meiner Mutter oder zu Veronika – oder gleich in ein Bestattungsinstitut? Ich entschied mich, zu meiner Freundin zu fahren. Ich läutete an ihrem Haustor, aber es meldete sich niemand. Als ich mich nach dem dritten Läuten abwandte, um ins nahe Kaffeehaus zu gehen und auf Veronika zu warten, kam sie um die Ecke. Sie trug zwei Einkaufstaschen und ging auf mich zu. Nachdem sie die Taschen auf dem Boden abgestellt hatte, umarmten wir einander.

Sie kondolierte mir, ich gratulierte ihr. Ein Leben ging und ein anderes kam. Wir saßen auf der Couch in Veronikas Wohnzimmer und wussten nicht, ob wir weinen oder uns freuen sollten. Veronika stand auf und ging zum Schreibtisch, auf dem die Urne ihres Mannes Gregor stand. Links ein Foto, auf dem sie mit Gregor vor dem Eiffelturm lachte, rechts das Foto der beiden Töchter Anna und Lena bei der Silberhochzeit der Eltern. Mir fiel auf, dass Gregors Uhr auf der Urne lag. Es war die Uhr, die ihm meine Mutter vor Jahrzehnten zur bestandenen Matura geschenkt hatte. Es war die teuerste Uhr, die sie hatte kaufen können, ein Schweizer Uhrwerk, das immer noch funktionierte. Mit dem wertvollen Geschenk hatte sie ihm zeigen wollen, wie sehr sie ihn schätzte und als Familienmitglied gerne begrüßt hätte. Ich war nicht sicher, ob Veronika von dem Geschenk wusste, deshalb schwieg ich. »Das ist alles, was von einem Menschen übrig bleibt«, sagte sie und deutete auf die Urne. »Nur Staub und Asche.«

Später fuhren wir in die Stadt. Veronika kannte sich bei Begräbnissen wirklich gut aus. Sie wusste, welches Bestattungsinstitut das billigste war, welche Gärtnerei die frischesten Blumen und Kränze lieferte, welche Druckerei die Parten am schnellsten druckte. In weniger als drei Stunden war alles für die Feier am darauffolgenden Samstag im städtischen Krematorium in der Nähe von Bratislava vorbereitet. Wir hatten drei Tage Zeit.

Gemeinsam fuhren wir zu der Stelle, wo meine Mutter gestorben war. Es war ein hässlicher Platz in einer Siedlung mit schmutziggrauen Plattenbauten und schäbigen Grünflächen, die entweder halb kahl oder von Unkraut verunstaltet zwischen den Häusern lagen. Der einzige bunte Fleck war ein Billa-Supermarkt, der in der trostlosen Umgebung geradezu wohltuend rot-gelb funkelte. Die Treppe, auf der meine Mutter gestorben war, war vom Frost bröckelig. Einige der Auftrittsflächen waren so beschädigt, dass es kaum möglich war, daraufzusteigen. Es wunderte mich nicht, wenn alte Menschen hier stolperten und stürzten.

Ich machte ein paar Fotos. Mit dem Blick auf die zweite Stufe von oben sagte ich leise: »Hoffentlich geht es dir dort, wo du bist, besser. Herr, bitte, hilf ihr.« Der Dialog mit Gott ist mir immer noch wichtig, auch wenn ich aus der katholischen Kirche schon längst ausgetreten bin. Der Anlass dazu war der Skandal um den damaligen Erzbischof und Kardinal von Wien, der seine Schüler im Internat jahrelang missbraucht hatte. Und als der Bischof zu den Vorwürfen eisern schwieg und seinen Posten trotzdem behielt, trat ich aus der Kirche aus, wie viele Katholiken in Österreich. Erst später musste er abdanken. Ich dachte damals an Gregor und Daniel und an den Pfarrer, bei dem sie als Kinder ministriert hatten. Ich konnte nicht anders, ich musste austreten.

»Ich möchte hier ein paar Blumen niederlegen«, sagte ich nachdenklich.

»Das hat keinen Sinn«, sagte Veronika. »Sie werden sofort gestohlen. Hier wird alles gestohlen, was nicht niet- und nagelfest ist.«

»Das macht nichts«, sagte ich und ging in den Supermarkt, wo ich an der Kasse einen Strauß halb verwelkter roter Rosen erstand. Ich legte die Rosen genau an die Stelle, wo die Ärzte laut Veronika versucht hatten, meine Mutter zu reanimieren.

In Mutters Wohnung war alles so, als ob sie nur kurz weggegangen wäre. Auf dem Couchtisch lagen Zeitungen vom Vortag und dem Tag davor, ein Fernsehprogramm für die ganze Woche, zwei altmodische Lesebrillen, ein offenes Etui, ein paar Zettel und Rechnungen und ihre heiß geliebte Schere, mit der sie alle Stoffe geschnitten hatte und die ihr, wie sie immer sagte, Glück brachte.

Auf dem Herd in der Küche standen drei kleine Töpfe mit Kartoffeln, Kohlgemüse und einem kleinen Stück Fleisch. Nach dem Menü zu schließen, war sie wohl gut bei Appetit. Auch im Alter und in der Krankheit. Sie hatte sich am Vortag in der Früh, noch bevor sie zum Arzt gegangen war, ein Mittagessen gekocht. Trotz ihrer Beschwerden und trotz ihrer Schwäche. Hätte meine Mutter gewusst, dass sie nicht mehr in ihre Wohnung zurückkehren würde, hätte sie mit letzter Kraft Ordnung geschaffen und Möbel und Böden blitzblank poliert, vielleicht sogar die Fenster geputzt, den Mist weggetragen, sie hätte sich die schönsten Kleider und ihre beste Wäsche angezogen, sie wäre womöglich noch zum Friseur gegangen, zur Pediküre und zur Maniküre, zu der sie schon seit Jahren nicht mehr gegangen war.

Als ich noch ein Kind war, ermahnte sie mich immer, frische Unterhosen anzuziehen, damit sie sich, sollte mir unterwegs etwas passieren, nicht meiner schämen müsste. Als ich dann ein bisschen größer war, wunderte ich mich darüber, aber sie war nicht davon abzubringen. Und als ich ihr vorwarf, dass ihr meine frische Unterhose und die Meinung der Nachbarn wichtiger seien als meine Sicherheit, schimpfte sie noch mit mir. Ich fühlte mich verraten und dachte, dass mich meine Mutter nicht genug liebte.

Entschlossen kippte ich die letzte Mahlzeit in die Toilette, räumte alle Lebensmittel aus dem Kühlschrank und der Speisekammer in Mistsäcke, vor allem die in diverse Säckchen verknoteten, krümeligen und undefinierbaren Reste, die verdächtig rochen, und warf sie in den Container vor dem Haus. Danach wusch ich den Kühlschrank aus, säuberte die Küche und saugte den Teppich. Ich wollte auch die halb verwelkten Blumen gießen, entschied mich aber, sie verdursten zu lassen und später wegzuwerfen, weil ich wusste, dass ich lange nicht mehr kommen würde.

Irgendwann läutete es an der Tür, ich machte auf. Es war die Nachbarin, die sich Sorgen machte, weil sie meine Mutter seit dem Vortag nicht gesehen hatte. Ich sagte ihr, was passiert war, und hörte mir an, was für ein angenehmer Mensch meine Mutter gewesen sei, wie gut sie sich verstanden hätten und wie wichtig es sei, anständige Nachbarn zu haben.

Endlich ging sie und ich blieb allein. Müde setzte ich mich auf die Couch und weinte. Leise, nach innen. Ich dachte nach, was ich falsch gemacht hatte, warum meine Mutter auf der Straße, an einem hässlichen Ort, hatte sterben müssen und warum alles so gekommen war. Dann ging ich zum Telefon und rief alle Verwandten, einen nach dem anderen, an, um ihnen zu sagen, dass Klára nicht mehr unter uns war. Ich redete mit jedem einige Minuten, erzählte, was passiert war, wann und wo die Verabschiedung stattfinden würde und dass ich mich schrecklich allein fühlte. Alle bedauerten mich, sagten aber auch, dass sie mir beistünden, sie wüssten ja, wie es sei, die eigene Mutter zu verlieren. Die meisten von ihnen hatten das schon hinter sich.

Einige von ihnen sprachen das aus, was meine Mutter immer gedacht hatte: Hättest du geheiratet, wärst du jetzt nicht allein. Ich versuchte, die Bemerkung zu überhören, sie tat mir weh. Was wissen die Verwandten schon von meinem Leben?

Zwei Wochen nach der Trauerfeier holte ich die Urne im Krematorium ab. Sie war ein etwa zwanzig Zentimeter hoher grauer Behälter aus Kunststoff, auf dem ein Etikett mit den Daten der Toten klebte. Vorname, Nachname, Mädchenname, Geburtsdatum, Sterbedatum, Einäscherungsdatum. Die Urne mit der Asche meiner Mutter wog schwerer, als ich gedacht hätte. Ich drückte sie an mich und überlegte, wo ich sie bis zur Beisetzung aufbewahren sollte. Zu mir nach Österreich wollte ich sie nicht nehmen. Ich wusste nicht, ob es überhaupt erlaubt war, die sterblichen Überreste eines Menschen, und sei es nur die Asche, von einem Land ins andere zu überführen. Bei Veronika sah ich Gregors Urne auf dem Schreibtisch stehen, das wollte ich meiner Mutter aber nicht antun, ihre Asche neben Gregors Asche zu stellen, weil sie zu Lebzeiten sehr böse auf ihn gewesen war. So brachte ich die Urne in ihre Wohnung und stellte sie auf den Esstisch im Wohnzimmer. Die Pflanzen waren inzwischen ganz vertrocknet. Das Einzige, das sich in der Wohnung noch bewegte, war die Uhr, die auf dem Sekretär stand und in der vier vergoldete Kugeln hin- und herschaukelten und einander jagten.

Einige Wochen später organisierte Veronika die Beisetzung der beiden Urnen. Gregor und meine Mutter sollten am selben Tag beerdigt werden. Ein Arbeiter, der die Gräber öffnen und nach der Zeremonie wieder schließen würde, ein Beamter als Zeuge und der Pfarrer waren für elf Uhr Vormittag bestellt. Anna und Clemens sollten mit dem Baby kommen und Lena mit ihrem neuen Freund Manfred. Und dann noch Veronika, ihre Schwiegermutter Tereza und ich. Sonst keiner.

Tereza, die immer wieder betont hatte, an dem Zwist zwischen meiner Mutter und ihr unschuldig gewesen zu sein, wirkte bei der Einäscherungszeremonie sehr betroffen. Sie umarmte mich herzlich und versicherte, mir weiter eine mütterliche Freundin sein zu wollen, zu der man mit jedem Problem kommen könne.

Als ich mein Auto vor dem Friedhofstor einparkte, sah ich Veronika auf mich zukommen. Sie war allein und völlig aufgelöst. »Ich glaube, Tereza ist etwas passiert. Ich wollte sie in der Früh abholen, aber sie öffnete nicht und hob auch das Telefon nicht ab. Zuerst dachte ich, sie ist auf dem Markt Blumen kaufen, aber dort war sie auch nicht. Und jetzt sind Anna und Lena zu ihr gefahren.«

»Vielleicht fährt sie mit dem Bus«, versuchte ich sie zu beruhigen, obwohl ich genau wusste, dass Tereza für eine Fahrt mit überfüllten Bussen oder Straßenbahnen nicht mehr stark genug war. »Oder mit dem Taxi. Du weißt, wie eigen sie ist. Vielleicht hat sie vergessen, dass du sie abholen wolltest.« Veronika winkte nur mit der Hand und biss sich in die Unterlippe.

Wir gingen durch eine lange Allee zu den Gräbern. In den Armen trugen wir Blumenstöcke. Veronika einen gelben für Gregor, ich einen violettroten für meine Mutter und einen weißen für meinen Vater, der schon vor Jahren gestorben war. Der Weg war lang, weil der Friedhof sehr groß war. Halb Bratislava liegt hier, dachte ich und las die Namen auf den Grabsteinen. Hin und wieder entdeckte ich bekannte Namen, sah aber absichtlich nicht auf die Geburtsdaten, damit ich mich, falls ich die Toten gekannt hatte, nicht aufregen musste. Einige von meinen Schulkollegen waren schon verstorben, Freunde aus Kindertagen, aus der Tanzschule.

Das Grab meiner Eltern lag im rechten Teil des Friedhofs, unweit der Leichenhalle. Die Urne mit der Asche meiner Mutter, die ich vorhin in der Wohnung abgeholt hatte, trug ich in einer Tasche. »Wo ist Gregors Urne?«, fragte ich besorgt, weil ich auf keinen Fall wollte, dass die Urnen im Chaos vertauscht würden, sodass Gregor neben meinem Vater landete und die Mutter im Grab der ihr verhassten Familie Polák. Das hätten mir die Eltern nie verziehen, vor allem die Mutter nicht.

»Sie ist im Auto«, sagte Veronika und seufzte. »Wenn Tereza heute etwas passiert, überlebe ich es nicht.«

Am Grab meiner Eltern stand ein kleiner Lieferwagen mit einer offenen Ladetür, in die ein Arbeiter gerade eine Bohrmaschine schob. Der Standesbeamte ging in der Nähe mit einer Aktentasche hin und her und sah dem Arbeiter zu. Als uns die Männer erblickten, blieben sie stehen.

»Das Grundwasser ist zu hoch«, sagte der Arbeiter. »Die Urne«, er zeigte auf die gelbe Urne meines Vaters im Gras, »stand im Wasser.«

Ich sah in die betonierte Grube, die etwa vierzig mal vierzig

Zentimeter groß und etwa dreißig Zentimeter tief war. Sie war leer und sauber. In der Mitte des Bodens klaffte ein Loch. »So kann das Wasser besser abfließen«, sagte der Beamte.

»Aber auch von unten aufsteigen«, sagte ich. »Können Sie die Grube nicht besser isolieren?«

Veronikas Handy läutete. Der Beamte sah sie tadelnd an, was sie gar nicht registrierte. Sie griff nach dem Mobiltelefon und entfernte sich ein paar Meter. Ihren Kopf nach vorne gebeugt, sprach sie aufgeregt in das kleine Gerät und sah verängstigt zu uns zurück. Inzwischen war der Pfarrer gekommen, blickte auch in das betonierte Loch, in dem inzwischen wieder die Urne meines Vaters stand, und erkundigte sich, wo das zweite Grab sei. Ich deutete hinter die Sträucher. »Nur ein paar Schritte von hier«, sagte ich und sah besorgt zu Veronika.

Der Pfarrer stellte seine Tasche ins Gras, entnahm ihr eine weiße Kutte und zog sie an. Über den Nacken und die Schultern legte er sich eine einfache violette Stola und nahm ein Gebetbuch in die Hand.

Als Veronika zu uns kam, zitterte sie so stark, dass ich sie an mich drücken musste. »Tereza hat wahrscheinlich einen Schlaganfall erlitten«, sagte sie stotternd. Ihre Gesichtshaut war blass, die Lippen bläulich. »Die Mädchen haben sie im Badezimmer auf dem Boden gefunden. Der Fernseher lief und auf dem Tisch stand eine Tasse Tee. Sie trank immer am Abend ihren Kräutertee.«

Der Pfarrer und der Beamte sahen sie fragend an. »Was heißt das für uns?«, fragte der Beamte.

»Die Urne meines Mannes ist nicht da«, erwiderte Veronika.

»Was heißt nicht da? Wie können wir ihn begraben, wenn er nicht da ist?«

»Die Urne ist im Auto, mit dem meine Töchter zur Schwiegermutter gefahren sind.«

Gregors Asche legte an diesem Tag viele Kilometer zurück. Zuerst zum Haus seiner Mutter, die dem Anschein nach nicht da war, dann zum Friedhof, dann zurück zum Haus der Mutter, dann begleitete sie seine Mutter auf dem Weg ins Krankenhaus. Denn Tereza lebte noch. Anna mit der kleinen Laura im Arm und Lena saßen im Krankenhausgang und bangten um ihre Großmutter. Gregors Asche lag geduldig im Kofferraum des Autos.

»Wir werden nur die Urne meiner Mutter bestatten«, sagte ich. »Oder könnten Sie am Nachmittag wiederkommen?«

Der Pfarrer und der Beamte sagten etwas von vollem Terminkalender, der Arbeiter brachte es auf den Punkt: »Meine Schicht endet um vier. Soll ich jetzt das zweite Grab öffnen oder nicht?«

Veronika und ich verneinten. »Hochwürden, fangen Sie bitte an«, sagte ich. »Soll ich die Urne ins Grab legen oder tun Sie es?«

»Legen Sie sie hinein.«

Ich hockte mich an den Rand und stellte die Urne meiner Mutter links neben die Urne des Vaters. Es war mir wichtig, dass sie im Grab so zusammen lagen, wie sie im Ehebett gelegen waren. Als ich aufstehen wollte, stützte ich mich auf dem rauen Betonrand der Grube ab und verletzte mich dabei am kleinen Finger der rechten Hand. Die Wunde begann stark zu bluten. Ich öffnete meine Handtasche und suchte nach einem Taschentuch. Mein Blut tropfte in das Innere der Tasche und beschmutzte nicht nur das Innenfutter, sondern auch meine Geldbörse und den Reisepass. Aber ein Taschentuch fand ich nicht. Veronika reichte mir eines, das ich um den verletzten Finger wickelte, dann winkte ich dem Pfarrer, dass er jetzt beginnen könne.

Der Pfarrer erkundigte sich noch einmal nach dem Vornamen meiner Mutter und vergaß in seiner Predigt nicht, auch den Vater zu erwähnen, dessen Vornamen er vom Grabstein abgelesen hatte. Die Zeremonie dauerte keine zehn Minuten, dann reichte er uns die Hand und kondolierte. »Wenn Sie mich wieder brauchen, rufen Sie im Pfarramt an. Grüß Gott.«

Der Arbeiter legte die Betonplatte auf die Grube und schüttete alles mit Erde zu. Die Herren verabschiedeten sich. Veronika und ich standen immer noch am Grab meiner Eltern. Wir schwiegen. Ich versuchte in meinem Kopf ein Gebet zu formulieren, es gelang mir aber nicht. Ich fragte mich, ob es ein Zufall war, was heute passiert war. Gibt es solche Zufälle? Oder wollte der Geist meiner Mutter Tereza nicht an ihrem Grab haben? Wollte meine Mutter nicht gleichzeitig mit Terezas Sohn beerdigt werden? Oder wollte Gregors Geist seine Mutter retten? Hätte sie den Schlaganfall an einem anderen Tag erlitten, hätte sie ihn bestimmt nicht überlebt, weil Veronika sie nur selten besuchte.

Mechanisch begannen wir, das Grab so gut es ging herzurichten. Wir drückten die Erde mit einer kleinen Schaufel, die ich mitgebracht hatte, platt, stellten die Blumenstöcke vor den Grabstein, wässerten sie und zündeten zwei Kerzen an. Dann gingen wir zum Familiengrab der Poláks und stellten den Blumenstock darauf, den Veronika für Gregor gekauft hatte. Auch dort zündeten wir zwei Kerzen an und blieben einige Minuten still stehen.

Mich wunderte es, dass ich an nichts mehr dachte. Als ob die Natur mich schützen wollte, nahm sie mir alle Gedanken. Ich spürte nur einen leichten Druck in meinem Kopf. Ich sah Gregors Namen in goldenen Buchstaben auf dem rotbraunen Marmor geschrieben, stand vor dem Grab, in dem er noch nicht lag, und empfand nichts. Ich hatte keine Kraft mehr zu weinen.

Mit beiden Autos fuhren wir zu Veronikas Haus. Vor dem Tor trafen wir Anna, die gerade Laura in den Kinderwagen legte. Die junge Mutter sah angestrengt aus. Lena parkte das Auto so ein, dass es mehr als einen Meter entfernt vom Gehsteig stand. »So kannst du hier nicht stehen bleiben«, rief ihr Veronika zu, aber Lena stieg aus dem Auto und ging verärgert, so sah es zumindest aus, zum Haus. Auch Anna ging, den Kinderwagen vor sich herschiebend, an uns vorbei und verschwand grußlos hinter dem Haustor.

»Wollten nicht auch Clemens und Manfred kommen?«, fragte ich.

»Das ist es ja, sie sollten, aber sie streiken«, sagte meine Freundin bitter.

»Streiken? Das verstehe ich nicht. Gregor war doch Clemens' Schwiegervater, und Manfred hätte die Chance gehabt, die Familie kennenzulernen.«

»Sie wollen nichts mit uns zu tun haben. Und meine Mädchen schäumen vor Wut.«

Als Veronika und ich ins Haus kamen, wickelte Anna ihre kleine Tochter auf dem Bett. Das Kind hatte rosarote Wangen und tiefblaue Augen und betrachtete alles um sich mit Interesse. Anna hantierte mit dem Baby ein wenig ruppig, was mir nicht gefiel, ich sagte aber nichts, weil ich dachte, dass es wegen Clemens war, der nicht zum Begräbnis kommen wollte. Absichtlich fragte ich nicht nach ihm, um sie nicht noch mehr zu verärgern.

»Was ist mit Tereza?«, fragte Veronika, die gerade ins Zimmer kam.

»Das fragst du noch?«, schrie Anna auf einmal und begann laut zu weinen. Sie hob das Kind, drückte es mir in die Arme und stellte sich kämpferisch vor ihre Mutter. »Die Oma muss sterben, weil du dich nicht um sie kümmerst.« Die Kleine, vom Geschrei aufgeschreckt, begann zu weinen.

»Anna, beruhige dich«, sagte ich, während ich das weinende Kind im Arm wiegte.

»Es ist wahr«, brüllte Anna hysterisch, wobei ihr Tränen die Wangen hinunterrollten. Ihre Stimme klang auf einmal blechern und schrill. »Du rufst sie nie an, besuchst sie so selten, lädst sie kaum zu dir ein.«

Nun begann auch Veronika wie ihre Älteste zu schreien und zu weinen. Sie beschimpften einander und warfen sich gegenseitig mangelnde Fürsorge für die Großmutter vor. Ich ging mit Laura im Arm in Lenas Zimmer, die bäuchlings auf dem Bett lag. Sie antwortete nicht, als ich sie ansprach, so nahm ich an, dass sie der gleichen Meinung wie ihre ältere Schwester war und dass auch sie mich indirekt für den Schlaganfall ihrer Großmutter verantwortlich machte.

Als das Telefon läutete, war ich die Einzige, die imstande war abzuheben. Es war das Krankenhaus. Der Oberarzt der neurologischen Abteilung teilte mir mit, dass Frau Tereza Poláková gerade verstorben sei. Veronika, Anna und Lena kamen ins Vorzimmer, wo ich mit dem Telefonhörer in der Hand stand, und sahen mich an. Ich merkte ihnen an, dass sie wussten, was ich gerade erfahren hatte.

# 2

Ich gehöre zu jenen Menschen, die immer wieder an die Orte zurückkehren, wo sie einmal gewesen sind, wo sie aufgewachsen sind, wo etwas Entscheidendes in ihrem Leben passiert ist. Das alte Dorf, in dem einst unser Haus gestanden war, existierte nicht mehr. Es war planiert worden, die Besitzer waren zwangsenteignet und mit Wohnungen in der neuen Siedlung abgefertigt worden. Damals dachte ich, dass meine Mutter es nicht überleben würde, auf ihren Garten voller Blumen und das Haus zu verzichten, aber sie nahm es viel lockerer, als ich erwartet hatte.

»Endlich brauche ich die aufgeblasene Tereza nicht mehr täglich zu sehen«, sagte sie. Noch vor der Einteilung der Wohnungen hatte meine Mutter beim Magistrat den Wunsch deponiert, so weit wie nur möglich von den Poláks entfernt zu wohnen. Der Wunsch wurde ihr nur zum Teil erfüllt, denn ihre Wohnung lag zwar nicht im selben Haus wie die von Tereza, aber gleich um die Ecke.

An dem Tag, als Tereza starb, brach zwischen Veronika und ihren Töchtern ein Krieg voller Hysterie aus, den ich mir nicht anhören wollte. Übermüdet fuhr ich in Mutters Wohnung. Dort lag alles in der gleichen schläfrigen Eintönigkeit, in der ich es ein paar Wochen zuvor hinterlassen hatte. In der Luft hing eine Wolke aus Parfum, vermischt mit dem Geruch von Schweiß, der mich so sehr an sie erinnerte. Es wäre an der Zeit aufzuräumen, dachte ich. Alles zusammenzupacken, zu entsorgen und die Wohnung zu verkaufen.

Der Gedanke, die Wohnung aufzugeben, bereitete mir Unbehagen. Ich brauchte die Wohnung nicht, mich aber von allem zu trennen, schien mir auf einmal unmöglich. Ich spürte unsichtbare

Fäden, die mich an all das, was jetzt um mich lag, fesselten. Wie sollte ich ohne die Sachen, die meiner Mutter gehört hatten, die sie Tag für Tag berührt hatte, leben? Wie könnte ich sie aus meinem Gedächtnis streichen, als ob sie niemals gewesen wären?

Ich setzte mich in den Fernsehsessel, in dem meine Mutter so oft gesessen war, und versuchte, meine Gedanken zu ordnen. Die Uhr mit den vier goldenen Kugeln tickte leise auf der Vitrine, in der sich Bleikristall und hauchdünne Teetassen dank der verspiegelten Rechtecke auf der Hinterwand verdoppelten. Das Licht brach sich an geteilten Spiegelplatten, geschliffenen Gläsern und Krügen und schimmerte in hellen Regenbogenfarben. Die beiden Glasscheiben, zum Schutz vor Staub zusammengeschoben, waren neben den eingefrästen Griffstellen voller Fingerabdrücke. Die ganze Wohnung war voller Fingerabdrücke, fiel mir ein, voller Düfte und Gerüche.

Ich sah mein Bild zwischen dem Kristall und dem Porzellan, in Mosaiksteinchen zerlegt. Das linke Auge lag höher als das rechte, durch die Mitte der Nase führte ein Strich, der ein Nasenloch um einige Zentimeter in die Höhe schob, der Mund bestand aus zwei Teilen, die wie aufgeklebt in Stufen nebeneinander versetzt festsaßen. Mein trauriges Clowngesicht entsprach meiner Laune. Vielleicht hatte Picasso seine Porträts vor zerbrochenen Spiegelwänden gemalt, dachte ich.

In die Unaufgeräumtheit der Wohnung und meiner Gedanken drangen Geräusche von außen. Ich schloss die Augen und hörte Schritte auf dem Gehsteig, fahrende Autos, das Schreien und Lachen der Kinder im nahen Kindergarten. Ich öffnete die Augen wieder, richtete sie gegen den Himmel, auf die vorbeiziehenden Wolken, die weißen Gletscher im blauen See und hörte nur die Stille und das Pochen meines eigenen Herzens. Das beruhigte mich.

Sie wird nie wiederkommen, dachte ich, von eigenartiger Müdigkeit erfasst, die mich in den Sessel drückte. Sie wird nie wieder einen ihrer berühmten Kuchen backen, mich nicht ermahnen, ich solle das oder jenes tun oder lassen. Wie oft habe ich mich über ihre Ratschläge geärgert, manchmal stritten wir deswegen, aber sie ließ nichts gelten und wusste auf alles eine Antwort.

Endlos saß ich in dem Fernsehsessel und führte einen Monolog mit zwei Stimmen. Ein Mutter-Tochter-Gespräch, das nie stattgefunden hatte. Wir hatten uns immer nur durch das Unausgesprochene verständigt. Das, was gesagt wurde, tat oft weh, das Verschwiegene, Gefühlte, gab mir Sicherheit. Manchmal.

Meine Hände ruhten auf gestickten Deckchen, die über die Armlehnen des Fernsehsessels gelegt waren, auf blühenden Mohn- und Kornblumen; mein Blick glitt über die Gegenstände im Zimmer. Es war alles wie früher und es war alles anders. Von der Klöppelwalze, die auf dem Esstisch stand und auf der sie ihre Spitzen fertigte, hingen auf Holzstäbchen aufgewickelte weiße und silberne Fäden von einem unfertigen Engel herunter, der als Weihnachtsdekoration dienen sollte. Ein Fensterbild für die kalten Tage. Ich hatte zu Hause viele solcher gerahmter Engel, viele Glöckchen, Tannenbäumchen und Sterne in allen möglichen Größen und Variationen. Mit Silber und Gold und ohne Silber und Gold. An allen Weihnachten, Ostern und Geburtstagen schenkte sie mir ihre geklöppelten Bilder. Als ob sie damit in Erinnerung bleiben und ausdrücken wollte, ich bin bei dir, vergiss mich nicht. Als ob ich es je könnte.

Die Schere, die bei der Klöppelwalze lag, steckte ich kurz entschlossen in meine Handtasche. Sie war Mutters Glücksbringer und sie sollte auch mich auf meinem weiteren Weg begleiten und wenn möglich auch mir Glück bringen. Sie war schon alt und verrostet, schnitt aber sehr gut und war darüber hinaus eine Erinnerung auch an meinen Großvater, der Schneider gewesen war, ein Herrenschneider, und der kurz nach meinem Vater starb.

Ich öffnete die Balkontür in der Küche, trat ins Freie und sah auf die schäbige Plattensiedlung vor mir. Obwohl meine Mutter seit Jahren hier gewohnt und sich wohlgefühlt hatte, konnte ich mich an die Anhäufung dieser architektonischen Scheußlichkeiten nicht gewöhnen. Zwischen den Betonplatten, aus denen die Häuser wie gestapelte Schuhkartons zusammengesetzt waren, klafften notdürftig mit Teer verschmierte Fugen, die einst dunkelrot gestrichenen Balkonverkleidungen waren voller brauner Flecken.

Mein Blick sank auf das vom Rost zerfressene Balkongeländer vor mir und ich hörte die Stimme der Mutter, die sich über den Zustand des Balkons beschwerte und mich bat, ihr beim Renovieren zu helfen. Ich organisierte einen Arbeiter, kam mit Drahtbürsten, Schleifmaschinen, Farben und Verdünnern bepackt in die Wohnung, doch sie meinte, sie fühle sich gerade nicht wohl und würde auf die Renovierung des Lärms wegen lieber verzichten. Es rege sie auf, fremde Menschen in der Wohnung zu haben, da sie krank sei. Der Arbeiter solle ein anderes Mal wiederkommen, wenn sie sich gesünder fühle, wenn sie mehr Kraft habe. Sie werde anrufen, sich mit Sicherheit melden, bald, wichtig wäre nur, dass sie sich dann besser und stärker fühle.

Soweit ich zurückdenken kann, hatte sie sich stets gerade nicht wohl gefühlt. Sie beschwerte sich gern über ihre angegriffene Gesundheit, klagte über dies und jenes, war davon nicht abzubringen, sich zu ihrem sechzigsten Geburtstag wegen einer anstehenden Gallensteinoperation ein Grab im Lärchental zu kaufen und Vaters Urne, die bis dahin in einer Nische im Krematorium gestanden war, zu begraben. Das Lärchental, ein romantisch anmutender Friedhof voll Bäume und Blumen, die Endstation ihres Seins, wartete auf ihr Kommen geduldige dreiundzwanzig Jahre lang.

Ich ließ die Balkontür offen und ging zurück ins Zimmer. Ich sah mich um und wusste immer noch nicht, was ich wirklich wollte. Aufgeben oder behalten? Alles ausräumen, die Wohnung ausmalen lassen und verkaufen? Mit dem Verkauf der Wohnung würde ich die letzte Bindung zu dieser Stadt verlieren. Oder doch nicht? Natürlich würde ich, wann immer ich nach Bratislava käme, bei Veronika schlafen können, aber irgendetwas hielt mich von einer endgültigen Entscheidung ab. Ich wusste nur nicht, was es war.

Obwohl ich in dieser Wohnung nie gewohnt hatte, erinnerte sie mich an meine Kindheit. In diesem Moment fiel mir die Kirche ein. Sie war das einzige Gebäude, das vom alten Dorf übrig geblieben war. Ich sah in die Richtung, wo die Kirche stand, und versuchte sie mir vorzustellen. Ein kleines, in romanischem Stil gebautes Gotteshaus am Waldrand, jetzt hinter den Hochhäusern versteckt. Damals, als wir noch Kinder waren, spielte die Kirche eine wichtige Rolle in unserem Leben. Eine so wichtige, dass mein Herz bei dem Gedanken auch nach so vielen Jahren zu rasen begann.

Um mich abzulenken, ging ich zurück auf den Balkon, krempelte meine Blusenärmel hoch und hob die Blumenkisten eine nach der anderen mit den Pflanzenresten vom Geländer, kippte die Erde in einen der Eimer, die ich bereithielt, und stapelte die leeren Kisten in einer Ecke des Balkons. Dann trug ich die Erde, die verkrustete Erinnerung, aus der Wohnung und schüttete sie rund um die Bäume vor dem Haus.

Die Luft draußen war heiß und stickig.

In der Wohnung im Erdgeschoß bewegte sich ein Vorhang, hinter dem sichtbar eine Schattengestalt stand. Wahrscheinlich war es die Großmutter der Familie, die dort gewohnt hatte und mit der meine Mutter zuletzt befreundet gewesen war. Jetzt fand sie nicht den Mut, das Fenster zu öffnen und mich anzusprechen. Ich überlegte, ob ich anläuten sollte, ließ es aber bleiben, weil ich die alte Frau nicht erschrecken wollte (ich wusste, dass sie panische Angst vor Einbrechern hatte und unangemeldeten Besuchern deshalb nie öffnete) und weil ich mit meinen Gedanken allein bleiben wollte.

Blumenkisten heben, die Erde in die Eimer kippen, sie hinuntertragen, sie den Bäumen schenken. Diesen Vorgang wiederholte ich so lange, bis alle Kisten leer waren und ich völlig verschwitzt war. Wieder oben angekommen, kehrte ich den Balkon sauber, wischte den Boden auf und ordnete die Blumenkisten neu. Die schwere Arbeit entspannte mich. Trotz der Schwüle atmete ich freier.

Plötzlich hörte ich hinter mir das Gurren einer Taube. Ich sah mich um und erblickte auf dem Balkonrand eine schöne deutsche Brieftaube. Ihre Federn glänzten anthrazitgrau, die Flügel silbrig, die Augen wie zwei Glasperlen schwarz. Der edle Vogel drehte würdevoll seinen Kopf zu mir, fixierte mich und blieb regungslos sitzen.

Wie kam eine so wertvolle Brieftaube auf Mutters Balkon? Zu welchem Taubenschlag gehörte sie? In der Siedlung konnte unmöglich einer der Bewohner Brieftauben züchten. Wo denn? Auf den flachen Dächern der Plattenbauten waren nur Antennen und Satellitenschüsseln erlaubt, die Natur hatte hier keinen Platz.

Mein Kopf drehte sich wie von allein in Richtung der alten Kirche, die in Verlängerung der gedachten Linie hinter den Hochhäusern stand. Wäre es möglich, dass … Ich verwarf den Gedanken, weil ich wusste, dass die Nebengebäude des Pfarrhofs wie alle anderen Häuser im Dorf abgerissen worden waren. Und keiner außer dem Pfarrer Matúš und Daniel züchtete Tauben. Und beide waren seit Jahrzehnten weg.

Ich stand still und betrachtete die Taube fasziniert. Und auch sie sah mich an, als ob sie mir etwas mitteilen wollte, als ob sie eine Nachricht für mich hätte. Das kann nicht sein, dachte ich, ich wusste seit meiner Kindheit, dass Brieftauben immer nur nach Hause fliegen, zurück in ihr Nest. Hatte sie sich verirrt oder kam sie absichtlich zu mir? Ausgerechnet an dem Tag, an dem Tereza gestorben war. Bei dem Gedanken wurde mir schwindlig. Unsicher griff ich nach dem Fensterbrett und hielt mich daran fest. Die Taube rührte sich nicht.

Ich machte einen leisen Schritt, beugte mich zu dem Vogel und sah auf seine Füße. Der Nummernring auf seinem rechten Fuß war gelb, der Chipring auf dem linken schwarz. Daniels Tauben hatten auch gelbe Ringe. Sollte ich … die Versuchung, die Kapsel am Fuß zu öffnen, war sehr groß.

Die Abendsonne, die jetzt rot schimmerte und dem aufkommenden Wind wich, begann sich hinter die Häuser zu schieben. Die Taube streckte ihren Schnabel dem Wind entgegen, plusterte ihre Federn und flog davon, noch ehe ich sie berühren konnte. Tauben fliegen lautlos. Mit Daniel hatte ich gelernt, sie zu spüren, auch wenn ich sie nicht sehen oder hören konnte. Doch weit flog die Taube nicht. Sie setzte sich in die Krone des Kastanienbaums vor dem Haus.

Die Sonne verschwand, der Wind wurde stärker. Die Taube saß im Baum und gurrte wieder. Ich spürte, dass ihr Gurren mir galt. Ich stand auf dem Balkon und sah in die aufkommende Dunkelheit. Tauben haben starke visuelle Fähigkeiten, hörte ich Daniel auf einmal sagen. Sie können Farben und Gerüche besser unterscheiden als Menschen. Das hilft ihnen bei der Orientierung.

Und auf einmal wusste ich, was ich zu tun hatte.

Wie von einem Magneten angezogen ging ich entschlossen in Mutters Schlafzimmer, öffnete die Schranktür und griff tief unter das Auslegepapier unter den Pullovern. Dass ich dort ein mit einem alten Geschenkband verschnürtes Päckchen Briefe fand, die an mich adressiert waren, nahm ich schon fast für selbstverständlich.

Ich zog das zusammengefaltete Stück Papier aus dem ersten Kuvert, setzte mich auf das Bett und begann zu lesen: *»Liebste Columbina …«* Meine Knie begannen zu zittern. Die Schrift, der Stil, alles so lange her, fast vergessen und jetzt so nah vor mir. Daniel hatte mir geschrieben und meine Mutter hatte es mir verschwiegen.

Aufgeregt stand ich auf, ging in die Küche, um mir ein Glas Wasser zu holen, kam zurück, setzte mich auf den Bettrand und nahm den ersten Umschlag wieder an mich. Dann fiel mein Blick auf den Poststempel. Tag und Monat waren unlesbar, aber das Jahr war deutlich zu erkennen: 1969. Ein halbes Dutzend Briefe, abgeschickt in den Jahren zwischen 1969 und 1980. Waren es alle Briefe? Und warum hatte sie mir nie gesagt, dass Daniel mir geschrieben hatte? Und wenn sie es mir, aus welchen Gründen auch immer, hatte verheimlichen wollen, warum hatte sie die Briefe aufgehoben?

Mit den Briefen in der Hand ging ich ins Wohnzimmer. Die Balkontür stand immer noch offen, der Wind spielte mit den Vorhängen und dem achtarmigen Luster, den er hin- und herschaukelte. Ich trat ins Freie und sah zum Kastanienbaum hinüber. In der Dämmerung über der Siedlung war das Gurren der Taube verstummt. Die Windböen trugen das Rascheln der Bäume zu den Balkonen, wo die trocknende Wäsche von den Wäscheleinen verschwand. Kein Mensch auf der Straße. Alle Fenster und Türen waren verschlossen.

Ich setzte mich in Mutters Fernsehsessel, breitete die Briefe vor mir aus und begann sie einen nach dem anderen zu lesen. Draußen heulte der Wind, die ersten Wassertropfen peitschten gegen die Glasscheiben. Der Sturm konnte kommen.

# 3

Der erste Blitz erhellte den Himmel kurz vor neun. Das grelle neonblaue Licht streifte über alle Gegenstände im Zimmer und war genauso schnell weg, wie es gekommen war. Der Stadt gingen die Lichter aus. Eine Sekunde lang war es still. Nur der darauffolgende Donner in völliger Dunkelheit erinnerte daran, dass draußen die Teufel Hochzeit feierten.

Anfangs drückten die Windböen gegen die Fensterscheiben und brachten als Warnung ein paar Regentropfen mit, aber zunehmend gewannen sie an Kraft und rüttelten an den Rahmen, pfiffen durch die Fugen und bewegten die Vorhänge im Zimmer. Der Sturm war voller Taubenflügel, ein Schwarm grauer Vögel, der rauschend näher kam und bedrohlich wirkte. Eine Wolke voller kreischender Tauben, die in meinem Kopf flatterten und ihn zu sprengen drohten. Der Sturm, das war das Weinen der Kinder und das Schreien der Frauen, das Bellen der Hunde am Zaun. Der Sturm, das war der Weg zurück.

Das Leben in D. war eintönig. Jene, die von ihrer Geburt an bis zu ihrem Tod das Dorf nicht verlassen hatten, und davon gab es sehr viele, betrachteten die Welt aus einem schmalen Blickwinkel, wie es ihre Vorfahren seit Generationen getan hatten. Man stellte keine großen Ansprüche an sich und die eigenen Kinder, man fügte sich der vorgegebenen Lebensweise der Alten: die Felder, die nach einem überdachten Erbfolgesystem aufgeteilt und durch die Heirat zusammengefügt worden waren, zu bestellen, aus ihnen so viel herauszuholen, dass alle satt wurden, einen Baum zu pflanzen, ein Haus zu bauen und einen Sohn zu zeugen, vorzugsweise mit der eigenen Frau, die Kinder großzuziehen, damit sie eines Tages den gleichen Platz in der Dorfgemeinschaft einnehmen, an Krebs oder Lungenentzündung zu erkranken und zu sterben und am Friedhof neben dem Fußballplatz begraben zu werden.

Der Fortschritt hielt mit der sowjetischen Armee Einzug. Die zwangsweise Enteignung und Verstaatlichung der Felder, die die Bewohner der nach dem Krieg wieder vereinten Tschechoslowakei zunächst abgelehnt hatten, entpuppte sich auf den zweiten Blick als Befreiung. Die Bauern, die schon immer auf den Äckern gearbeitet hatten, arbeiteten wieder auf den Äckern, wenn sie nun auch größer und aus ihrer Perspektive grenzenlos waren. Man brauchte sich nicht so sehr wie auf dem eigenen Feld anzustrengen, nicht allein das Risiko einer schlechten Ernte tragen, man hatte die Möglichkeit, ein paar Rüben oder Kukuruzkolben aus dem Genossenschaftsfeld mit nach Hause zu nehmen und damit das eigene Schweinchen und die Hühner im Hinterhof zu füttern. Da ausnahmslos alle täglich von den Feldern und Ställen etwas mitgehen ließen, hieß es nicht stehlen, sondern sich an dem, was einem zusteht, zu bedienen. Das kann doch nicht verboten sein, sich aus dem Eigenen, und die Genossenschaft gehörte allen, so gesehen jedem Einzelnen, ein paar Schubkarren Futter zu holen.

Damit es nur bei den Schubkarren blieb und keiner auf die Idee käme, Getreide oder Kartoffeln mit einem Traktoranhänger in seiner Scheune abzuladen, stellte die Genossenschaft einige Jäger ein, die nicht nur das Kleinwild vor Wilderern schützten, sondern auch die Felder bewachten. Einer der Jäger war mein Onkel Rado, der Bruder meines verstorbenen Vaters, der uns regelmäßig Fasane und Wildhasen brachte. Auch sie waren gestohlen, aber offiziell gestohlen, denn, wie gesagt, mein Onkel Rado war der Oberjäger und er durfte sich nehmen, was er für seine Verwandten brauchte.

Meine besten Freunde Gregor und Daniel wuchsen ebenso wie ich ohne Vater auf. Unsere Mütter kamen mit dem Umstand, dass sie Alleinerzieherinnen waren, bestens zurecht. Wir Kinder waren ihr Lebensmittelpunkt, um den sich alles drehte. Und auch uns fehlte es an nichts. Wir wuchsen wie Geschwister mit zwei Müttern auf.

Peter Polák, unser Nachbar, der Vater von Gregor und Daniel, starb bei einem selbst verursachten Autounfall einen Tag vor dem Heiligen Abend. Nach einer Weihnachtsfeier fuhr er seinen Chef, den Direktor einer Chemiefabrik, in dessen Wochenendhaus, wo seine Frau und die Kinder auf ihn warteten. Polák und der Herr Direktor kamen nie an. Sie verunglückten nach einem riskanten Überholmanöver bei einem Frontalzusammenstoß mit einem Lastwagen.

Meine Eltern arbeiteten in der gleichen Chemiefabrik wie Gregors und Daniels Vater.

»Chemie hat Zukunft«, sagte mein Papa oft und riet mir zu einer Ausbildung als Chemikerin oder Laborantin.

»Die Laborantinnen sind immer blass«, versuchte ich mich seinem Wunsch zu entziehen.

»Trotzdem, Chemie heißt Fortschritt. Und wenn wir fortschrittlich sind, werden wir auch satt.«

Der *Fortschritt* stank zum Himmel und stülpte eine Schwefelwolke über das Dorf. Der *Fortschritt* brannte in den Augen und auf der Zunge. Und wir sangen aus voller Kehle und mit Überzeugung in der Schule: *»… man braucht sich nur umzusehen, wie viel Schönheit rundherum ist: Rauch aus den Fabriken, daneben die Kinder in der Sandkiste …«*

Meine Mutter, die sich am Fließband eine schwere Allergie geholt hatte und deshalb ins Lager wechseln musste, litt an einer chronischen asthmatischen Bronchitis und überlegte, den Beruf zu wechseln. Nur wohin? Sie hatte keine richtige Ausbildung. Auch der Vater kam als Monteur der Misch- und Abfüllanlagen mit gefährlichen Substanzen in Berührung. Ich sah oft, dass er verätzte Hände, gerötete Augen oder eine blutende Nase hatte. Und dann wurde er von einem Tag auf den anderen schwer krank. Er fieberte und konnte nicht aufstehen. Die Mutter rief einen Arzt an, der verwies sie ans Krankenhaus, das Krankenhaus fühlte sich nicht zuständig und riet ihr, mit dem eigenen Auto in die Notaufnahme zu kommen. Wir hatten aber kein Auto, und so wartete die Mutter, bis endlich der Rettungswagen kam. Mein Vater wurde im Krankenhaus untersucht, immer wieder hörte ich das Wort Asbest und dass der Zustand sehr ernst sei. Er starb drei Tage nach der Einlieferung in die Abteilung für Toxikologie, ohne das Bewusstsein wiedererlangt zu haben. Die Mutter drückte mich an sich und weinte. Ich dachte, der Papa würde irgendwann wiederkommen.

»Davon könnte man leben«, sagte die Mutter und setzte sich an die Nähmaschine. Sie drehte mit der rechten Hand an dem Rad und trat fest in die Fußplatte. Die Nadel sprang rauf und runter, der Stoff darunter rannte davon. Im Zimmer lagen Schnittmuster und geschnittene Stoffteile, Scheren, Kreiden in verschiedenen Farben und Stecknadeln mit bunten Köpfen. Die Mutter sah mich verschwörerisch an, nahm ein Maßband von ihrem Hals und ging auf mich zu. »Du wirst mir dabei helfen«, sagte sie zu mir. »Wie denn?«, fragte ich und sah mich auch schon an der Nähmaschine beinah blind im schlechten Licht den Stoff anblinzeln. »Du wirst mein Mannequin sein«, sagte sie.

Die Mutter nähte mir die schönsten und putzigsten Kleider, die man sich nur vorstellen konnte, die ich aber hasste. Jeden Tag in der Früh machte sie eine Prinzessin aus mir: weiße und rosafarbene Kleidchen, Rüschchen, Perlmuttknöpfe. Die anderen Kinder trugen bequeme Hosen und bunte Pullover und ich … ich schwebte in die Schule wie eine Schneeflocke, die jeden Moment zu zerschmelzen drohte. Dass ich deswegen oft ausgelacht wurde, brauche ich nicht zu erwähnen, aber Mutters Strategie ging auf. Den Müttern meiner Schulfreundinnen gefielen die ausgefallenen, zuckersüßen Kreationen und sie ließen bei uns ihre Blusen, Jacken und Röcke nähen.

Die Konfektion in den Geschäften war langweilig und einfallslos, die Stoffe und Muster hässlich, die Schnitte, wenn man überhaupt von Schnitten sprechen konnte, fern von Chic und Mode. Kein Wunder, denn die Textilindustrie wurde, genauso wie alles andere in der damaligen Tschechoslowakei, von Parteigenossen geführt. Nicht das Talent war gefragt, sondern das rote, mit dem Stoff überzogene Büchlein mit dem Stern auf dem Deckblatt. Die Designer waren in erster Linie Kommunisten, in zweiter Verwandte oder Freunde der Direktoren, Personalchefs oder Politiker, am allerwenigsten Modemacher.

Meine Mutter war sehr kreativ. Sie studierte Frauenzeitschriften, beobachtete im Fernsehen die Kleider der Schauspielerinnen und Politikerinnen, dachte sich dazu neue Details aus und kreierte so neue Modelle, die ihre Kundinnen schätzten. Keine der privaten Schneiderinnen in der Umgebung war so kreativ wie meine Mutter.

Für ein Kleid verlangte sie zwischen siebzig und neunzig Kronen. Damit wir beide überleben konnten, musste sie im Monat mindestens achthundert verdienen. Die Schneiderei, die sie ohne Anmeldung betrieb, war ein hartes Brot. Sie bedeutete viel Arbeit um wenig Geld und Angst vor einer Anzeige der Neidgenossenschaft, die in dem freien Gewerbe Reichtum witterte.

Den ganzen Tag saß sie über die Kleider gebeugt und nähte. Die Nachbarinnen kamen zur Probe und bewunderten sich vor dem Spiegel in den Kleidern, die nur grob zusammengeheftet waren. Aufgeregt schnatterten sie, erzählten den neuesten Tratsch, manche von ihnen kniffen mich in die Wangen und rochen dabei unangenehm. Aber das Wichtigste war, dass sie Geld ins Haus brachten. Zusammen mit der Witwen- und Waisenpension, die wir seit Papas Tod bekamen, hatten wir genug zum Überleben.

Manchmal ging die Mutter zu den Poláks Kaffee trinken. Tereza, die noch vor meiner Mutter Witwe geworden war, arbeitete in einem Friseursalon. An Sonntagen und Montagen hatte sie frei. Das waren besondere Tage, auch für meine Mutter. Egal wie viele Stoffe sich auf ihrem Tisch häuften, sie fand an einem dieser Tage

Zeit, um mit ihrer Nachbarin zu plaudern. Oft kamen auch besondere Kundinnen zu diesen allseits beliebten Kaffeekränzchen, bei denen die Leute aus der Nachbarschaft ausgerichtet wurden. Vor allem Tereza wusste alles über jeden im Dorf. Die Frauen redeten gern mit der Friseurin, die Männer vielleicht auch, aber das wusste ich nicht so genau.

Als ich noch klein war, ging ich jeden Tag gleich nach dem Aufwachen ins Nebenhaus zu den Poláks, rannte in das Zimmer, in dem meine Freunde schliefen, und kroch in Daniels Bett unter die Bettdecke. Ich kuschelte mich an ihn und schlief dann ruhig weiter. Tereza machte uns dreien ein Frühstück, schmierte Pausenbrote und schickte uns in die Schule.

Am Nachmittag spielten wir im Garten der Poláks. »Das ist unser Garten«, sagte manchmal meine Mutter, was ich nicht ganz verstand. »Wenn es unser Garten ist, warum wohnen dann die Poláks darin?«, fragte ich und Mama sagte, dass ich noch ein bisschen zu jung dafür sei, wenn ich aber größer würde und Gregor heiratete, würde ich es verstehen. Ich wollte aber Gregor nicht heiraten, wenn überhaupt, dann Daniel, aber er kam mir, selbst wenn ich ihn lieber als Gregor hatte, als zukünftiger Ehemann auch nicht besonders geeignet vor. Daniel sagte, dass er Tiere möge, er tat ihnen aber weh.

Am schlimmsten fand ich es, als er einen Frosch fing, ihn mit Stecknadeln auf einer Sperrholzplatte befestigte, mit einem scharfen Messer seinen Bauch aufschlitzte und die Eingeweide herausnahm. Ich schrie wie am Spieß, wollte den Frosch an mich reißen und sein Leben retten, auch wenn klar war, dass es dafür zu spät war.

Ich suchte Hilfe bei Gregor, der aber nur grinste und Daniel zuflüsterte, dass er eine geniale Idee habe. Wie genial die Idee war, erkannte ich einige Tage später. In der Scheune, in der hintersten Ecke des Gartens, sezierte Daniel eine Maus. Vor dem Eingang stand Gregor und verkaufte Eintrittskarten an die Kinder, die die Seele einer Maus sehen wollten. Je fünfzig Heller war der Eintritt in die Welt der Mystik wert.

Ich ging nicht hin, obwohl mir Gregor einen Rabatt von zwanzig Hellern angeboten hatte. Für mich war es eine Sünde, ein Tier zu töten, und sei es nur eine Maus. Zitternd stand ich auf der hinteren Seite der Scheune und lugte durch eine Fuge zwischen zwei Brettern. Daniel stand mit einem Klappmesser an einem Tisch, Gregor beleuchtete mit zwei Taschenlampen den aufgeschlitzten Mäusekörper. Ein paar Kinder aus der Gasse sahen gebannt der Operation zu.

Die Mädchen und die Jungen, die rund um den Tisch standen, begannen sich nervös zu bewegen. »Wo ist denn die Seele?«, fragte einer. Jemand lachte und rief, dass eine Maus keine Seele habe und dass er sein Geld zurückhaben wolle. »Das sind doch nur Eingeweide«, sagte ein anderer und trat zur Seite. »Das, was die Mutter am Sonntag aus einer Henne rausholt, nur halt weniger.« Plötzlich sah ich auf dem Tisch Blut, etwas wie Darm und daneben aufgerissene Knopfaugen und begann zu weinen. Ich hielt die Hand vor den Mund und schluchzte leise. Ein Mädchen lief aus der Scheune und übergab sich.

In den folgenden Monaten führte Daniel viele solche Operationen durch. Er nannte sie Forschungsarbeit. Ich hätte nichts gegen eine Forschung gehabt, wenn nicht deswegen die armen Tiere hätten sterben müssen. Mäuse, Ratten, Fische, Vögel. Einmal sezierte er sogar eine Katze, schwor mir aber, dass sie schon tot gewesen war, als er sie gefunden hatte. Sie war mit zertrümmertem Kopf am Straßenrand gelegen. Wahrscheinlich von einem Auto überfahren.

Begeistert erzählte er mir, was für ein Herz und was für eine Leber die Katze habe und dass ihre Lunge viel röter als die der Maus sei. Daniel wollte Naturforscher werden, ein Zoologe oder etwas Ähnliches. Er wusste noch nicht genau, wie der Beruf hieß, es sollte nur etwas mit Tieren zu tun haben.

»Weißt du«, sagte er mir einmal, ohne mich dabei anzusehen,

»damit ich die Tiere besser verstehen kann, muss ich wissen, wie es in ihnen aussieht.«

»Das ist aber eine Sünde«, sagte ich. »Ein Tier tötet man nur dann, wenn man es essen will.«

»Wer sagt das?«

»Die Mama und der Genosse Lehrer. Und auch der Herr Pfarrer hat es gesagt.«

»Nicht alles, was der Herr Pfarrer sagt, ist wahr«, erwiderte Daniel und ging.

Der traut sich was, dachte ich. Für solche Sätze könnte er in die Hölle kommen. Und weil ich Daniel mochte, hoffte ich für ihn, dass er solche Sätze nie vor anderen Kindern sagte, die es weitererzählen und meinen Freund in Schwierigkeiten bringen könnten.

Als Daniel und ich elf und Gregor zwölf wurden, kam ein neuer Pfarrer in unser Dorf. Er war viel jünger als der alte, trug in der Freizeit Zivilkleidung, und nur ein kleiner weißer Stehkragen an seinem Hemd erinnerte daran, dass er ein Geistlicher war. Vor allem seine Jeans beeindruckten uns, echte Levi's, die noch keiner aus unserem Dorf gesehen hatte. Von der Echtheit der begehrten blauen Hose konnte sich jeder mit einem Blick auf das Lederstück überzeugen, das auf dem Bund hinten angenäht war. Die ins Leder gestanzten Worte »Levi's« und »Company« brachten das Blut jedes Jugendlichen in Wallung.

Herr Matúš war besonders an der Jugend interessiert. Er sprach von einem Jugendzentrum, das aufgebaut werden sollte, von einem Zeltlager im Sommer, das er organisieren wollte, von Lagerfeuer und Würstelgrillen in der freien Natur. Und er fing auch gleich mit den Neuerungen an. Als Erstes ging er beim Wandertag unserer Klasse mit, badete mit uns am Fluss und spielte Völkerball.

Wir waren von dem neuen Pfarrer begeistert.

Und er brauchte nicht zweimal zu fragen, wer bei ihm ministrieren wollte. Viele. Sehr viele. Fast alle Jungen. Und damit sich die Ministranten von den anderen Kindern unterschieden, brachte er ihnen von einer Auslandsreise echte Levi's mit. Das war eine Sensation! Jungen, die bis dahin in verschlissenen Stoffhosen oder Trainingsanzügen herumgelaufen waren, trugen bei der Sonntagsmesse unter der weißen Kutte eine echte Levi's, von der höchstens ein paar Zentimeter zu sehen waren, die aber genügten, den *Klassenunterschied* zu verdeutlichen. Die Ministranten hatten eine besondere Stellung im Dorf.

Unser Herr Matúš war ganz anders als die anderen Geistlichen, die ich bis dahin gekannt hatte. Er hatte zu uns Kindern ein beinahe freundschaftliches Verhältnis. Im Religionsunterricht scherzte er und lachte mit uns. Manchmal lachten wir so laut, dass der Genosse Direktor den Kopf in den Türspalt steckte, um zu überprüfen, ob überhaupt ein Lehrer in der Klasse war. Das Lachen war die eine Seite des Religionsunterrichts, die spannenden Geschichten eine andere. Unser Herr Pfarrer konnte so fesselnd erzählen! Es gelang ihm, uns die Bibel so zu erklären, dass wir vor Spannung kaum atmeten.

Ich mochte unseren Herrn Pfarrer genauso, wie ihn alle im Dorf mochten. Die Frauen aus dem Dorf putzten die Kirche und schmückten sie mit Blumen, andere wiederum arbeiteten in seinem Garten, der wahrlich einem Paradiesgarten glich. Keiner hatte so schöne und große Früchte im Garten wie der Herr Pfarrer, denn keiner hatte so viele freiwillige Helfer wie er.

Das Einzige, was mich im Zusammenhang mit unserem Herrn Pfarrer ärgerte, war, dass ich ein Mädchen war, aber dafür konnte er nichts. Auch ich wollte ihm so nah sein wie die Jungen, auch ich wollte Ministrantin werden, das ging aber nicht. Damals konnte man an so etwas nicht einmal denken, geschweige denn es durchführen.

Manchmal, wenn ich allein war und auf unserem Dachboden in der alten Hängematte lag, dachte ich darüber nach, wie es wäre, wenn ich mir die Haare schneiden ließe und mich als Junge verkleidete. Keiner würde mich erkennen, nicht einmal meine Familie, und in der Schule und in der Kirche würde ich sagen, ich hieße Jan und wolle auch Ministrant werden. Und dann fiel mir ein, dass man nach meinen Eltern fragen würde, nach meinem Zuhause, und ich keines hätte, und ich erkannte, dass der Plan doch nicht so genial war, wie er am Anfang ausgesehen hatte.

Aber meine Sehnsucht, ministrieren zu dürfen, blieb trotzdem. Deshalb verstand ich nicht, warum Daniel kein Ministrant werden wollte. Es wäre möglich gewesen, aber er wollte nicht. Seine Mutter redete auf ihn ein, zwang ihn dazu, sie war sogar bei Herrn Matúš und bat ihn, Daniel zu überreden. Und wie erwartet fand der Herr Pfarrer einen Weg, Daniel in die Kirche zu bringen. Er brauchte ihn nur mit seinem Hobby, der Brieftaubenzucht, bekannt zu machen, und es war um ihn geschehen. Am nächsten Sonntag trug Daniel voller Überzeugung den Weihrauchkessel als Letzter in der Ministrantenreihe.

Seit Gregor und Daniel in der Kirche ministrierten, hatten sie kaum mehr Zeit für mich. Gleich nach der Schule liefen sie in den Pfarrhof und verschwanden hinter dem großen hölzernen Tor, das die Mädchen nur selten passieren durften. Die meisten betraten es erst, um das Aufgebot zu bestellen.

Unabhängig davon, ob es Ministrantenunterricht gab oder nicht, gingen die zwei mehrmals in der Woche in den Pfarrhof. An solchen Tagen schlich ich beleidigt um den Pfarrgarten herum, spähte durch die Zaunlatten und hoffte, das Paradies, das mir verschlossen blieb, zu erblicken. Doch ich sah kein Paradies, sondern nur den breiten Rücken der Pfarrköchin über Gemüsebeeten gebückt. Ihre fetten Arme, deren herunterhängende welke Haut im Rhythmus der Harke wackelte, ihre geschickten Hände, die jedes Unkraut, das sich ihnen in den Weg stellte, ausrissen.

Ich beobachtete meine Freunde oft und sah, dass Gregor gleich im Haus verschwand und Daniel zum Wirtschaftsgebäude, auf dessen Dach sich der Taubenschlag befand, rannte.

Die Brieftauben waren anders als gewöhnliche Tauben. Sie waren schlanker, edler und klüger. Und wie besonders durchdacht der Taubenschlag war! Kein kleines, von Vogelkot verschmutztes Häuschen auf dem Dach, wie es Daniel schon oft gesehen hatte, sondern ein ausgebauter Dachboden, in mehrere Kammern unterteilt, mit Nistplätzen und Flugklappen ausgestattet. Wann immer ich mit Daniel zusammen war, schwärmte er davon.

Seit Daniel das erste Mal den Pfarrer besucht hatte, wollte er nur mehr bei den Tauben sein. Meistens blickte er sehnsüchtig in die Höhe oder beobachtete die Tauben beim Fliegen. Er studierte ihre Bewegungen, die Linien, die sie über den Dächern zogen. Den Dachboden durfte er zuerst nur mit dem Herrn Pfarrer betreten. Erst einige Wochen später, als klar war, dass Daniel ein besonderes Gespür für die edlen Tiere hatte, durfte er sie füttern und sogar in die Hand nehmen.

Es bot sich immer das gleiche Bild: die Pfarrköchin, ihren dicken Hintern gegen den Himmel richtend, im Gemüsegarten, Gregor im Haus, Daniel im Taubenschlag. Ich hätte auch gern die Tauben aus der Nähe gesehen, traute mich aber nicht an der dicken Köchin vorbei, die mich sicher verjagt hätte. Was mich aber noch mehr als die Tauben interessierte, war, was Gregor fast jeden Tag mit dem Herrn Pfarrer zu besprechen hatte. Er war jedes Mal etwa eine Stunde im Haus, und erst als die Köchin mit einem Korb voll Gemüse und Kräutern die paar Treppen zur Eingangstür hinaufkeuchte, trat Gregor mit dem Herrn Pfarrer vor die Tür.

Gregor strahlte über das ganze Gesicht, wenn ihm der Gottesmann auf die Schulter klopfte und zum Abschied fast immer ein kleines Geschenk überreichte. Einmal war es ein Buch über Motorräder, das andere Mal waren es Kinokarten oder Süßigkeiten.

»Der Herr Pfarrer ist ein guter Mensch«, sagte Tereza zu meiner Mutter. »Hätte er wie ein normaler Mann geheiratet, hätte er sich sicher Kinder gewünscht, und so liebt er alle Kinder. Aber am meisten meinen Gregor, weil er fesch, höflich und gescheit ist.«

»Wenn nur alles gut geht«, sagte dann meine Mutter und ich

merkte, dass sie das Thema abrupt wechselte. Und obwohl sie über etwas anderes sprach, spürte ich, dass in ihrem Kopf immer noch Gregor war.

Tereza verging vor Stolz. Gregor, ihr Ältester, war ein kluger Junge, ein guter Schüler und jetzt der Liebling des neuen Pfarrers. Er wird es einmal weit bringen, erzählte sie überall. Mehr Sorgen bereitete ihr Daniel, der bei den Sonntagsmessen nur ministrierte, und das sagte er auch jedem, um sich den Eintritt zum Taubenschlag des Pfarrers zu sichern. Er war oft verträumt und unkonzentriert, wollte für die Schule nicht lernen, weshalb er schlechte Noten bekam, grüßte die Lehrer nicht mit »Práci česť« (Ehre der Arbeit), wie es die anderen taten, tun mussten, sondern murmelte nur »Guten Tag«, sogar zum Ministrantenunterricht kam er immer zu spät. Aus seinen Hosentaschen rieselten oft Sonnenblumenkerne oder Weizenkörner, an seiner Kleidung klebten Federn und trockene Grashalme.

Nicht genug, dass ich an Nachmittagen keinen zum Spielen hatte, auch begannen Tereza und meine Mutter mir zu verbieten, in der Früh zu den Poláks zu gehen und mich in Daniels Bett zu legen. Sie sagten, dass ich jetzt ein großes Mädchen sei und die Jungen meiden solle. Wie sollte ich aber Gregor oder Daniel heiraten, wenn ich sie meiden sollte?

Herr Matúš fuhr einen roten Škoda. Es war der einzige rote Škoda in unserem Dorf und ich erkannte ihn schon von Weitem. Einmal fuhr er an mir vorbei und ich winkte wie immer, da sah ich, dass Daniel auf dem Beifahrersitz saß. Mein Freund sah nicht besonders glücklich aus. Das konnte nur bedeuten, dass die Fahrt, egal wohin sie auch ging, ihm keinen Spaß machte. War es möglich, dass sie gegen seinen Willen stattfand?

»Sie fahren in die Stadt«, sagte mir Gregor und grinste dabei eigenartig. »Herr Matúš wird ihm sicher etwas schenken. Mir kauft er auch immer etwas, wenn wir fortfahren, und dann gehen wir in eine Konditorei und trinken heiße Schokolade und essen Kuchen und Torten.« Gregor erzählte es so, als ob mit dem Pfarrer Ausflüge zu machen die normalste Sache der Welt wäre, aber irgendetwas stimmte nicht. Gregors Stimme klang anders als sonst, sie war schriller, zum Schluss zitterte sie ein wenig. Mir kam vor, dass Gregor eifersüchtig auf seinen Bruder war.

Am späten Nachmittag kam Daniel zurück. Ich traf ihn vor dem Haus und wollte ihn ausfragen, wie es in der Stadt gewesen sei und welche Geschenke er bekommen habe, aber er schritt wütend an mir vorbei und ging gleich ins Haus. Ich ging ihm nach und hörte, wie er im Wohnzimmer seine Mutter anschrie, dass sie ihn nie wieder mit dem Perversling irgendwohin schicken solle und dass er ab jetzt auch nicht mehr den Religionsunterricht besuchen werde.

Ich kannte das Wort Perversling nicht, ahnte aber, dass es etwas Schreckliches sein musste, denn Daniel war sonst ein stiller, eher schüchterner Junge, der niemals schimpfte und fluchte und mit jedem gut auskam. Noch bevor ich das Haus der Poláks verließ, hörte ich Daniel schreien: »Er hat mich berührt«, rief er, und dann klatschte schon eine Ohrfeige. Terezas wütende Stimme war eindeutig. »Du sollst nicht lügen!«, brüllte sie. »Das würde der Herr Pfarrer niemals tun.«

»Er hat es getan!«, schrie Daniel aus dem Haus rennend und bemerkte nicht einmal, dass ich bei ihnen in der offenen Tür stand. Ich lief ihm nach, war aber nicht so schnell wie er, und so verlor ich ihn bald. Völlig außer Atem setzte ich mich auf die Friedhofsmauer und dachte nach, was das alles zu bedeuten hatte, da bemerkte ich, wie Gregor zum Pfarrhaus ging, an der Tür läutete und Herr Matúš ihn ins Haus bat.

# 4

Er hat mich berührt. Ich überlegte, ob Daniel das bestimmte *Berühren* gemeint hatte. Der Herr Pfarrer berührte uns alle, meistens auf dem Kopf oder auf den Schultern, manchmal auch an den Händen. Ich spürte ganz tief in mir, welche Berührung Daniel gemeint hatte, ließ aber den Gedanken nicht zu. Das *Berühren* tut man nicht. Nicht bei einem Mädchen und nicht bei einem Jungen. Und ein Herr Pfarrer tut so etwas sowieso nicht.

Gregor ging immer furchtlos ins Pfarrhaus, das konnte nur bedeuten, dass Daniel sich irrte. Herr Pfarrer *berührte* ihn nicht und wenn, dann vielleicht ungewollt und zufällig, weil er irgendetwas im Auto gesucht hatte. Ja, genau so musste es gewesen sein.

Seit diesem Tag war Daniel noch verschlossener als sonst. Und er ging nicht mehr ministrieren. Tereza brach es beinah das Herz, aber Herr Matúš redete auf sie ein und argumentierte damit, dass Daniel ein sensibler Junge sei, der allein entscheiden sollte, was er tun wolle und was nicht. Er werde ihn nicht zwingen, und wenn er auch eine Zeit lang nicht mehr in die Kirche gehe, sei es in Ordnung. Er werde schon den Weg zu Gott finden.

Und weil unser Herr Pfarrer ein herzensguter Mensch war, und davon waren wir alle überzeugt, schenkte er Daniel, obwohl er schlecht über ihn geredet hatte, zwei Brieftaubenpaare. Einfach so. Er brachte sie in einem Vogelkäfig zu den Poláks und meinte, dass sie ab jetzt Daniels Tauben seien. Tereza strahlte über das ganze Gesicht und bot Herrn Matúš ein Glas Wein an.

Jedes andere Geschenk hätte Daniel sofort abgelehnt, aber die Tauben konnte er nicht ablehnen, nicht jetzt, da er sich nach nichts mehr gesehnt hatte, als eine eigene Brieftaubenzucht zu beginnen.

Er nahm die Tauben an und bedankte sich, ohne den Pfarrer dabei anzusehen. Daniels Mund war zu einem Strich zusammengekniffen, aber seine Augen strahlten, als er den Käfig mit zwei Elternpaaren auf den Dachboden trug. Und dann hörte ich nur ein tagelanges Sägen und Hämmern auf dem Dach des Polák-Hauses. Die Tauben blieben in Daniels neuem Taubenschlag so lange eingesperrt, bis die Weibchen Eier gelegt und sie ausgebrütet hatten. Erst die neu geschlüpften Tauben waren wirklich Daniels Tauben, weil diese auch nach ihren Flügen in den Heimatschlag zurückkehrten.

Gregor verbrachte seine Freizeit mit dem Pfarrer, Daniel mit den Tauben. Und keiner hatte Zeit für mich. Ich war traurig und glaubte schon, meine Freunde endgültig verloren zu haben. Um nicht ganz allein zu sein, begann ich, mehr aus Verzweiflung, mit den Mädchen zu spielen. Inzwischen war ich dreizehn geworden, dünn und in die Höhe geschossen, kein Kind mehr, aber eine Frau auch noch nicht.

Ich war, körperlich gesehen, eine Spätentwicklerin. Fast keine Spur von einem Busen, keine Rundungen an den richtigen Stellen, kein Tuscheln auf der Turnbank, wie die anderen Mädchen, die einmal im Monat nicht turnen konnten. Ich konnte immer turnen.

Bald erkannte ich, dass es unter den Mädchen ganz anders zuging als unter den Jungen. Sie sprachen von Make-up und Mode, von roten Nägeln, die man sich nur in den Ferien anmalen konnte, von gefärbten Haaren und darüber, ob das Toupieren den Haaren schade oder nicht. Die meisten Mädchen interessierten sich für die Jungen, aber anders als ich. Sie kicherten, wenn einer von ihnen vorbeiging, prahlten mit der Körbchengröße ihres Büstenhalters und machten sich wichtig, indem sie behaupteten, eine besondere Ausstrahlung zu haben. Eine Ausstrahlung bemerkte ich bei keinem der Mädchen in der Klasse, höchstens Ausdünstung, wenn sich eine länger nicht gewaschen hatte.

Es war immer das Gleiche und immer langweilig, vor allem deswegen, weil ich nicht wirklich dazugehörte. Um das zu ändern, entschied ich mich auch fürs Haarefärben, um mir mehr Weiblichkeit zu verschaffen. Wenn ich einmal blond bin, werden sie mich schon bemerken. Ich wusste, die Mama würde deswegen mit mir schimpfen, aber gefärbt ist gefärbt, und dagegen würde auch die Mama nichts unternehmen können. Eine Glatze würde sie mir deswegen nicht rasieren.

Ich ging in die Apotheke, um Wasserstoffperoxid zu kaufen und mich in eine dreizehnjährige Marilyn Monroe zu verwandeln, und zahlte für das braune Fläschchen, dessen Inhalt mein Leben verändern sollte, zwei Kronen. Ich hätte auch meine ganzen Ersparnisse hergegeben, wenn ich davon nur ein bisschen weiblicher geworden wäre. Der Apothekerin, die mich prüfend ansah, sagte ich, dass die Mutter die Lösung zum Desinfizieren brauche, und ich sah ihr an, dass sie mir nicht glaubte. Doch das störte mich in dem Augenblick nicht.

Auf der Straße traf ich Veronika Nosková aus unserer Klasse. Wir redeten ein bisschen, und weil es so viel war, was wir uns zu sagen hatten, auch sie war in gewissem Sinne eine Außenseiterin, die Arme hatte von Natur aus rote Haare, setzten wir uns auf eine Parkbank. Wir saßen dort ziemlich lange und tratschen über dieses und jenes, richteten alle Mädchen aus allen Parallelklassen aus und fühlten uns dabei verstanden und unheimlich wohl.

Und dann erzählte sie und beschwor mich, es nicht weiterzuerzählen, von ihrem Vater, der einige Monate nach ihrer Geburt von den Kommunisten hingerichtet worden war. Ihre Mutter und die Verwandtschaft verstünden es noch immer nicht, denn Herr Nosko hatte mit den Partisanen beim Slowakischen Nationalaufstand gekämpft, aber nach dem Krieg meinte auf einmal jemand, er sei ein Verräter und faschistischer Kollaborateur gewesen. Im Gefängnis folterten sie ihn, genauso wie einige andere Männer und Frauen. Der Verteidiger riet ihm, die Taten, die er nie begangen hatte, zu gestehen, um so mildernde Umstände zu erwirken. Veronikas Vater war von den quälenden Verhören gebrochen, er wog nur mehr fünfzig Kilo und gestand. Im Prozess wurde er mit zwei weiteren Männern, die auch gestanden hatten, zum Tode verurteilt.

Herr Nosko wurde Ende 1951 gehenkt. Der Henker war ein Mann aus D. »Stell dir vor«, sagte Veronika, »als er um vier Uhr in der Früh in die Zelle kam, um ihn abzuholen, erkannte ihn mein Papa. ›Was machst du hier?‹, fragte ihn der Henker. ›Und was machst du hier?‹, fragte ihn mein Papa. ›Ich soll einen Verurteilten abholen.‹ – ›Und ich bin der, den du abholen sollst.‹ – ›Das muss ein Irrtum sein‹, sagte der Henker und ging nachfragen. Und eine halbe Stunde später war mein Papa tot.«

Veronika erzählte die Geschichte flüsternd und geheimnisvoll, aber nicht besonders gerührt. Sie hatte ihren Vater nie kennengelernt. Ihre Mutter war wieder verheiratet.

»Aber weißt du, was ich am besten finde?«, fragte sie, wobei ihre Augen einen besonderen Glanz bekamen. »Der Henker, der meinen Vater hingerichtet hatte, wurde kurze Zeit danach ermordet. Man hat ihn erstochen in einem Straßengraben gefunden. Natürlich war das Rache, er hatte viele Menschen ins Jenseits befördert, aber die Polizei hat seinen Mörder nie gefunden.«

»Das finde ich gut!«, schrie ich auf. »Recht geschieht ihm.« Wir freuten uns über den Tod eines uns unbekannten Menschen und spürten das Leben in uns. Wir gingen gemeinsam in eine Drogerie, kauften Henna und färbten uns damit die Haare. Meine wurden aus Solidarität feuerrot, die von Veronika orange.

So wurde Veronika meine beste Freundin.

Als wir ins Gymnasium gingen, begann meine Mutter Stress zu machen. Noch ein paar Jahre zuvor hatte sie mir ausdrücklich verboten, zu den Polák-Jungen zu gehen, wenn Tereza nicht zu Hause war, sie wollte nicht, dass die Nachbarn schlecht über mich dachten und es überall erzählten, und jetzt wollte sie auf einmal, dass ich mit Gregor auf den Schulball ging, eventuell ins

Kino oder in eine Konditorei. Jetzt war ihr die Moral egal. Sie wollte aus uns ein Paar machen. In aller Ehre. Doch das wollte ich nicht.

Inzwischen war ich alt genug, um zu begreifen, was es mit dem hinteren Teil des Polák-Gartens auf sich hatte. Nach einem alten Testament des gemeinsamen Urgroßvaters meiner Mutter und Terezas gehörte das Grundstück den beiden Großcousinen zusammen. Da aber die Poláks das Haus an der Straße gebaut hatten, war der Teil des Grundstücks meiner Mutter vom öffentlichen Grund aus nicht mehr zugänglich. Wenn ich aber Gregor – von Daniel wollte meine Mutter nichts wissen – heiraten würde, konnte man zwischen den Grundstücken eine Zufahrt zu der hinteren Parzelle errichten. Ansonsten bliebe das Grundstück von der Straße abgeschnitten.

Auf unserem Grundstück allein war es nicht möglich, weil das Haus nur drei Meter von der Grundstücksgrenze entfernt stand. Die Zufahrt zu der hinteren Parzelle hätte diese drei Meter eingenommen, was aber nach baupolizeilichen Bestimmungen nicht erlaubt war. Mit einem Wort, das Grundstück war für uns nur dann erreichbar, wenn Tereza zwei und meine Mutter einen Meter abtreten würden. Dafür aber hätten sie sich einig sein müssen.

Auch wenn ich einmal gern ein Haus und einen Garten haben wollte, konnte ich mir eine Ehe mit Gregor nicht vorstellen. Nicht jetzt und auch nicht später. Er war bei allem, was er tat, berechnend und immer auf seinen Vorteil bedacht. Nicht das Gefühl, sondern das, was unter dem Strich blieb, war für ihn das Wichtigste.

Und er war immer noch mit dem Pfarrer befreundet, obwohl er als Sechzehnjähriger nicht mehr ministrieren durfte. Fast jeden Tag besuchte er Herrn Matúš im Pfarrhaus, zwei-, dreimal im Jahr begleitete er ihn auf seinen Reisen zu besonderen kirchlichen Festen, obwohl er später kein Pfarrer werden wollte. Und keiner traute sich das zu sagen, was alle sich schon längst dachten.

Veronika war das schönste Mädchen unseres Jahrgangs. Ich vergönnte ihr, dass alle Jungen verrückt nach ihr und ihren roten Haaren waren. Und ich vergönnte ihr Gregor, der von allen Mädchen heiß umworben wurde und sich trotzdem für meine beste Freundin entschieden hatte.

Veronika störte Gregors Freundschaft mit dem Pfarrer nicht, denn auch sie profitierte davon. Als Herr Matúš bemerkt hatte, dass die zwei zusammen waren, war er auch ihr gegenüber großzügig und kaufte ihr in der Stadt Kleinigkeiten wie Modezeitschriften oder Bücher.

Meine Mutter schäumte. Sie ärgerte sich über die Entwicklung, die von ihrem Plan abwich. Und ab diesem Zeitpunkt waren die Kaffeekränzchen bei Tereza nicht mehr so gemütlich wie bis dahin. Die zwei stritten öfter, wobei meine Mutter Tereza beschuldigte, Veronika mir vorzuziehen, um die hintere Parzelle endgültig an sich zu reißen. Tereza beschwichtigte sie immer wieder, dass sie mich viel lieber als Veronika habe und dass Gregor sich nur die Hörner abstoßen solle. »Sie sind doch alle noch so jung«, sagte sie mit gespielt sanfter Stimme. »Sie sollen ihre Erfahrungen machen.«

»Was für Erfahrungen?«, schrie meine Mutter wie besessen. »Wenn das Mädchen einmal schwanger ist, wird es zu spät sein. Und was machen wird dann?«

Tereza stellte Kaffee auf. »Magst du auch?«, fragte sie. Meine Mutter verneinte, blieb aber auf dem Küchenstuhl sitzen. Sie atmete schwer, ihr Asthma machte ihr immer, wenn sie aufgeregt war, zu schaffen.

Ich hatte vom Vorzimmer aus das ganze Gespräch mitangehört und war peinlich berührt. Es ging nicht um mich oder mein Glück, sondern um einen Garten, den wir bisher genauso genutzt hatten wie die Poláks. Unsere Mütter dachten sich da etwas aus, was in ihren Augen gut für uns sein sollte, was aber nicht unser Lebensplan war.

Bis dahin hatte ich nicht darüber nachgedacht, wie mein Leben verlaufen sollte. Ich war jung und wusste nicht, welche Ausbildung für mich die beste sei und wohin mich mein Weg führen würde. Das Einzige, was ich ziemlich genau wusste, war, dass ich nicht für immer in unserem Dorf bleiben wollte. Mich zog das Fremde an, das Unbekannte. Ich wollte ferne Städte bereisen, neue Menschen kennenlernen, mir fremde Sprachen aneignen und sie zu meinen machen. Ich sah mich in einer mir unbekannten Stadt leben, arbeiten, etwas Besonderes tun, etwas, das mich erfüllte und wofür mich die anderen bewundern würden.

Das hatte ich mit Daniel gemeinsam. Auch er träumte davon, einmal wegzugehen, sich die Welt anzusehen und an einem großen Forschungsprojekt mitzuarbeiten. Und auch wenn es unsere Mütter verboten hatten, lagen wir sehr oft genauso nebeneinander im Bett, wie wir es getan hatten, als wir noch kleine Kinder gewesen waren, und träumten uns in eine andere Welt, die auf uns wartete.

Im Nebenzimmer waren Gregor und Veronika. Er wollte ihr mit Mathematikaufgaben helfen und ihr die Berechnungen der Integrale und Logarithmen erklären, doch wir hörten andauernd nur albernes Kichern, dann das Quietschen der Bettfedern. Das war nicht ungewöhnlich, denn die beiden saßen immer auf dem Bett, wenn Veronika bei ihrem Freund war. Und dann war es nebenan still. Daniel und ich starrten die Decke an und gaben uns Tagträumen hin. Vielleicht waren wir in dem Traum am gleichen Ort, vielleicht auch nicht. Das Schöne aber war, dass wir immer den Traum des anderen verstanden.

Im Nebenzimmer quietschten schon wieder die Bettfedern, diesmal anders als zuvor. Und dann war ein leises, unterdrücktes Stöhnen zu hören. Daniel und ich sahen uns erschrocken an. Ich dachte, oh Gott, die werden doch nicht … Daniel sagte nichts. Er stand auf und ging aus dem Zimmer.

Am nächsten Tag traf ich Veronika in der Schule. Sie sah wie immer aus, sie lächelte nur anders als sonst. Ich wollte sie schon auf die Mädchentoilette ziehen, da läutete die Schulglocke und ein Lehrer schickte uns sofort in die Klasse. Die erste Stunde war unerträglich lang. Ich sah meine Freundin immer wieder an und überlegte, ob ich sie direkt fragen oder lieber warten sollte, bis sie selbst zu erzählen begann.

Endlich läutete die Schulglocke wieder. Veronika sprang von ihrem Platz auf und rannte, ich ihr nach, auf den Gang, wo Gregor schon auf sie wartete. Ich blieb vor der Klasse stehen und beobachtete die zwei, wie sie leise miteinander redeten, wobei Gregor immer wieder Veronikas Arme und Schultern berührte.

Also doch, dachte ich. Ich konnte nicht fassen, dass es die zwei schon getan hatten. Erst am Nachmittag, als ich endlich mit Veronika allein war, gab sie zu, dass etwas gewesen sei, aber nicht ganz, und dass es trotzdem schön gewesen sei. Sie sei total in Gregor verknallt und es sei die normalste Sache der Welt, wenn zwei sich liebten.

»Aber du bist erst fünfzehn«, hakte ich ein. »Bist du sicher, dass das richtig ist?«

»Ja, fast sicher«, antwortete Veronika zögernd. »Aber wir warten noch ein bisschen.«

An diesem Tag musste auch mit Gregor etwas Entscheidendes passiert sein. Er ging nicht wie üblich am Nachmittag zum Herrn Pfarrer, und als dieser bei Poláks anrief und sich nach Gregor erkundigte, ließ er sich verleugnen. Und am nächsten Tag ebenso und an den folgenden auch. Als ob Herr Matúš für ihn von einem Tag auf den anderen zu existieren aufgehört hätte.

Tereza erzählte es meiner Mutter, die gerade nasse Wäsche aufhängte, am Zaun und machte sich Sorgen. »Gregor war immer ein braver Junge«, sagte sie, »aber seit er in die Pubertät gekommen ist, ist er kaum wiederzuerkennen.«

»An allem ist nur das Mädchen schuld«, sagte meine Mutter giftig. »Sie hat ihm den Kopf verdreht und du schaust nur ruhig zu, wie er seinem Unglück entgegenrennt.«

»Was kann ich schon dafür, dass deine Silvia ihn nicht will?«, zischte Tereza zurück. »Glaubt sie, dass sie etwas Besseres ist als er?«

»Tausendmal besser«, sagte meine Mutter verärgert, bückte sich zum Wäschekorb, nahm ein großes Leintuch heraus, schüttelte es aus, dass die Wassertropfen nur so spritzten, und warf es über die Wäscheleine.

Es war immer die gleiche Leier. Unsere Mütter beschuldigten sich gegenseitig dafür, dass wir nicht so funktionierten, wie sie es für uns vorgesehen hatten. An Tagen, an denen meine Mutter mit Tereza stritt, reagierte sie sich an ihrer Nähmaschine ab. Sie trat mit voller Kraft in die Fußplatte, die Nadel rasselte geräuschvoll über den Stoff. Und weil sie sich oft, wenn sie im Zorn arbeitete, vernähte, musste sie die Stücke wieder auseinandertrennen und neu zusammennähen. Dabei fluchte sie leise und murmelte Terezas und Veronikas Namen.

Es nutzte aber alles nichts. Gregor war fest mit Veronika zusammen und ich war froh darüber. Ich mochte damals mit Ausnahme von Daniel die Jungen nicht. Sie waren aggressiv, dumm, eingebildet und vor allem in der Gruppe unerträglich laut. Sie waren in meinen Augen wahre Monster, die ich, so gut es ging, mied. Ehrlich gesagt verstand ich nicht, was Veronika an Gregor anziehend fand. Er war zwar groß und schlank, das gefiel allen Mädchen, aber sein Gesicht war nicht gerade von anmutiger Schönheit. Seine Züge waren grob und scharf geschnitten, die dunklen Augen an der Wurzel einer Adlernase tief gesetzt, die von Akne übersäte Stirn breit, das Kinn vorgeschoben. Er hatte breite Schultern, die ihm Männlichkeit verliehen, aber nur so lange, bis er seinen Mund öffnete. Dann kam der unreife Junge zum Vorschein, den ich nicht ausstehen konnte. Gregor war ein guter Schüler und ein arroganter Junge.

Daniel war ganz anders. Er war kleiner als sein älterer Bruder und zierlicher. Noch kein Mann, aber auch kein Junge mehr. Sein blondes Haar und die blauen Augen verliehen ihm etwas Unschuldiges, beinah Engelhaftes. Trotzdem war Daniel weder in der Schule noch im Dorf beliebt. Man lachte über seine Einfälle, über seine Liebe zu den Tieren, über seine Träume, aus denen er nicht aufzuwachen schien.

Aber am meisten verachteten ihn die Dorfbewohner wegen seiner Anschuldigung gegen den allseits beliebten Pfarrer. Denn Daniel hielt nicht den Mund, sondern erzählte allen, dass der Pfarrer gern Bubenspiele spiele und sich an seinen Ministranten vergreife. Und niemand glaubte ihm, weil keiner von den anderen Ministranten Daniels Verdacht bestätigt hatte. Und nicht nur das. Im Dorf hieß es, dass der jüngste Polák verrückt geworden sei und in eine psychiatrische Anstalt gehöre. Tereza schämte sich seiner, schimpfte viel mit ihm, drohte mit Hausarrest, doch all die *Besserungsversuche* fruchteten nicht. Daniel blieb, wie er war.

Der Einzige, der zu ihm hielt, war Herr Matúš selbst. Er hatte ihm nicht nur die Verleumdungen verziehen, sondern ihm seine Freundschaft und Unterstützung angeboten. Da sie eine gemeinsame Leidenschaft für den Brieftaubensport verband und sie weit und breit die einzigen Taubenzüchter waren, versöhnten sie sich mit der Zeit und kümmerten sich gemeinsam um die kostbaren Vögel.

Daniel war ein gelehriger Schüler. Er ließ sich alles erklären, las einschlägige Fachzeitschriften und Bücher, probierte Neues aus. Bald überholte er mit seinem Wissen seinen Mäzen und da er in die Brieftaubenzucht auch mehr Zeit als Herr Matúš investiert hatte, konnte er öfter an Flugwettbewerben teilnehmen.

In der Schule war Daniel der Schrecken aller Lehrer. Er war unkonzentriert und verträumt. Er passte nur auf, wenn es für ihn interessant war. In der Biologiestunde zum Beispiel, in Geografie oder in Mathematik und Physik, wenn es um Berechnungen der Bahnen und Geschwindigkeiten beweglicher Objekte ging. Trotz der relativ schlechten Noten kam er mit uns aufs Gymnasium.

Der September brach ungewöhnlich stürmisch herein. Mit eisigem Wind versuchte er die noch voll belaubten Bäume zu entblättern und fegte über die Gassen. Das neue Schuljahr begann.

Jeden Tag um halb sieben in der Früh fuhren alle Schüler und Studenten aus dem Dorf mit dem Bus nach Bratislava. An einen Sitzplatz war nicht zu denken, denn der Bus sammelte Schüler von mehreren Dörfern ein und als er zu unserer Haltestelle kam, war er bereits so überfüllt, dass wir froh sein konnten, auf den Treppen bei der Tür stehen bleiben zu können. Die gleiche Tortur erlebten wir am Nachmittag, wenn es heimwärts ging. Das hoffnungslose Drängen in den Bus, das Warten auf den nächsten, der kam, wann er wollte, das Heimfahren eingequetscht wie eine Sardine in der Dose. Ich begann das Wohnen an der Peripherie zu hassen.

Die Mitschüler aus der Klasse, die in der Stadt wohnten, konnten in der Früh länger schlafen und dann zu Fuß in die Schule gehen oder ein paar Stationen mit der Straßenbahn oder dem Trolleybus fahren, sich am Nachmittag einen Film im Kino ansehen und in der Stadt spazieren. Wir, die Landeier, verloren jede Menge Zeit mit dem Warten auf den Bus, der sich an keinen Fahrplan hielt, und blieben während der Woche am Abend zu Hause, weil es dann keinen Bus gab, der uns nach Hause hätte bringen können.

Der einzige Vorteil, den wir gegenüber der Stadtjugend hatten, war unser alljährlicher Kirchtag, die süße Maßlosigkeit des Wohlstands, der Duft des Gänsebratens, der Feuerflecken und Kokosbusserln. Drei Tage der Fröhlichkeit, des Schlemmens und des Familienzusammenhalts. Drei Tage, an denen die Eltern ihren heranwachsenden Kindern erlaubten, den Tanzsaal des Gasthauses zu betreten, den Tanzenden zuzuschauen oder selbst die ersten Tanzschritte auszuprobieren. Viele, die von unserem Dorf in die Stadt weggezogen waren, kehrten gern an Kirchtagen immer wieder zurück, um sich am Gefühl der Heimat zu erfreuen.

Am Kirchsonntag hing ein Duft von Gänsebraten über den schmalen Gassen, aus dem Dorfrundfunk drang Csardas in alle

Ohren. Die Kinder liefen aufgeregt im Festtagsgewand hin und her und bildeten ein Empfangskomitee für die Gäste, die ihre Familien besuchten. Auch die bettelnden Zigeunerinnen, die mit ihren Jüngsten am Arm von Haus zu Haus gingen, gehörten zum Kirchtagsbild. Die Hausfrauen bereiteten für sie kleine Päckchen, die sie ihnen vor der Tür überreichten. Ein Stück Fleisch, ein paar Würstel, etwas Süßes für die Kinder.

»Auch die Zigeuner sollen einen Kirchtag haben«, sagte meine Mutter. »Aber warum arbeiten sie nicht und gehen lieber betteln?«, fragte ich. »Das ist eine gute Frage«, antwortete meine Mutter, »aber wenn ich ihnen nichts gebe, werden sie es stehlen.«

Die Roma und Sinti, die in der Zigeunergasse wohnten, brachten Farbe in unser Dorf. Die Frauen trugen bunte Röcke und geblümte Kopftücher, die Männer karierte Hemden, und alle miteinander goldene Zähne im Mund. Wenn im Sommer eine der alten Zigeunerinnen im Garten in einer verzinkten Blechwanne badete, liefen alle Kinder aus dem Dorf zusammen, standen am Zaun und lernten etwas über die weibliche Anatomie, denn die eigene Mutter hatten sie noch nie nackt gesehen.

Es war schon der dritte Kirchtag in Folge, an dem es von Freitag bis Sonntag durchgehend regnete. Die Dorfbewohner saßen an ihren festlich gedeckten Tischen und versuchten sich in ihren Gebeten mit dem Wettergott auszusöhnen, ihn fürs nächste Mal positiv zu stimmen. Die Perlen der Rosenkränze glitten durch ihre Finger, die knorrig und rau von schwerer Arbeit waren, doch es regnete weiter.

Die Kirche war während der Sonntagsmesse voll. In den vorderen Bänken saß die Jugend, in der Mitte die Frauen, ganz hinten die Männer. Veronika und ich standen oben bei der Orgel und sangen mit dem Chor. Veronika Alt, ich Sopran. *»Lamm Gottes, du nimmst hinweg die Sünde der Welt ...«* Die Melodie schwebte im Kirchenschiff über den Köpfen der Gläubigen, die in Gedanken schon beim Mittagessen waren. Die Hausfrauen gingen in ihren Köpfen die Kochvorgänge durch, die sie noch absolvieren mussten, damit die Suppe gelb und duftend sein würde, der Braten saftig und knusprig, die Kartoffeln weich und gleichzeitig fest, der selbst gekelterte Wein zum richtigen Zeitpunkt aus dem Eichenfass gezogen.

Der Weg der Männer führte nach der Messe ins Wirtshaus, wo sie beim Frühschoppen die Neuigkeiten aus dem Dorf erfuhren und sie nach ein paar Gläsern Bier oder Wein ihren Frauen mit nach Hause trugen.

Die Jugend versammelte sich nach der Messe hinter der Kirche. Manche Jungen standen schon während der Messe dort und rauchten heimlich. Das trauten sich nur die Mutigsten, die Rebellen, die in unseren Augen die Größten waren.

Die Mädchen standen im Kreis auf dem Gehsteig und bewunderten einander in ihren neuen Kleidern. Meine Mutter hatte sich diesmal selbst übertroffen. Sie hatte mir ein cremegelbes Minikleid mit einer Spange unter der Brust genäht. Es war die Kopie eines Kleides aus einem Modemagazin, das ich mir von einer Mitschülerin ausgeborgt hatte. Schade nur, dass ich einen Regenmantel über meinem Kleid tragen musste.

Veronika eilte nach Hause. Sie hatten Besuch aus der Stadt und sie musste ihrer Mutter bei der Vorbereitung des Mittagessens helfen. Ich blieb bei den Mädchen stehen und wartete auf Daniel und Gregor, die den gleichen Weg nach Hause hatten wie ich. Die Menschen strömten aus der Kirche und blieben am Vorplatz stehen. Sie standen in kleinen Gruppen und redeten. Zum Schluss kamen die Ministranten mit dem Herrn Pfarrer heraus. Herr Matúš reichte einigen Männern und Frauen die Hand, plauderte mit ihnen, wünschte allen einen gesegneten Sonntag und ging in den Pfarrhof. Daniel lief ihm nach, fragte ihn etwas und ging mit ihm den Rest des Weges.

Ich konnte es mir schon denken – Daniel wollte zu den Tauben gehen. Und auf einmal ließ ich die Mädchen Mädchen sein und lief Daniel in der Hoffnung nach, dass er mir etwas über die

Tauben erklären, mir vielleicht erlauben würde, sie zu berühren. Wir hatten uns schon so lange nicht unterhalten. Ich vermisste meinen Freund.

Als ich im Hof ankam, war Daniel nicht mehr da. Er war sicher schon auf dem Dachboden, wo sich der Taubenschlag befand. Ich überlegte, ob ich heimlich hinaufgehen – der Herr Pfarrer hatte es keinem außer Daniel erlaubt – oder nach Hause gehen sollte, da bemerkte ich, dass Gregor zum Haus ging. Ich versteckte mich hinter der Scheune und sah zur Eingangstür.

Gregor betrat das Haus ohne anzuläuten und verschwand hinter der Tür. Kurz darauf hörte ich Stimmen. Gregor sprach sehr aufgeregt und laut, Herr Matúš versuchte ihn zu beruhigen. Seine tiefe, sanfte Stimme, der ich früher so gern gelauscht hatte, klang diesmal hohl. Gregor wurde immer lauter, trotzdem verstand ich kein Wort. Plötzlich ging die Tür auf und der Junge stürmte ins Freie. Herr Matúš, der ihm folgte, rief »Überlege es dir noch« und blieb im Türrahmen stehen. Ohne sich umzudrehen, rannte Gregor aus dem Pfarrhof.

Es war mir peinlich, dass ich Zeugin eines Streits geworden war und blieb deshalb in meinem Versteck. Ich wartete, bis Herr Matúš die Tür von innen geschlossen hatte, und wollte so schnell wie nur möglich den Pfarrhof verlassen, da kam Daniel vom Dachboden herunter. Er ging in die Mitte des Hofes und sah hinauf zum Taubenschlag. Mit dem nach hinten geneigten Kopf starrte er so lange in die Höhe, dass er einen Krampf im Nacken hätte bekommen müssen. Doch anscheinend spürte er den Schmerz, den ich ihm zugedacht hatte, nicht, denn er lächelte. Als ob er sich nach Flügeln gesehnt hätte, nach der Höhe, nach der Unendlichkeit des Himmels. Ich kannte ihn gut genug, um zu wissen, dass er sich mit dem Blick nach oben in eine andere Welt hineinträumte. In diesem schwebenden Augenblick des Wachtraums, in dem seine Füße auf der Erde standen und der Geist mit den Tauben flog, war er glücklich.

# 5

Seit dem Streit im Pfarrhof wollte Gregor von seinem Gönner nichts mehr wissen. Er ging nicht mehr in die Kirche und in den Pfarrhof schon gar nicht. Auf die Frage nach dem Grund zuckte er nur mit den Schultern und sagte etwas vom Nicht-ministrieren-Dürfen, aber keiner nahm ihm das wirklich ab. Alle spürten, dass da ein Konflikt war, auch wenn Gregor nichts davon gesagt hatte. Tereza, die alles auf die Pubertät ihres Sohnes schob, war sehr beunruhigt deswegen. Natürlich hegte sie auch den Verdacht, dass Veronika etwas damit zu tun haben könnte, dachte aber, dass das Mädchen Gregor gegen den Geistlichen angestachelt hätte. Wie es in Wirklichkeit war, ahnten nur Daniel und ich. Aber wir sprachen nicht darüber.

»Glaubst du«, fragte meine Mutter einmal Tereza, »dass Daniel damals vielleicht recht gehabt haben könnte? Dass Herr Matúš ... du weißt schon.«

»Wie kannst du nur so denken?«, wehrte Tereza ab. »Du siehst doch, wie labil Daniel ist. Einmal beschuldigt er den Herrn Pfarrer und dann ist er sein bester Freund.«

Ihre Augen glitten nervös auf und ab. Der Gedanke, dass ihr Ältester etwas mit dem Pfarrer gehabt haben könnte, war ihr unerträglich.

»Nein«, sagte sie, »Daniel lügt.«

»Warum sollte er lügen?«

»Was weiß ich.«

»Ich meine nur, möglich wäre es, dass Herr Matúš ihn mit den Tauben gekauft hat. Ich habe schon einmal von einem ähnlichen Fall gehört ...«, ließ meine Mutter nicht locker.

»Und du glaubst, dass Daniel sich den Mund verbieten ließe?

Da kennst du ihn aber schlecht. Er ist stur. Einfach nur stur. Und er will sich wichtigmachen.«

»Daniel ist noch ein Kind. Und er hat sich die Tauben so sehr gewünscht«, sagte meine Mutter nachdenklich. »Und du weißt, wie Kinder sind.«

»Daniel ist fünfzehn. Er ist kein Kind mehr.«

Tereza saß, ihre rechte Schulter massierend, bei uns auf der Wohnzimmercouch, die Mutter, zwei Brillen auf der Nase, säumte am Fenster ein hässliches rot gemustertes Kleid. Beide waren langsam in die Jahre gekommen und klagten gern über Krankheiten, die ihnen zu schaffen machten. Einmal war es das Rheuma, das andere Mal Arthritis, am nächsten Tag Sodbrennen. Die diversen Leiden tauchten immer häufiger in den Gesprächen auf, eine Konstante blieb aber die Beschäftigung mit ihren Kindern. Sie wurden nicht müde, unsere Zukunft zu planen.

Daniel kümmerte es nicht, ob sein Bruder in die Kirche ging oder nicht, denn seine Welt waren die Tauben. Inzwischen hatte er mehr als dreißig eigene und betreute noch den Taubenschlag von Herrn Matúš mit. Zum Glück stellte die landwirtschaftliche Genossenschaft das Futter für die kostbaren Vögel zur Verfügung, sodass Daniel keine finanziellen Sorgen haben musste. Der Obmann der Genossenschaft, der gleichzeitig auch der Obmann des Kirchenrats war, tat es in erster Linie für den Herrn Pfarrer, und weil Daniel beide Taubenschläge betreute, bekam er auch die Körner für seine Vögel.

Um seinen Tauben wirklich das Beste bieten zu können, spazierte er noch durch die abgeernteten Felder und sammelte Maiskolben und Weizenähren, im Wald diverse Samen und Beeren, die er sorgfältig trocknete, um so einen Vorrat für den Winter zu haben. Er solle sich darum nicht sorgen, sagte ihm Herr Matúš, aber Daniel wollte alles perfekt machen und ging weiterhin auf Futtersuche, obwohl er wusste, dass die Tauben die Körner auf den Feldern finden und sich notfalls selbst versorgen konnten.

Wie einfach hätte es sein können, wenn Daniel im Dorf ein beliebter Jugendlicher gewesen wäre. Das Dorf D. wäre stolz auf ihn und die Leistungen seiner Tauben gewesen, denn sie begannen bei Landesmeisterschaften gute Platzierungen zu erreichen, ein Tauber gewann sogar eine Silbermedaille. D. aber hatte ein langes Gedächtnis und trug es Daniel immer noch nach, dass er sich damals wie ein *Verrückter* aufgeführt und Herrn Matúš als einen pädophilen Lüstling hingestellt hatte.

Der Priester stand über solchem *Kinderkram.* »Die Pubertierenden haben manchmal eine blühende Fantasie. Man darf nicht alles, was sie sagen, ernst nehmen. Und ich wäre ein schlechter Pädagoge, wenn ich jetzt böse auf ihn wäre. Ich mag ihn doch. Und wir haben ein gemeinsames Hobby, das lassen wir uns nicht durch irgendein Gerede vermiesen.«

Daniel schien mit der Entwicklung zufrieden zu sein. Er und Herr Matúš verstanden sich prächtig, auch wenn Daniel selten, beinah nie in die Kirche ging. Dafür war er oft im Pfarrhof, doch nur auf dem Dachboden, niemals im Haus. Wenn er aber im Hof stand und einen der kleinen Ministranten ins Pfarrhaus gehen sah, wurde er noch nachdenklicher als sonst. Aber er sagte nichts mehr. Er hatte keinen Grund, sich über den Herrn Pfarrer zu beschweren. Nicht nur, dass er ihm erlaubte, seine Tauben zu pflegen, er durfte, seit die Arbeit immer mehr wurde, auch mich als seine Gehilfin in den Taubenschlag mitnehmen. Die Entscheidung machte mich überglücklich. Ich war eine Auserwählte und ich durfte bei Daniel sein.

»Weißt du«, sagte er mir einmal, »Tauben sind viel ehrlicher als Menschen.« Wir waren gerade in seinem Taubenschlag und reinigten die Boxen.

»Wie meinst du das?«, fragte ich und richtete mich auf.

»So wie ich es gesagt habe. Die Tauben lügen nicht.«

»Und die Menschen …?«

Daniel sah mich von der Seite an und griff sich auf die Stirn. »Die Menschen sind notorische Lügner«, sagte er bitter. »Sie können dir ruhig in die Augen sehen und Sachen erzählen, die gar nicht stimmen. Und sie kümmern sich dann nicht darum, dass du danach als Lügner dastehst.«

Wir setzten uns auf einen Dachbalken und schwiegen zum gleichen Thema. Das war das Schönste an Daniel, dass er so schweigen konnte, dass ich wusste, warum er schwieg. Und ich spürte, dass sein Schweigen Herrn Matúš galt.

Unter dem Dach gurrte es laut. Die Flugklappen der linken und der rechten Box waren zu, die der mittleren offen. Dort waren vor ein paar Tagen Junge ausgeschlüpft, die Eltern fütterten sie mit einer weißen, nahrhaften Flüssigkeit, genannt »Taubenmilch«. Ich las in einem Buch, dass die Taubenmännchen besser mit der »Taubenmilch« ausgestattet seien als die Weibchen und dass die Methode der Tauben, ihre Jungen zu füttern, ein sehr intimer Vorgang sei. Das stimmte. Der Elternvogel fraß zuerst, verdaute und würgte das Verdaute wieder aus. Das Junge fraß es aus dem Schnabel der Eltern.

Die Tauben zu beobachten gehörte inzwischen auch zu meinen Lieblingsbeschäftigungen. Sie verhielten sich ähnlich wie die Menschen. Sie hatten auch ihre Hierarchien, Sieger und Verlierer, die sich jeden Tag in der Arena, auf dem Boden des Taubenschlags, trafen und ihre *Rechnungen* beglichen.

Tauben werden im Alter von etwa sechs bis acht Monaten geschlechtsreif. Dem Partner, mit dem sie sich zum ersten Mal paaren, bleiben sie ihr ganzes Leben treu. Wenn der junge Täuberich zu balzen beginnt, ist er nicht besonders wählerisch. Er versucht allen Weibchen im Schwarm so lange zu imponieren, bis ihm die »verheirateten« Männchen unmissverständlich deutlich machen, dass er ihre »Frauen« in Ruhe lassen soll. Da es aber in einem Schlag genug »ledige« Weibchen gibt, führt er seine Kunststücke fort.

Dieser Hochzeitstanz dient dazu, eine gleich gesinnte Jungfrau zu finden, mit der er sich paaren und sein Leben verbringen wird. So stolziert er um sie herum, plustert seinen Hals auf und spreizt seine Schwanzfedern so, dass er mit ihnen den Boden fegt. Und diese Taktik scheint auf das Weibchen zu wirken, denn es beginnt bald seinen Kopf wohlwollend zu neigen und zustimmend zu nicken. Das Männchen wählt dann die Nistbox aus und das Paar lässt sich für eine lebenslange Zeit gemeinsam nieder. Wenn einer der beiden stirbt oder von einem Wettflug nicht zurück nach Hause kommt, trauert die verwitwete Taube drei Tage und wählt dann einen neuen Partner, dem sie, solange sie beide leben, »treu« ist. Verwunderlich fand ich das Verhalten der verwitweten Weibchen, die nach dem Tod ihres Partners die Jungen verhungern ließen. Wenn hingegen das Männchen überblieb, kümmerte sich dieses weiterhin um seine Kinder. Es kam manchmal vor, dass bei einem Witwer, der seine Jungen fütterte, andere Halbwaisen, die ihre Mutter abgestoßen hatte, ums Futter bettelten und er sie auch versorgte.

Die Taubenzucht faszinierte mich.

Am schönsten war für mich zu beobachten, wie die Tauben ihre Nester bauten. Sie trugen Zweige, Stroh, Halme und Stöckchen zusammen und begannen mit dem Bau. Das Weibchen war nur ganz am Anfang dabei, später übernahm das Männchen die Baustelle, das von seiner Frau eifrig angefeuert wurde. Es war sehr vergnüglich, die Zweige sammelnden Männchen zu beobachten, da sie sehr penibel waren. Sie nahmen einen Zweig in den Schnabel, betrachteten ihn, schüttelten ihn und warfen ihn wieder weg, suchten weiter, bis sie das richtige Material für ihr Haus fanden.

Daniel hatte im Schlag auch eine faule Taube, die sehr erfinderisch war. Sie sah immer hinüber zum Nachbarn, der ebenfalls gerade ein Nest baute, und wenn der ausflog, um neue Äste zu holen, guckte sie unschuldig umher, schnappte einen Zweig über die Nesttrennwand hinweg und fügte ihn in ihr eigenes Nest. Der Nachbar realisierte nie, dass er im Grunde genommen zwei komplette Nester gebaut hatte.

Tauben legen in der Regel zwei Eier, manchmal nur eines, das sie achtzehn Tage bebrüten. Und weil das Weibchen seinen Anteil, indem es die Eier legt, geleistet hat, übernimmt das Männchen die größere Verantwortung für den Nachwuchs und brütet länger und öfter als seine Partnerin. Er mehr am Tag, sie in der Nacht, wobei er in der Nähe sitzt und auf sie aufpasst.

Als mein Freund bemerkte, dass die Leidenschaft für die Tauben auch auf mich übergesprungen war, betraute er mich immer wieder mit kleinen Aufgaben, die ich sehr gern erfüllte. Ich half ihm beim Reinigen des Schlages, beim Füttern, ich sah zu, dass die Vögel immer frisches Wasser zum Trinken, aber auch zum Baden hatten. Denn das tägliche Bad in einem Pool war für die kostbaren Vögel unerlässlich. Es sollte ihnen an nichts fehlen.

Es kam vor, dass sich fremde Brieftauben, die sich auf dem Heimflug befanden, zu uns verirrten. Sie waren von dem langen Flug erschöpft und taten mir leid. Eine erschöpfte Taube ist zahm und zutraulich. Wir versorgten sie mit Wasser und Traubenzucker und stellten ihr als Futter Körner, Haferflocken oder Reis hin. Es dauerte meistens ein, zwei Tage, bis sich die Taube regeneriert hatte und den Heimflug fortsetzen konnte. Ob sie aber jemals in ihrem Schlag ankam, war ungewiss.

Von den Wettbewerben, bei denen Daniels Tauben mitmachten, wusste ich, dass etwa fünf bis zehn Prozent der Tauben nicht zurückkamen. Und das galt nur für die kurzen Entfernungen von siebzig bis hundertfünfzig Kilometern, die eigentlich nur Trainingsflüge im Vergleich zu den anspruchsvolleren Wettbewerben waren.

Daniel träumte davon, einmal an einem richtigen Wettbewerb teilnehmen zu dürfen. Er träumte davon, dass seine Tauben nach einem tausend Kilometer langen Flug heil nach Hause kommen und Preise gewinnen würden. Er träumte davon, Champions zu züchten, an internationalen Ausstellungen teilzunehmen und von der Taubenzucht, seinem Hobby, leben zu können.

Auf meine Bedenken, ob der Taubensport nicht eine Tierquälerei sei, hatte er immer eine passende Antwort bereit. »Für die Tauben ist es ein Spaß, so weit fliegen zu können. Sie nehmen gleich nach dem Start Kurs auf den Heimatschlag und erreichen während des Fluges Spitzengeschwindigkeiten von bis zu hundertzwanzig Kilometern pro Stunde. Ist das nicht ein Wahnsinn? Columbina, ein Vogel fliegt so schnell wie ein Auto fährt.«

Daniel wurde auf einmal unruhig. Das Wort Columbina war ihm nur zufällig herausgerutscht, aber es war draußen und er musste etwas dazu sagen. »Die Taube heißt auf Lateinisch columba oder goura. Und du bist auch so etwas wie eine Taube. Du bist ein Taubenmädchen.«

»Ein Taubenmädchen?«

»Ja, ein Mädchen, das die Tauben mag.« Wir sahen uns verlegen an. »Columbina ist ein kleines Taubenmädchen.«

Auf einmal hatte ich das Wort Täubchen auf der Zunge, traute mich aber nicht, es auszusprechen. Kein Fünfzehnjähriger würde jemals seine Freundin *mein Täubchen* nennen, aber ein fünfzehnjähriger Taubenzüchter konnte ihr den lateinischen Namen geben.

»Ich mag den Namen Columbina«, sagte ich und wand mich ein bisschen ab, damit Daniel nicht sehen konnte, dass ich rot geworden war.

»Ich möchte dir etwas zeigen, Columbina«, sagte Daniel, wobei er meinen neuen Namen extra betonte. Wir gingen zu einem Nest, in dem vor Kurzem Jungtauben geschlüpft waren. Mein Freund zeigte auf einen dunkelgrauen Vogel mit Flaum auf dem Kopf und unter den Flügeln. »Das ist R 207. Er ist etwas ganz Besonderes. So einen perfekten Tauber hatte ich noch nie.«

R 207 steckte seinen Schnabel schüchtern unter den Flügel seiner Mutter und versuchte ganz unter ihr zu verschwinden. »Aus ihm wird einmal ein Champion werden. Columbina, er wird die beste Orientierung und Ausdauer haben. Ich spüre es. Schau dir nur sein Augenmuster an, die besonderen Rillen in der Iris und den blauen Ring um die Pupille. Und auch seine Schwungfedern sind perfekt ausgebildet – zehn nach vor und zehn nach hinten gerichtet … so etwas Schönes schafft nur die Natur.« Daniel war in seinem Element. »Habe ich dir schon gesagt, wie die Tauben auf den Langstrecken fliegen?« Es hatte keinen Sinn, zu antworten, denn er fuhr ohne Unterbrechung fort. »Sie fliegen nicht auf einer Geraden, sondern auf parabolischen Bahnen wie die Flugzeuge. Sie nützen die Winde, Sonne, Mond und Sterne ... sie sind die wahren Meister der Orientierung. Keine Technik der Welt kann mit ihnen mithalten.«

Ich sah es schon, es war schwierig, mit Daniel zu diskutieren, wenn es um seinen Ehrgeiz ging. Aber ich sah trotz aller Liebe zu den Tauben gewisse Widersprüche, auf die ich ihn immer wieder aufmerksam machte. Schon allein der Begriff Brieftaube gefiel mir nicht, denn die Tauben brachten keine Nachrichten und gingen auch nicht freiwillig auf Reisen. Sie wurden von April bis September in Käfigen, auf einem »Kabinenexpress« genannten Lastwagen zum bestimmten *Auflassort* transportiert und dort hochgelassen.

Der Auflass, auch Hochlass genannt, ist ein besonderer Vorgang, genauso, wie es das Einsetzen der Tauben in die Boxen ist. Ich sah beides als ich Daniel als »Taubenmädchen« begleitete. Wir brachten unsere besten Tauben zu einem Taubenzüchterverein in L., wohin uns Herr Matúš fuhr, obwohl wir gern auch mit dem Autobus gefahren wären. Wir hätten seine Tauben mitgenommen und auch andere Hindernisse auf uns genommen, wenn wir nur allein sein hätten können. Aber der Pfarrer ließ es sich nicht nehmen, mit uns zu fahren.

Wir fuhren also mit dem roten Škoda, die Champions in einem Transportkäfig neben mir auf dem Hintersitz, und sprachen darüber, welche Chancen wir auf eine gute Platzierung hatten. Aber als ich das Einsetzen der Tauben in die etwa einen Quadratmeter großen und zwanzig Zentimeter hohen Boxen sah, war mir eine gute Platzierung egal. Die Brieftaubenzüchter ließen ihre Tauben registrieren, dann setzten sie sie, nach Geschlechtern getrennt, eine nach der anderen ein. Etwa vierzig Vögel passten in eine Box, die die Züchter auf einen Lastwagen stapelten. Dieser Vorgang heißt Zuladen der Boxen. Neunzig Boxen mit je vierzig Tauben ergaben dreitausendsechshundert Vögel, die je nach Temperament mit den Flügeln flatterten oder eingeklemmt zwischen ihren Artgenossen ruhig gurrten und auf den Hochlass warteten, der meistens erst am nächsten Morgen erfolgte.

Als es endlich so weit war und der Kabinenexpress auf einer Wiese stand, hoben die Männer die Seitenplanen auf, lockerten die Drehhebel auf den Boxen und zogen die Bänder, die die Klappen zusammenhielten, weg. In dem Moment flatterten Tausende von Taubenflügeln gegen den Himmel, der sich augenblicklich verdunkelte. Oft dachte ich mir, dass Magie im Spiel sein müsse, weil die Tauben, kaum waren sie im Freien, sofort wussten, in welcher Richtung es nach Hause ging.

Aber die Tauben beabsichtigten nichts anderes, als so schnell wie möglich zu ihrem Partner zu kommen. Um sie für die Wettbewerbe zu »motivieren«, wendeten die Züchter drei Methoden an: Die Nestmethode ist die Urmethode. Dabei bleiben die Weibchen und die Männchen im Nest zusammen und fliegen meistens getrennt. Bei der sogenannten Witwenschaft trennt man das Paar und zeigt dem Vogel kurz vor dem Wettflug seine Partnerin. Bei der Eifersuchtsmethode ist es ähnlich – man trennt das Paar und setzt dem Weibchen einen anderen Vogel ins Nest. Vor dem Wettflug zeigt man ihrem »richtigen« Mann die Partnerin mit dem Fremden an ihrer Seite. Welche dieser Methoden die effektivste ist, lässt sich nicht mit Sicherheit sagen, denn Tauben sind Lebewesen, die auch ihre guten und schlechten Tage haben. Fest steht nur, dass es ein aufregender Moment ist, wenn die Tauben zurückkommen.

Als wir noch Kinder waren, starrten wir zu Hause den Himmel an und erwarteten die Ankunft unserer Schützlinge. Es war eine Mischung aus freudigem Ereignis und einer endlosen Qual, bis die erste Taube zu Hause war. Daran hat sich in all den Jahren nichts geändert. Beim Anblick einer Taube im Anflug bekomme ich jedes Mal Gänsehaut.

Heute ist es leicht, die korrekten Flugzeiten zu ermitteln, weil der Flug mit Hilfe des Satellitennavigationssystems vermessen wird. Wenn eine Taube ihren Schlag erreicht und sich hungrig und durstig auf der Einflugantenne, einer Art Schwelle zu ihrem Schlag, niederlässt, registriert der Computer ihre Flug- und Ankunftszeit, sogar die Anzahl der Flügelschläge. Und es besteht kein Zweifel daran, wer der Sieger ist.

Weil sie von ihren Weibchen und dem Nachwuchs getrennt werden und ihre partnerschaftliche Treue sie zum Heimflug zwingt, entwickeln sie ein erstaunliches Vermögen, heimzufinden. Eine Brieftaube findet, ungeachtet aller Strapazen und Gefahren wie schlechtes Wetter und atmosphärische Störungen, aus beliebigen Richtungen und Entfernungen in ihren Heimatschlag zurück.

»Immer schneller, immer weiter, heißt die Devise«, sagte ich und rutschte von Daniel einige Zentimeter weg. »Willst du das deinen Tauben antun? Nur des Preisgeldes wegen? Wozu?«

»Was regst du dich auf?«, wehrte er ab. »Schau dir nur meine Tauben an. Sie sind glücklich und zufrieden. Und sie sind bisher immer zurückgekommen.«

»Ja, bisher, aber was ist, wenn sie einmal nicht zurückkommen? Wenn sie sich verirren?«

»Sie werden kommen.«

»Da draußen lauern Gefahren. Adler, Falken … Die Greifvögel kennen keine Gnade, wenn sie Hunger haben, nur weil die Taube, die gerade vorbeifliegt, dein Champion ist.«

»Die Champions können auch in unserem Hof in die Krallen eines Falken geraten.«

»Und dann wirst du auf den Falken schießen, nicht wahr?« Das war die bittere Konsequenz, zu der jeder Taubenzüchter bereit war. Fallen für die Marder, die um den Taubenschlag schleichen, eine Schrotflinte für die Raubvögel.

»Es ist noch gar nicht so weit. Columbina, du hörst das Gras wachsen.«

Daniel war stur, wenn es um seine Tauben ging. Er kümmerte sich liebevoll um sie, als ob sie seine Kinder wären, verlangte ihnen aber auch einiges ab. Sie waren für den Taubensport bestimmt und sie sollten bei Wettbewerben fliegen. Und gewinnen.

Es war wie immer. Seit ich mich zurückerinnern konnte, hatten Daniel und ich heftige Diskussionen geführt. Er, der Naturforscher und ich, die Naturschützerin, gerieten uns oft in die Haare. Daniel argumentierte, dass er den Tieren nicht absichtlich wehtue, sondern zu ihrem Besten handle. Er wolle sie besser verstehen und buchstäblich begreifen, damit er wisse, wie sie funktionierten. Ich aber war der Meinung, dass man die Tiere nur beobachten, sie aber in Ruhe lassen sollte. Sie zu nichts zwingen sollte. Sie wüssten selbst am besten, was gut für sie sei und was nicht.

Einmal warf ich ihm an den Kopf, dass er die Tiere quäle. Daniel wurde zuerst blass, schaute mich ganz traurig an, dann begann er mich anzuschreien, dass ich keine Ahnung hätte und wenn ich ihn wirklich für einen Tierquäler hielte, sollte ich schleunigst verschwinden und ihn in Ruhe lassen. Ich entschuldigte mich und ging trotzdem. Es war dumm von mir gewesen, ihn so anzugreifen, denn ich wusste, dass er als *Forscher* einen anderen Zugang zu den Tieren haben musste als jemand, der zu Hause auf der Couch sitzt und die Katze in seinem Schoß streichelt.

Trotz der Differenzen, die zwischen uns standen, fühlten wir uns doch stark zueinander hingezogen und zur Natur, die uns verband. Der wesentliche Unterschied zwischen uns bestand darin, dass ich mich auch für die Menschen interessierte. Daniel waren die Menschen, bis auf einige wenige Ausnahmen, zu denen ich glücklicherweise auch gehörte, egal. »Ein Tier ist der bessere Mensch«, war sein Spruch, den er anwendete, wenn Tereza, seine Mutter, ihm Vorwürfe wegen seiner Eigenbrötlerei machte.

Selten gelang es mir, ihn zu überreden, an einem Sonntag mit mir in die Stadt zu gehen. Er wehrte sich und sagte, dass er keine Zeit habe und dass die Tauben Trainingsflüge machen sollten und dass er Aufzeichnungen durchgehen müsse. Aber hin und wieder ging er mit mir ins Kino und danach in eine Konditorei. Wir liebten die Kinderkonditorei vor dem Nationaltheater, wo die Tische und Stühle so klein wie im Kindergarten waren und die Cremeschnitten mit Schokoglasur am besten schmeckten.

Im hinteren Teil der Konditorei war ein kleines Holzhaus aufgestellt. Es sah wie ein Puppenhaus aus, war aber die Kopie eines Jagdhauses. Man konnte durch die Fenster hineinsehen und kleine Tische, Stühle und Betten erkennen. So ein Häuschen zum Spielen hatte ich mir früher immer gewünscht – ich bekam es aber natürlich nicht, weil es nicht zu kaufen war, und wenn es zu kaufen gewesen wäre, wäre es sicher zu teuer gewesen. Vielleicht hätte mir mein Papa eines gebaut, aber nur vielleicht, weil er, so wie alle Väter, sehr wenig Zeit hatte.

Wir schlenderten durch den Stadtpark. Vor der Statue eines großen Dichters blieben wir stehen. Pavol Országh Hviezdoslav hatte seine Oden zuerst auf Ungarisch, dann auf Slowakisch geschrieben. Als wir ihn in der Schule durchnahmen, hatte ich darüber nachgedacht, was es bedeutete, in einer fremden Sprache zu schreiben und ob ich das auch könnte, wenn ich es müsste.

Eine alte Dame in einem schäbigen Mantel fütterte die Tauben. Immer wieder griff sie in eine Papiertüte und streute Brotkrümel und Sonnenblumenkerne auf das Pflaster. Die Tauben, die in Scharen angeflogen waren, pickten hastig das gestreute Futter auf. Manche waren so gierig, dass sie nicht die Körner, die vor ihnen lagen, fraßen, sondern lieber das Futter nahmen, das die anderen gerade aufpicken wollten. Es gab kleine Raufereien, aber die alte Dame griff immer wieder in ihre Tüte hinein, die sich nicht zu leeren schien, und hatte genug Futter für alle.

Die meisten Tauben waren hellgrau, wie man sie in den Städten kennt, das Gefieder der anderen war anthrazitgrau, schwarz, stellenweise bläulich, es waren auch weiße dabei. Manche dieser Tauben hatten einen Ring auf dem Fuß. Eine Taube hinkte, weil ihr Fuß verkrüppelt war. Daniel und ich sahen uns an. Wir beide wussten, was für Vögel das waren. Er sagte nichts, weil er sich die Diskussion mit mir ersparen wollte, und ich schwieg, weil ich nicht mit ihm streiten wollte. Die dunklen Tauben waren nämlich entflohene oder ausgebliebene Brieftauben und ihre Nachkommen, die sich den Stadttauben angeschlossen hatten, die weißen die Hochzeits- oder Friedenstauben, die lieber in Freiheit lebten als in verschlossenen Käfigen.

Es wird schon gestimmt haben, was ich in einer Fachzeitschrift gelesen hatte. Die Verlustraten bei den Alttieren betrügen fast dreißig, bei den Jungtieren über dreißig Prozent. Auf den Langstrecken kämen die meisten Vögel durch *Verfliegen* um oder wegen der Erschöpfung, aber auch durch Verletzungen an elektrischen Leitungen oder Antennen. Aber darüber wollte ich mit Daniel an einem so schönen Tag nicht reden.

»Ich wette, dass du nicht weißt, warum alle Tauben rote Füße haben«, sagte ich stattdessen fröhlich.

»Hm … das wird sicher mit der Arche Noah zu tun haben«, sagte er zögernd.

»Ja, aber wie?«

»Ah … wie was? Aha, ich weiß schon. Noah hatte alle Tiere auf seine Arche genommen, um sie vor einer großen Flut zu retten. Und er ist mit ihnen über die Meere gefahren und überall war nur Wasser, Wasser, Wasser.« Daniel kam ganz schön in Fahrt und ich sah, dass er in seiner Erinnerung suchte und nachdachte, wie es in der Bibel stand. Und auf einmal war seine Erinnerung vollständig da und er sagte alles auswendig, als läse er in einem Buch: »Also sandte er eine Taube aus, um zu sehen, ob die Wasser vom Gesicht der Erde abgelaufen seien. Aber die Taube fand keinen Halt für ihre Fußsohle, und sie kehrte zu ihm auf die Arche zurück, weil die Wasser auf der ganzen Oberfläche waren; dann hielt er seine Hand vor und nahm sie und zog sie zu sich in die Arche. Und er wartete weitere sieben Tage; und wieder sandte er die Taube von der Arche aus. Und die Taube kam am Abend zurück zu ihm und trug in ihrem Mund einen abgepflückten Olivenzweig; so wusste Noah, dass das Wasser von der Erde zurückgelaufen waren. Und er wartete weitere sieben Tage und sandte die Taube wieder aus. Diesmal kehrte sie nicht zu ihm zurück.«

»Es war schon ganz gut, aber zwei Sachen stimmen nicht«, sagte ich schmunzelnd. »Erstens, die Taube kehrt immer zurück.«

Daniel sah auf die auf dem Boden pickenden Stadttauben und murmelte: »Fast immer.«

»Und zweitens, du hast nicht gesagt, warum die Tauben rote Füße haben.«

»Das steht aber nicht in der Bibel.«

»Ich habe nicht gesagt, dass es in der Bibel steht.«

»Na sag schon, warum? Warum haben sie rote Füße?«

»Das haben die Araber herausgefunden.«

»Die Araber?« Daniel begann zu lachen und stieß mich in die Rippen. »Du machst dich lustig über mich.«

»Überhaupt nicht.«

»Dann sag schon endlich, warum.«

»Die Araber behaupten, dass der letzte Vogel zurückkam, aber auf seinen Füßen Spuren roten Schlammes waren. Und das bedeutete, dass er auf dem Boden hatte landen können. So betete Noah, dass die Füße aller Tauben diese rötliche Farbe behalten sollten.«

»Und was sagen die Chinesen?«, fragte Daniel verschmitzt. »Dass ihre azurblauen Tauben in die Tinte gefallen sind?«

Wir begannen zu lachen. Daniel nahm mich an der Hand und wir liefen durch die Taubenschar auf dem Boden. Die Tauben erhoben sich, flatterten mit ihren Flügeln über unsere Köpfe hinweg, schrien so laut, dass sich die Menschen im Park nach uns umdrehten. Die alte Frau lächelte uns nach.

Wir gingen weiter, Daniel hielt immer noch meine Hand. Wir spazierten die Uferpromenade entlang, überquerten die Donau mit einem Propellerschiff nach Petržalka und vergnügten uns im Lunapark. Wir flogen mit dem Kettenringelspiel dem Himmel entgegen und ich wünschte, die Zeit würde stehenbleiben. Daniel stand mir immer sehr nah, aber an diesem Tag dachte ich zum ersten Mal ernsthaft darüber nach, wie es wäre, wenn wir zwei zusammen wären. Richtig zusammen wären. So wie Gregor und Veronika.

# 6

»Er hat mich betrogen«, sagte Veronika und heulte laut auf. »Mit der Olga. Mit der blöden Olga, die jedem schöne Augen macht. Und er hat nicht gesehen, dass sie mit allen flirtet, das Flittchen. Und ist ihr auf den Leim gegangen.« Veronika schnäuzte sich und begann erneut zu weinen. »Er ist ein Monster, ein gefühlloses Monster. Ich hasse ihn!«

Ich nahm meine Freundin in die Arme und versuchte sie zu trösten. Doch ich wusste nicht, womit. Mir fehlten die Worte. Das hätte ich von Gregor nie gedacht, dass er sich eines Tages von Veronika abwenden und sie stehen lassen würde. Noch dazu wegen Olga, die nicht halb so schön wie Veronika war. Olgas Gesicht war kantig und hart, ihre Augen, von schwarzer Schminke umrahmt, stechend, ihre knöcherne Figur von einer roboterhaften Unbeholfenheit.

Veronika weinte den ganzen Nachmittag, sodass ich schon den Verdacht hatte, dass sie deswegen so unglücklich war, weil sie glaubte, schwanger zu sein. Sie war aber nicht schwanger, litt nur höllische Qualen, weil sie, wie sie sagte, mit Gregor nur deswegen geschlafen habe, weil sie gedacht hatte, dass er der Richtige sei. Auf meinen Einwand, dass man mit fünfzehn selten den Richtigen finde, sagte sie, dass sie schon siebzehn und Gregor achtzehn sei und das sei schon viel älter, als Romeo und Julia damals gewesen seien. »Und er war der Richtige für sie, auch wenn es die anderen nicht so sehen wollten«, murmelte Veronika durch ein Taschentuch.

Eine Bemerkung über den Freitod der Liebenden aus Verona verkniff ich mir. Veronika hätte sie vielleicht falsch verstehen und sich etwas antun können. Zuzutrauen wäre es ihr, hysterisch wie sie manchmal war.

»Wie kann ich jetzt in die Schule gehen?«, fragte sie und sah mich dabei aus ihren geröteten Augen an. »Alle werden mich mitleidig anschauen und sich dabei ins Fäustchen lachen. Das halte ich nicht aus!«

Was hätte ich ihr sagen sollen? Dass sie das natürlich, wie Millionen von verlassenen Mädchen, nicht nur überstehen, sondern in ein paar Wochen sogar darüber lachen würde. Sie würde am Anfang gekränkt, später aber erleichtert sein, dass es passiert war, bevor es wirklich ernst wurde. Ich hätte ihr damals so viel sagen können, wenn ich es mit siebzehn besser gewusst hätte. Aber ich hatte keine Erfahrung in Sachen Liebe und im Verlassenwerden schon gar nicht.

Veronika legte ihren Kopf in meinen Schoß und kuschelte sich an mich wie eine Katze, die Wärme sucht. Ich streichelte ihren Rücken und sagte leise: »Es wird schon wieder, er wird den Fehler erkennen und zu dir zurückkehren.«

»Niemals!«, schrie Veronika auf. »Den will ich nicht einmal mehr geschenkt haben.«

Um sie nicht noch mehr aufzuregen, als sie ohnehin schon war, sagte ich nichts mehr. Wir saßen auf der Couch, Veronikas Kopf immer noch in meinem Schoß, und atmeten im gleichen Rhythmus. In ihrem Schmerz war sie mir unheimlich nah. Sie hatte Gregor verloren, der von unseren Müttern für mich bestimmt worden war und den ich nicht wollte, ich sehnte mich nach Daniel, der keine Frau, sondern einen Kumpel in mir sah. Wie gern wäre ich auch liebeskrank gewesen wie Veronika. Aber bei mir war keine Liebe weit und breit.

Die Einzige, die sich über die Trennung von Gregor und Veronika freute, war meine Mutter. Sie wurde fröhlicher, ging wieder öfter zu Tereza, lud sie auch zu uns ein, gab mir endlose Ratschläge, wie ich Gregor für mich gewinnen könnte. Ich solle mich schöner kleiden, sie würde mir eine neue, modische Garderobe nähen, ich solle mir ein Parfum kaufen (ich hatte noch nie ein Parfum benutzt), neue Schuhe, eine Handtasche, sie war bereit, ein Vermögen zu investieren, nur damit, wie sie es gern ausdrückte, alles seine Ordnung habe.

Gregors Liaison mit Olga betrachtete sie als etwas Vorübergehendes, eine Zwischenstation vor der Neuorientierung, die auf mich gerichtet sein sollte.

Aber ich wollte Daniel.

Der Frühling stürmte über uns herein und riss uns alle mit. Aus Prag hörten wir Nachrichten vom Sozialismus mit menschlichem Antlitz, von der Öffnung der Grenzen und von Menschenrechten. Im Fernsehen konnte man friedliche Demonstrationen, die in den Städten stattgefunden hatten, sehen, begeisterte, schreiende und lachende Menschen, aber die Landbevölkerung nahm die Begeisterungsstürme eher mit Sorge auf. Niemals zuvor hatte es im Sozialismus spontane Demonstrationen gegeben, niemals zuvor hatte ein Mensch zu sagen gewagt, was er sich wirklich dachte. Und jetzt auf einmal standen Tausende von Menschen auf den Plätzen ihrer Städte und schrien Parolen, für die sie noch vor ein paar Monaten ins Gefängnis gekommen wären.

»Endlich wehrt sich jemand gegen die Bevormundung des großen Bruders«, sagte Herr Matúš in seiner Sonntagspredigt, und den Dorfbewohnern blieb vor Überraschung der Mund offen stehen. »Brüder und Schwestern im Herrn, die Zeit für die Veränderung ist reif und wir werden sie zu nützen wissen. Unser Gott wird uns dabei helfen.«

Die versammelte Gemeinde in der Kirche lauschte dem Geistlichen vor dem Altar. Die heilige Mutter Gottes, ihren Erstgeborenen am Arm, sah die Gläubigen an und gab ihnen Zuversicht, wie sie sie ihnen immer gegeben hatte. Im Sozialismus zu leben und gleichzeitig an Gott zu glauben, stellte für sie keinen Widerspruch dar. Denn je mehr die Kommunisten die Religion zu verleugnen versuchten, umso mehr fühlten sich die gläubigen Menschen zu Gott hingezogen. Vor allem auf dem Land. Und hier wurden sie auch nicht schief angesehen, wenn sie kirchlich heirateten oder ihre Kinder in den Religionsunterricht und zur Firmung schickten. Hier verlor keiner den Posten in der Landwirtschaftlichen Genossenschaft nur deswegen, weil er jede Woche zur Beichte und zur Sonntagsmesse ging. Der Staat sah gnädig weg, damit er die sozialistischen Landarbeiter, die keine Kommunisten waren, nicht entlassen musste, weil er ohne sie nicht leben konnte. Denn auch ohne Sanktionen gegen die Bauern waren die Gemüsegeschäfte fast leer; vor allem im Winter lag außer Karotten, Kartoffeln und Kraut kein Gemüse in den Regalen.

Die Lebensmittelengpässe häuften sich. Wenn in einem Lebensmittelgeschäft nach ein paar Wochen ohne eine einzige Flasche Speiseöl die neue Lieferung ankam, stand ich zwei, drei Stunden in einer Schlange, bis ich zwei Liter, mehr wurden pro Person nicht ausgegeben, ergattern konnte. Und weil eine Woche später unerwartet eine neue Öllieferung kam, stand ich wieder in der Schlange und trug weitere zwei Liter nach Hause. So hatten wir vier Liter Pflanzenöl zu Hause, dafür aber kaum Zucker und Mehl, weil, wie es in der Zeitung stand, nach Hamsterkäufen die Lager völlig leer geräumt waren.

Die Kirche war für den kommunistischen Staat der Feind Nummer eins. Ohne eigenes Zutun wurde sie als Reaktion auf den von Kommunisten erwarteten aggressiven Atheismus zu einer Oppositionskraft, die sich im stillen Widerstand und in der Traditionspflege manifestierte. Die Christen nahmen die Umbenennung der besonderen Ereignisse in ihrem Leben nur äußerlich hin. Für sie war die feierliche Eintragung in die *Matrika*, das Personenstandsregister, keine »Einführung ins Leben«, sondern ein bürokratischer Akt, bei dem sie widerwillig mitmachten. Sie hörten sich die Reden über einen sozialistischen Spross mit großer Zukunft an, lauschten den revolutionären Liedern des Kinderchors und ließen noch am selben Tag ihre Neugeborenen in der Kirche taufen. Der Pionierschwur ersetzte niemals die Erstkommunion und der Eintritt in die Union der sozialistischen Jugend nicht die Firmung. Ostern und Weihnachten behielten ihre Namen, auch wenn im Kalender und in den Medien von Frühlings- und Winterfeiertagen die Rede war.

Der Frühling des Jahres 1968 war ein besonderer Frühling. War bis dahin das Straßenbild von Grautönen dominiert gewesen, drangen jetzt bunte Farben in den Alltag. Die durchwegs langhaarige Jugend, von der Hippiebewegung angeregt, trug Geblümtes, Gestreiftes, Kariertes, man traute sich wieder auf der Straße zu lachen, Musik zu hören, laut zu reden. Man spürte Lebensfreude und Menschlichkeit.

Jetzt war ich diejenige, die neue Kleidermodelle entwarf und mit meiner Mutter über die Rocklänge diskutierte. Wir kämpften, jede mit schlagfertigen Argumenten (sie verteidigte die Moral, ich die Mode), um jeden Zentimeter. Am Ende setzte sie sich durch und nähte den Rock nach ihrer Vorstellung. Den scheinbaren Sieg korrigierte ich gleich am nächsten Tag und kürzte den Rock auf die von mir gewünschte Länge. So konnte ich mich in der neuen Disco im Kulturhaus blicken lassen. Das Kulturhaus, das seinem Namen nie gerecht geworden war, war nach einem provisorischen Umbau zum Jugendzentrum geworden. Die wenigen Zutaten, die dafür notwendig gewesen waren, waren ein paar Eimer Wandfarbe, bunte, funkelnde Lichter und ein Discjockey, der gute Platten bei voller Lautstärke auflegte.

Natürlich schimpften die Eltern und alle Erwachsenen über den Lärm und die *Frechheit* der Jugend und sagten, dass sie selbst als Jugendliche ganz anders, aber vor allem viel anständiger gewesen seien. Aber auch sie, von dem humanistischen Hauch dieser besonderen Zeit angesteckt, rebellierten und verlangten Reformen auf ihren Arbeitsplätzen, Veränderungen im bürokratischen Apparat und die Abschaffung der Zensur.

Wir alle dachten, dass der Sozialismus tatsächlich humaner werden, dass er ein lachendes Gesicht bekommen könnte, vielleicht das von Alexander Dubček, der unser aller Hoffnungsträger war.

Das Leben hatte sich verändert. Oder hatten wir uns verändert? Erst unlängst gingen wir brav zu der 1.-Mai-Demonstration, schritten zu Wahlurnen und wählten einstimmig den einzigen vorgeschlagenen Kandidaten, nahmen an den Feiern zur Großen Oktoberrevolution teil, priesen die ewige Freundschaft mit der Sowjetunion, lebten zufrieden in der eigenen Schizophrenie, etwas anderes zu denken als zu tun, und unterstützten mit unserer Passivität das System, das wir tief in unserem Inneren ablehnten.

Und auf einmal tauchten kritische Stimmen auf, Stimmen, die das langjährige Konstrukt wenn schon nicht ins Wanken brachten, dann zumindest seine brüchigen Mauern sichtbar machten. Mehr denn je wurde uns bewusst, dass Führungspositionen in den Firmen nicht nach Fähigkeiten, sondern nach Parteihierarchie vergeben wurden, Studienplätze nach *Verdiensten* der Eltern.

Meine Enttäuschung war groß, als ich erfuhr, dass auch die Kirche ein Handlanger der kommunistischen Regierung war. Es reichte, nur mit der Schließung der Kirchen und Stifte zu drohen, und auf einmal gab es *engagierte* Pfarrer, *Prediger der Friedenspolitik* zwischen Staat und Kirche und Artikel in Kirchenzeitungen, die dem Regime huldigten.

»Der werfe den ersten Stein, der frei von Sünde ist« – mit diesen Worten aus der Bibel verteidigten sich die im Kommunismus *gefallenen* Geistlichen vor ihren Gläubigen. Die zu dem Zeitpunkt inhaftierten und entlassenen Priester verlangten hingegen Wiedergutmachung. Auch in den Städten gingen wieder mehr Menschen in die Kirche, empfingen Sakramente, beteten so, dass sie der Nachbar sehen konnte.

Doch der *große Bruder* beobachtete die Reformen mit Argwohn. Leonid Iljitsch Breschnew kam zu den Feiern des Siegreichen Februars nach Bratislava und zwang Alexander Dubček, einige Passagen der vorbereiteten Rede zu ändern, weil er sich seiner Meinung nach in manchen Formulierungen *geirrt* hatte. Solche Arten der Korrekturen häuften sich. Die Reformführung mit Alexander Dubček an der Spitze wurde von den Vertretern des Warschauer Paktes zu Krisenbesprechungen zitiert, wie zum Beispiel im Mai in Čierna nad Tisou, und es wurde auf die Gefahr der wachsenden Konterrevolution aufmerksam gemacht.

Die Sowjetische Kommunistische Partei wurde deutlicher und sprach die *Möglichkeit* einer militärischen Intervention offen aus. Die Drohung war unmissverständlich, doch die tschechoslowakische Regierung unterschätzte den aktuellen Stand der Machtverhältnisse in der UdSSR und glaubte an ein Wunder, obwohl die sowjetischen, polnischen, ungarischen und ostdeutschen Armeen schon entlang der tschechoslowakischen Grenzen standen und Manöver durchführten.

Im Juli, am Ferienanfang, organisierte unser Pfarrer einen Kleinbus und fuhr mit uns Jugendlichen nach Bratislava. Dort besuchten wir ein Museum, die Nationalgalerie und den Dom. Und wir schnupperten in der Hauptstadt die Luft der Freiheit. Daniel, der auch mitfuhr, saß im Bus neben mir auf der hintersten Bank. Auf der Rückfahrt lächelte er mich immer wieder an und griff nach meiner Hand.

Gregor, der in dem Jahr maturierte und dank der Fürsprache von Herrn Matúš an der Juridischen Fakultät aufgenommen worden war, fuhr nicht mit uns. Er war mit Freunden, ich wusste, dass auch Olga dabei war, in die Hohe Tatra zelten gefahren. Danach sollte er bei einer Sommerbrigade antreten. Wir machten nie Sommerurlaub, aber den Maturanten erlaubten die Eltern eine kleine Auszeit.

Der Sommer war heiß und trocken. Die meisten Schüler, die älter als fünfzehn waren, arbeiteten in der landwirtschaftlichen Genossenschaft bei der Ernte. Weizen, Roggen, Hafer. Mais, Kartoffeln, Zwiebeln. Meine Hände waren rau und der Rücken tat mir weh, aber die Aussicht auf den Lohn ließ mich durchhalten. Von dem Geld, das ich verdiente, behielt ich einen kleinen Teil als Taschengeld, der Rest war mein Beitrag in die Haushaltskasse. Ich war siebzehn und stolz darauf, dass ich zumindest im Sommer meiner Mutter nicht zur Last fiel.

Sechs Tage in der Woche bückte ich mich über die Erde, trug schwere Lasten, mutete meinem Körper viel zu. In der Mittagspause, wenn die anderen nach Hause oder in die Kantine liefen, zog ich mich in eine Scheune zurück, lag in tiefer Stille im Heu und aß mein mitgebrachtes Brot, dazu einen Apfel. Das Heu kitzelte mich im Nacken und am Rücken, der Duft des roten Klees entspannte mich. Die Sonnenstreifen, die zwischen den Brettern der Scheune zu mir drangen, hatten etwas Mystisches, beinah Göttliches an sich. Ich stellte mir vor, über die goldenen Seile in den Himmel aufzusteigen, die Welt von oben anzusehen, alles zu verstehen.

Ich dachte, wenn ich alles, was auf der Erde vorgeht, verstünde, würde ich leichter Entscheidungen treffen können, meinem Leben die Richtung vorgeben, die gut für mich wäre. In einem Jahr sollte ich das Gymnasium beenden und wusste immer noch nicht, was ich später machen wollte. Studieren, ja, das war klar. Aber was? Sprachen, Philosophie, Pädagogik. Tiere interessierten mich, aber Tierärztin wollte ich nicht werden. Menschen. Ja, ich wollte mich mit Menschen beschäftigen und mich mit ihren Problemen auseinandersetzen. Ihnen helfen, wenn sie sich selbst nicht weiterzuhelfen wussten.

Manchmal lagen Daniel und ich nach der Arbeit zusammen im Heu und redeten über Gott und die Welt und überlegten, wie es einmal sein würde, wenn wir im Berufsleben und auf eigenen Füßen stünden. Wir beide hatten keine konkrete Vorstellung von der Zukunft, waren aber enorm gespannt auf sie.

Und wir sprachen oft über die Tauben, über die Aufzucht des Nachwuchses und darüber, dass Herr Matúš die frisch geschlüpften Vögel, die für den Brieftaubensport nicht geeignet waren, *eliminierte*.

»Das geht ganz schnell und schmerzlos«, sagte Daniel, der den Pfarrer verteidigte. Ich konnte mir vorstellen, dass es schnell ging, dass es aber für die Jungtauben schmerzlos war, bezweifelte ich.

Ich wusste nämlich, wie es ging: Er zog den Jungen den Hals in die Länge und drehte ihn schnell um. Einen solchen Anblick hätte ich nicht ertragen können. Und ich war unangenehm berührt, dass gerade der Pfarrer so etwas tat.

»Du, Daniel«, fragte ich, »kann ein Christ gleichzeitig ein Atheist sein?« Daniel setzte sich auf und erzählte voller Enthusiasmus, als ob er auf diese Frage schon immer gewartet hätte: »Natürlich kann ein Christ gleichzeitig ein Atheist sein. Vor allem dann, wenn er sich mit der Natur wissenschaftlich auseinandersetzt. Die Menschen sind nicht nur vom Glauben gesättigt, sondern regelrecht ausgehungert nach Wissen. Und weil die Religionen, und dazu gehört auch unsere christliche, nur Versuche sind, der Natur auf die Spur zu kommen, und ein Versuch niemals das Wissen ersetzt, müssen Christen, die sich mit der Wissenschaft beschäftigen, gleichzeitig Atheisten sein.«

»Aber der Atheismus ist das Gegenteil vom Glauben«, hakte ich ein. »Atheismus heißt Gottlosigkeit.« Ich dachte da an Jurij Gagarin, den ersten russischen Kosmonauten, der in der Rakete Wostok 1. die Erdkugel in hundertacht Minuten umrundet hatte, und an dessen Spruch nach der Landung: »Ich war im Weltall und habe keinen Gott gesehen.«

»Ich glaube nicht, dass da ein Widerspruch ist, wenn es um die Naturwissenschaft geht«, argumentierte Daniel. »Wer die Gesetzmäßigkeiten der Natur studiert, ihre physikalischen und chemischen Prozesse, der kann nicht innerhalb dieser Strukturen Gott suchen. Er muss sich loslösen, um sich auf seine Forschung zu konzentrieren.«

Daniel war so anders als die Menschen in unserem Dorf. Er dachte, sprach und benahm sich nicht wie sie. Und immer noch hing ihm ein wenig die alte *Sache* nach. Keiner sprach mehr darüber, aber alle dachten daran, dass er als Zwölfjähriger Herrn Matúš beschuldigt hatte, ihn unsittlich berührt zu haben. Und dass er jetzt mit ihm wieder *Freund* war, bewies für sie nur, dass er damals schamlos gelogen hatte.

Aber unabhängig davon, was die Dorfbewohner dachten oder sagten, war das damalige Erlebnis für Daniel prägend. Er ging zwar wieder jeden Sonntag in die Kirche, Tereza, seine Mutter, zwang ihn dazu, und er züchtete gemeinsam mit dem Pfarrer die Tauben, aber je älter ich wurde, umso mehr hatte ich den Verdacht, beinahe die Gewissheit, dass Daniel an keinen Gott mehr glaubte. Was immer auch geschehen war bei diesem Ausflug in die Stadt, es hatte die Grundmauern seines Glaubens erschüttert.

Wir waren siebzehn und lagen nebeneinander im Heu.

»Wenn ich einmal genug Tauben haben werde«, sagte Daniel, »werde ich es auch tun müssen.«

»Was tun müssen?«, fragte ich verwirrt. Ich war in meinen Gedanken weit weg.

»Sie eliminieren.«

»Was?«, schrie ich auf und setzte mich. »Wie kannst du nur so etwas sagen?«

»Das Eliminieren gehört dazu. So wie der Tod zum Leben.«

»Aber ein natürlicher Tod und nicht Umbringen.«

»Das ist kein Umbringen, sondern Selektieren.«

»Das ist das Gleiche.«

»Schau, Herr Matúš hat nur erstklassige Rassetauben. Er kann es sich nicht leisten, Blindgänger zu züchten.«

»Blindgänger? Du nennst ein Lebewesen Blindgänger, nur weil es keine Wettbewerbe gewinnt?«

»Columbina …«

»Du sollst nicht töten. Hast du das schon vergessen?«

»Ich töte nicht.«

»Noch nicht«, sagte ich und drehte mich zur Seite. »Du kannst beruhigt sein«, murmelte er mir ins Ohr. »Ich habe es nicht wirklich vor. Schon allein deinetwegen nicht.«

Daniel legte sich zu mir und rückte näher an meinen Rücken. Mit der linken Hand umarmte er mich und zog mich an sich.

Er sagte nichts mehr. Ich spürte seinen Atem auf meinem Nacken, hörte seinen Herzschlag. Einige Minuten lagen wir still und atemlos und genossen die Wärme des anderen. Dann drehte ich mich langsam zu ihm, unsere Lippen waren nur wenige Zentimeter voneinander entfernt. Wie in Zeitlupe bewegten wir uns aufeinander zu. Draußen zirpten die Grillen, drinnen brannte die Luft. Die Zeit blieb stehen.

# 7

Am nächsten Tag fuhr Daniel mit Herrn Matúš zu einer internationalen Taubenausstellung nach Ungarn. Ich sah sie in der Früh vor der Kirche ins Auto einsteigen. Wir begrüßten uns vor dem Pfarrer nur flüchtig, schickten uns aber hinter seinem Rücken Küsse, die wir auf die eigenen Finger hauchten und dem anderen entgegenhielten. Sie nahmen die schönsten und wertvollsten Tauben in einem Transportkäfig mit und hofften auf einen Preis. Der Pfarrer versprach Daniel, ihm nach der Ausstellung einige Eier der preisgekrönten Exemplare zu schenken. Und Daniel versprach mir, R 207 mit einer Nachricht zu mir zu schicken.

Die beiden sollten in einem Hotel übernachten und zwar gemeinsam in einem Zimmer, was Gregor mit Befremden zur Kenntnis nahm. »Der Edo traut sich was«, rutschte es ihm heraus, er war aber nicht bereit, die Andeutung näher zu erklären. »Es war nur rein rhetorisch«, wehrte er ab. »Es ist alles in Ordnung. Eigentlich wollte ich sagen, Daniel traut sich was.« Gregor nannte den Pfarrer Edo. Niemand nannte unseren Herrn Pfarrer beim Vornamen. Wir wussten, dass er Eduard hieß, und das war es auch schon. War Gregor mit Herrn Matúš per Du?

In der Nacht konnte ich nicht schlafen. Ständig dachte ich an Daniel und daran, was zwischen uns passiert war und was mich so glücklich machte. Es wurde mir bewusst, dass ich meinen Freund seit unserer Kindheit geliebt hatte und dass diese Liebe keine jugendliche Schwärmerei war. Sie war ein tiefes Gefühl, das mich beseelte, das mir Zuversicht gab. Daniel war seit dem Wochenende weg und sollte am nächsten Tag kommen. Ich konnte es kaum erwarten.

Es war schon nach Mitternacht und ich war immer noch wach. In der Dunkelheit starrte ich die Wände an, zählte die Streifen, die die Straßenlaterne durch den Vorhang ins Zimmer warf. Alles in dem Raum kam mir klein und begrenzt vor. Noch nie zuvor war mir das so bewusst gewesen wie in jener Nacht. Ich lebte in einem Käfig, umgeben von Gitterstäben aus dem kalten Licht einer Straßenlaterne, und traute mich nicht auszubrechen.

Mir war, als ob ich von Weitem ein leises Brummen hörte. Nach einigen Minuten kam das Brummen näher, die Erde vibrierte. Ich beugte mich aus dem Fenster und sah auf der Hauptstraße hinter den Bäumen Militärfahrzeuge, die in Richtung Bratislava fuhren. Jeeps, Lastwagen, Panzer mit Kanonenrohren. Eine endlose Kolonne einer Kriegsmaschinerie, wie ich sie nur von den Maifeiern kannte. Es war aber August. Die Nacht auf den 21. August 1968.

Das wird eine Übung sein, dachte ich und legte mich zurück ins Bett. Schlafen konnte ich immer noch nicht, denn die Panzer fuhren fast die ganze Nacht. Erst in der Morgendämmerung ließ der Lärm auf der Straße nach und ich konnte endlich einschlafen.

Aufgewacht bin ich durch das Geschrei meiner Mutter. Sie rüttelte an meinen Schultern und zwang mich, mich aufzusetzen. Ich dachte, dass sie böse sei, weil ich verschlafen hätte, aber dann fiel mir ein, dass ich bei der Rübenernte erst für den Nachmittag eingeteilt war und legte mich wieder nieder.

»Lass mich noch schlafen«, raunzte ich, aber die Mutter ließ nicht locker und schrie die ganze Zeit etwas, das ich nicht verstand. Ich war unausgeschlafen und müde und gar nicht bereit, mir irgendwelche hysterischen Ausbrüche meiner Mutter anzuhören.

»Draußen ist Krieg!«, schrie sie laut und deutlich und ich öffnete die Augen und sah sie an.

»Was? Was redest du?«

»Die Truppen des Warschauer Paktes haben uns angegriffen. Alle großen Städte sind besetzt. Steh schon endlich auf!«

Plötzlich fielen mir die Panzer ein, die in der Nacht über die Hauptstraße nach Bratislava gerollt waren. »Daniel. Wo ist Daniel?«, fragte ich erschrocken. »Sind sie schon aus Ungarn zurück?«

In dem Moment war Daniel Mutters kleinste Sorge. Nicht nur, dass sie auf meine Frage nicht geantwortet hatte, sie begann gleich die Koffer zu packen und forderte mich auf, das Gleiche zu tun, damit wir flüchten könnten. Wohin, das sagte sie nicht. Sie warf wahllos Kleider aufs Bett, trug Pullover, Mäntel und Schuhe zusammen und stopfte sie in Taschen und Plastiksäcke, weil die Koffer bald voll waren.

Barfuß ging ich in die Küche, schaltete das Radio ein und hörte die Nachrichten: »Gestern, am 20. August 1968, gegen dreiundzwanzig Uhr überschritten die Armeen der UdSSR, der Polnischen Volksrepublik, der Deutschen Demokratischen Republik, der Ungarischen Volksrepublik und der Bulgarischen Volksrepublik die Staatsgrenze der Tschechoslowakischen Sozialistischen Republik. Es geschah ohne das Wissen des Staatspräsidenten, des ersten Parteivorsitzenden der Kommunistischen Partei der ČSSR …«

Es stimmte also. In der Nacht waren fünfhunderttausend Soldaten zu uns gekommen, um die Konterrevolution zu verhindern. »Staatspräsident Ludvík Svoboda gab der tschechoslowakischen Armee den Befehl, sich an dem Konflikt nicht zu beteiligen«, meldete der Radiosprecher weiter.

Ich ging ans Fenster und sah vor dem Haus der Poláks einige Menschen stehen und reden. Rasch zog ich mich an und lief hinaus. Die Nachbarn aus der Gasse waren aufgeregt, keiner kannte sich aus. War jetzt wirklich ein Krieg ausgebrochen oder war es *nur* eine Besetzung? Bei uns im Dorf liefen keine Soldaten herum, keiner richtete seine Waffe auf uns, keiner drängte uns, etwas zu tun. Wären nicht die Panzer an allen Dorfausfahrten gestanden, wäre eigentlich alles wie immer gewesen.

»Wo ist Daniel?«, schrie ich. Die Nachbarn hoben nur die Schultern und redeten weiter. Sie machten sich Sorgen um Herrn Matúš, den sie als gebildeten Mann zu der prekären Situation gern befragt hätten. Er war nicht nur ein Geistlicher, sondern kannte sich auch in den weltlichen Dingen sehr gut aus. Weil er einige Fremdsprachen beherrschte, konnte er englische, österreichische und deutsche Radiosender hören und sich ein objektiveres Bild vom Weltgeschehen machen als wir. Wir, die *einfachen* Leute, waren auf die zensierten Nachrichten der Regierung angewiesen.

Unserer Nachbarin von gegenüber standen Tränen in den Augen: »Hoffentlich kommt er heil zurück«, sagte sie und schnäuzte sich laut in ihr Taschentuch. »Gott wird ihn beschützen«, sagte ihr Mann, dem die Aufregung in der Form von Schweißtropfen auf der Stirn abzulesen war. »Er wird es schon überleben, der Heilige Geist wird ihn nach Hause bringen«, sagte Olga forsch, die ich erst jetzt hinter mir bemerkte. Sie klebte mit ihrem Oberkörper an Gregors Rücken, wobei sie ihre beiden Hände um seinen Hals schlang. Es sah aus, als ob sie ihn würgte. Gregor machte bei dem Annäherungsversuch keine glückliche Miene und es ging ihm nicht, davon war ich überzeugt, darum, was die Nachbarn oder seine Mutter dazu sagen würden. Vielmehr las ich in seinem Gesicht, dass er genug von Olga hatte und dass er sie am liebsten sofort zum Wasser geschickt hätte. Jemanden zum Wasser schicken hieß bei uns, die Person zu verlassen. Aber er sagte nichts und schüttelte sie auch nicht von seinem Rücken ab.

Inzwischen ging Tereza ins Haus und versuchte zu telefonieren. Doch das Telefon war tot. Ich stand ihr gegenüber und sah ihr die Verzweiflung an. Daniel war mit Herrn Matúš in Ungarn und keiner wusste, wie es ihnen ging, ob sie überhaupt noch am Leben waren. Inzwischen wussten wir nämlich von jemandem, dem es trotz der Straßensperren gelungen war, mit seinem Auto aus Bratislava auf Schleichwegen nach D. zu kommen, dass es in manchen Städten Tote gegeben hatte, hauptsächlich junge Menschen, die sich den Soldaten in den Weg gestellt hatten.

Daniel war ein Rebell. Es war nicht auszuschließen, dass auch er, falls er mit dem Pfarrer schon in der Tschechoslowakei war, versucht hatte, die Panzer aufzuhalten. Ich hoffte nur, dass Herr

Matúš ihn daran hindern, ihn vor seinem eigenen Mut schützen würde.

Die Ungewissheit lähmte mich. Doch dann fielen mir die Tauben ein. Ich kletterte die Leiter hoch zu Daniels Taubenschlag und kontrollierte, ob die Tauben, die er mitgenommen hatte, schon da waren. Obwohl sie alle einander sehr ähnlich waren, kannte ich sie, ohne die Nummern auf ihren Füßen abzulesen. An diesem Tag aber war ich so aufgeregt, dass ich nicht imstande war, die Tauben auseinanderzuhalten. Ich sah mir jede einzelne an, kontrollierte die Ringe und brauchte ziemlich lange, bis ich begriffen hatte, dass die *Champions* noch nicht zurück waren.

Ich überlegte, was das zu bedeuten hatte. Lief die Ausstellung noch, als ob nichts passiert wäre, oder hatten sie Schwierigkeiten? Wussten sie überhaupt, was über Nacht mit der Tschechoslowakei passiert war? Hatten sich die Tauben verflogen? Alle? R 207 verflog sich nie. Der Tauber entwickelte sich so prächtig, wie Daniel es vorausgesehen hatte. Nicht nur, dass er der Schnellste war, er war auch der Schönste im ganzen Schlag, weil er alle Merkmale seiner Rasse besaß.

Langsam stieg ich die Leiter wieder hinunter und ging nach Hause. Meine Mutter war immer noch mit dem Packen beschäftigt. Sie trug fast alles zusammen, was wir besaßen, und türmte es im Vorzimmer auf. Hätten wir mit dem, was sie zusammengetragen hatte, verreisen sollen, hätten wir zumindest einen Kleinbus besitzen müssen, aber wir hatten nicht einmal einen Pkw.

Ihre Gesichtszüge waren angespannt, die Zähne zusammengebissen, zwischen ihren Augenbrauen klaffte eine tiefe Falte, die sie um einige Jahre älter machte. Sie schwieg. Sie sagte kein Wort mehr über die Besetzung und ermahnte mich auch nicht, meine Sachen zu packen.

Den ganzen Tag geschah nichts, was die Situation entspannt hätte. Das einzige Lebensmittelgeschäft blieb geschlossen, die Verkäuferin hatte einen Nervenzusammenbruch erlitten, das Gasthaus machte den größten Umsatz seit Jahrzehnten. Die

Menschen standen ratlos herum und überlegten, was sie machen sollten. Aber sie konnten außer herumzustehen und zu reden nichts tun, denn aus dem Dorf hinauszufahren oder zu gehen trauten sie sich wegen der Kontrollen nicht.

In der Küche lief immer noch das Radio. Der Sprecher informierte über die Situation in der Hauptstadt und forderte die Hörer auf, die Tafeln mit den Straßennamen und Hausnummern abzumontieren, damit sich die Okkupanten nicht orientieren konnten. »Bitte leisten Sie keinen Widerstand«, sagte er, »die Soldaten haben den Befehl zu schießen. Und reden Sie mit ihnen. Gehen Sie hin und fragen Sie sie, warum sie gekommen sind. Warum sie unser Land besetzt haben.« Der Moderator redete noch eine Weile aufgeregt, dann schrie er beinah: »Soeben höre ich, dass sie das Rundfunkgebäude besetzt haben und bevor …« Die Stille, die danach folgte, war schlimmer als ein Peitschenhieb.

Auf der Suche nach einem anderen Sender stieß ich auf das verbotene *Radio Freies Europa*. Mein Vater hatte es früher gehört und auch Herr Polák, wahrscheinlich alle Männer, die an Politik interessiert waren. Die beste Zeit dafür war normalerweise die Nacht, weil der Empfang besser war, aber vor allem, weil die Dunkelheit einen zumindest gedachten Schutz vor Entdeckung bot. Auf *Radio Freies Europa* sprach der Nachrichtensprecher Tschechisch, berichtete über die dramatische Situation in Prag und rief die Menschen auf, nicht aufzugeben. Der Sicherheitsrat der UNO werde in den nächsten Stunden zusammentreffen und nach einer Lösung suchen.

Über dem Dorf flogen einige Hubschrauber, die Feuerwehrsirene heulte los. Ich lief wieder hinaus und blieb vor dem Haus stehen. Während ich überlegte, was ich tun könnte, pochte mein Herz wie wild. Endlich hörte der Lärm auf, da begann unser Dorffunk zu krächzen und es ertönte die tschechoslowakische Staatshymne. Ich stand wie gelähmt im Hof, die Tränen liefen mir die Wangen hinunter und ich dachte so intensiv an Daniel, dass es wehtat.

Ich hatte keine Angst um mich, ich hatte Angst um Daniel. Zum ersten Mal in meinem Leben spürte ich die Verantwortung für einen anderen Menschen. Überwältigt von diesem neuen Gefühl, dass mir ein Junge irgendwo weit weg wichtiger war als ich mir selbst, kam ich mir ganz stark vor. Fest entschlossen ging ich auf die Hauptstraße zu den Panzern, die uns daran hindern sollten, das Dorf zu verlassen. Rund um die Panzer standen einige Dorfbewohner, hauptsächlich Jugendliche, und beschimpften die Soldaten, die in den Luken standen. Sie verwendeten dazu ein Schulrussisch, das sie nicht aus Interesse an der Sprache, sondern aus politisch *übergeordneten* Gründen hatten lernen müssen.

Die Soldaten waren sehr jung, kaum älter, als ich damals war. Einer von ihnen hieß Kolja, wie ich auf seinem Namensschild ablesen konnte. Ein dünner, in die Höhe geschossener Junge mit sehr kurzen hellen Haaren und unruhigen Augen.

»Kolja, warum bist du da?«, fragte ich ihn, ermuntert durch den Radiosprecher. »Was suchst du hier?«

»Wir haben einen Befehl bekommen«, erwiderte er, wobei er seine Augen über die Köpfe der Menschen schweifen ließ. »Wir sind als Freunde gekommen …«

»Freunde? Ihr schießt doch.«

»Ich schieße nicht.«

»Aber die anderen haben geschossen. Sie haben ein Mädchen und zwei Jungen erschossen.«

»Wir haben einen Befehl bekommen, euch zu retten. Hier soll eine Konterrevolution stattfinden, Chaos …«

»Kolja, bevor ihr kamt, war hier Ruhe. Uns ging es gut.«

»Wir dachten, ihr werdet uns willkommen heißen, wie damals im Mai 1945 …«

»Und … siehst du hier eine Konterrevolution? Weißt du überhaupt, was das ist?«

»Das ist, wenn man mit Lenin nicht einverstanden ist.«

Im Grunde genommen war Kolja ein netter junger Mann, der nur seine Pflicht tat. Er glaubte tatsächlich an das Märchen von der Befreiung, weil er es so in seiner Ausbildung gelernt hatte. Er und seine Kameraden waren genauso manipuliert wie wir. Diejenigen, die sich die Invasion ausgedacht hatten, saßen nicht in den Panzern.

»Kolja, geh nach Hause!«, schrie jemand und die anderen pflichteten ihm bei. »Verschwindet, Okkupanten!«, »Wir brauchen euch nicht!«, »Macht Ordnung in eurem eigenen Land!«. Die aufgebrachte Menge tobte. Ein Mann versuchte auf den Panzer zu klettern, Kolja stieß ihn mit seinem Gewehr hinunter und richtete es auf ihn. Es war klar, dass er, wäre der Mann nicht vom Panzer heruntergestiegen, keine Sekunde gezögert hätte, zu schießen.

Die Kirche fiel mir ein, der einzige Zufluchtsort, der hilft. Ich ging langsam ins Dorf zurück. Die Sonne stand hoch am Himmel und warf kurze Schatten. Ich stieg über meinen eigenen und betete. Doch so sehr ich mich auch anstrengte, ich spürte, dass meine Gebete nicht angekommen waren.

Das Gotteshaus war voller Menschen. Die Gläubigen saßen in den Bänken, knieten vor dem Altar, standen bei der Tür. Jeder von ihnen hielt eine brennende Kerze in der Hand und war versunken in ein stilles Gebet. Die Flammen der Kerzen zitterten im Rhythmus ihres Atems.

Ich ging zum Seitenaltar und warf eine Münze in die Kassa ein, die geräuschvoll in den schmiedeeisernen Behälter fiel. Dann zündete ich auch eine Kerze an und sah flehend zur heiligen Mutter Maria, die das Jesuskind am Arm hielt und die mir jedes Mal, wenn ich sie darum gebeten hatte, Zuversicht gegeben hatte. Sie stand da wie immer, lächelte ein wenig und sah verträumt in die Ferne. Ob sie mir damit sagen wollte, dass sie Daniel sehe, dass es ihm gut gehe, dass er morgen oder in ein paar Tagen nach Hause komme?

Eine der alten Frauen in der Kirche begann laut, das Vaterunser zu beten, und die anderen schlossen sich ihr an. Das monotone Gebet klang wie ein Sprechgesang, wie traurige Musik, die zu den Mosaikfenstern der Kirche hinaufstieg und dort wie eine schützende Wolke über den Köpfen der Betenden schwebte.

Der Tag war unendlich lang. Ich war erschöpft und kraftlos. Als ich nach Hause ging, waren die einzigen Gefühle, die ich noch hatte, Verzweiflung und Leere. Ich konnte mir nicht vorstellen, so weiterzuleben.

Kein Mensch war in der Gasse. Keine Stimmen waren aus den Häusern zu hören. Nur das vom Rost zerfressene Eisengeländer eines Zaunes klapperte im leisen Abendwind. Ein Tor schlug auf und wieder zu, ein Hund bellte irgendwo im Hinterhof. Die Sonne glühte rot hinter der Kirchenspitze.

Und dann sah ich sie. Die Tauben. Es bestand kein Zweifel daran, dass es Daniels Tauben waren, die über der Kirche kreisten. Jetzt ging ich schneller, nein, ich lief nach Hause, um meinem Freund erleichtert in die Arme zu fallen, aber er war nicht da. Auf seinem Fenster saß R 207 und rieb seinen Schnabel an der Glasscheibe. Vorsichtig griff ich auf seinen Fuß, der Tauber war zahm und kannte mich seit er geschlüpft war, und nahm ihm die Manschette ab. Sie enthielt ein schmales Stück Papier, auf dem drei Buchstaben standen: ILD.

Der nächste Tag kam, der Albtraum ging weiter. Und von Daniel fehlte immer noch jede Spur.

Das staatliche Fernsehen, Radio und die Zeitungen wurden eingestellt, die einzige Verbindung mit der Außenwelt waren ausländische Radiostationen. Manchen tschechoslowakischen Rundfunkredakteuren gelang es, aus dem *Terrain* zu senden und die Bevölkerung über die aktuelle Situation zu informieren und gleichzeitig zum Widerstand gegen die Okkupanten zu mobilisieren. So erfuhren wir, dass die Regierungsmitglieder nach Moskau verschleppt und mit *Hausarrest* handlungsunfähig gemacht worden waren.

Die Informationsquellen waren dürftig. Einmal fielen xerokopierte Nachrichten von einem Kleinflugzeug auf unser Dorf, das andere Mal warf sie jemand aus dem Fenster eines fahrenden

Autos. Der Linienbus nach Bratislava fuhr immer noch nicht, mit dem Auto oder zu Fuß traute sich kein Zivillist an den bewaffneten Posten vorbei.

Wir waren abgeschnitten von der Welt.

Medien berichteten weltweit über die Invasion, aber keiner kam, um uns zu helfen. Das Gefühl des Eingesperrtseins und der Bevormundung zerrte an den Nerven. Meine Mutter weinte oft, zitterte und nahm Beruhigungsmittel, Tereza tobte und schrie, Gregor, der von Olga ständig belagert wurde, sperrte sich zum eigenen Schutz tagelang im Zimmer ein, Veronika verriet mir, dass sie die Republik so schnell wie möglich verlassen wolle. Angeblich seien die Grenzen offen und die Tschechen und Slowaken würden nach Österreich fahren, wo für sie Flüchtlingslager eingerichtet worden seien.

»Komm, wir packen unsere Sachen zusammen und gehen auch«, sagte meine beste Freundin. »Der Westen wartet auf uns.«

Aber ich wollte nicht meine Sachen packen und schon gar nicht in den fremden Westen fahren, wo ich keinen kannte, wo mich keiner kannte. »Was soll ich dort?«, fragte ich.

»Österreich ist ganz anders als die Tschechoslowakei«, ereiferte sich Veronika, die ein Jahr zuvor für einige Tage in Wien gewesen war. Weil ihr in den fünfziger Jahren inhaftierter und hingerichteter Vater rehabilitiert worden war und ihre Mutter Geld, für einen solchen Verlust eine lächerlich kleine Summe, bekommen hatte, leisteten sie sich eine Busreise nach Wien, gegen die auch die Polizei nichts einzuwenden hatte.

Veronika hatte damals von der Kärntnerstraße und dem Graben, vom Stephansdom und der Hofburg geschwärmt. Sie war voll des Lobes für das Land Österreich und seine Hauptstadt Wien. Sie erzählte von den gemütlichen Kaffeehäusern und eleganten Geschäften, von Schönbrunn und dem Belvedere. Sie malte es mit so schönen Farben aus, dass ich neugierig wurde und mich fragte, was wäre wenn, aber dann dachte ich an meine Mutter und wusste, dass ich sie nicht allein lassen konnte.

Und wie edel diese Entscheidung auch bei allen in meiner Umgebung ankam, schämte ich mich doch ein bisschen dafür, dass ich zwar Mutter sagte, aber Daniel meinte. Er war immer noch nicht zurück und ich dachte nicht im Geringsten daran, wegzugehen und ihn zurückzulassen.

Den ganzen Tag saß ich am Fenster oder sah sehnsüchtig zu der Hauptstraße, auf der wieder Autos und sporadisch sogar Busse fuhren. Ich strengte meine Augen an, versuchte so weit wie nur möglich zu sehen, zu erkennen, dass er schon am Heimweg war, dass er bald kommen würde. Manchmal sah ich ihn auch, eine verschwommene Gestalt, die auf mich zuging, winkte und lächelte und sich dann kurz vor mir in Luft auflöste.

Herr Matúš kam nach sechs Tagen. Er war allein, als er aus dem Auto stieg und ich total außer Puste in der Pfarre ankam. Er sah sehr müde und erschöpft aus und sagte, dass er nicht wisse, wo Daniel sei. Tereza, die mir folgte, kam einige Minuten später an, atmete schwer und schrie hysterisch: »Wo ist mein Sohn?«

Der Pfarrer schüttelte den Kopf und sagte: »Ich dachte, er sei schon längst zu Hause.«

Wir standen mitten im Pfarrhof, inzwischen kamen weitere Dorfbewohner, die entweder echtes Interesse an Daniel hatten oder nur sensationslustig waren, und hörten, wie Herr Matúš das Verschwinden meines Freundes schilderte. »Es war in der Nacht, als die Panzer in die Tschechoslowakei einfuhren. Daniel ist aufgestanden und auf die Straße gelaufen, ich dachte, er will sie nur ansehen, aber er kam nicht mehr zurück. Ich habe ihn die halbe Nacht gesucht und den ganzen nächsten Tag, aber dann dachte ich, dass er vielleicht aus Angst um seine Familie nach Hause gefahren ist.«

»Aber die Grenzen waren doch zu«, sagte jemand.

»Eben«, gab ihm Herr Matúš recht, »aber trotzdem. Wo kann er nur sein?« Der Pfarrer wirkte sehr gestresst und beteuerte, dass es keinen Konflikt zwischen ihm und Daniel gegeben habe. Im Gegenteil, sie hatten zwei Medaillen gewonnen und am Abend ein bisschen gefeiert und deshalb könne er sich nicht vorstellen, aus welchem Grund Daniel hätte weglaufen sollen.

»Könnte es sein, dass ihn die Russen mitgenommen haben?«, fragte Tereza mit zittriger Stimme.

»Nein«, versicherte ihr Herr Matúš. »Dort, wo wir waren, gab es keine Russen. Die Panzer fuhren auf der Hauptstraße in Richtung Grenze. Wir haben keinen einzigen Soldaten gesehen. Nur Transportfahrzeuge. Und erschossen oder verletzt wurde in Ungarn keiner, das hätte ich sicher erfahren.«

Ich sagte nichts mehr. Mein Bauch tat mir weh. Irgendetwas tief in mir drinnen schrie, dass etwas an der Geschichte faul sei. Daniel würde nicht einfach so davonrennen, wenn, würde es dafür einen triftigen Grund geben. Die Straßen waren inzwischen frei geworden, das Telefon funktionierte wieder, Radio und Fernsehen sendeten Nachrichtenprogramme. Die Sprecher wirkten angespannt und fast versteinert, lasen aber die zensierten Texte brav von ihren Unterlagen ab.

Das Volk saß vor den Bildschirmen, hörte den Worten »Normalisierung« und »Abzug der Truppen« zu und fragte sich, was als Nächstes passieren würde. Der öffentliche Verkehr sollte ab dem kommenden Tag lückenlos funktionieren, die Menschen könnten wieder in die Arbeit, die Schüler und Studenten ab dem 1. September in die Schule und auf die Universität fahren. Das alles klang logisch und so wohlwollend, als ob uns die Staaten des Warschauer Paktes, die sozialistischen Brüder, etwas geschenkt hätten: die Busse, Züge, Straßenbahnen, die Möglichkeit, zu arbeiten und zu studieren.

Die Situation begann sich auch im Dorf zu *normalisieren*. Die Menschen fuhren wieder mit dem Bus nach Bratislava und berichteten, dass in der Stadt keine Panzer und Militärfahrzeuge mehr stünden, dafür aber die Straßen schrecklich verschmutzt seien. Kein Wunder, denn die tagelang in den Panzern eingesperrten Soldaten verrichteten ihre Notdurft in den Nischen der Häuser, in den Hauseingängen und in der Nacht mitten auf der Straße.

Die Stadt wurde rechtzeitig zu Schulbeginn gesäubert. Am ersten Schultag fuhr ich mit dem Bus in die Stadt und fühlte mich schrecklich. Vorbei war der Traum von unserem gemeinsamen letzten Schuljahr. Daniel und ich hatten am Sommeranfang beschlossen, in einer Schulbank nebeneinanderzusitzen und zusammen für die Matura zu lernen. Ich hätte ihm in den Sprachen und bei Geschichte geholfen, er mir in Arithmetik, Geometrie und Physik. Wir wollten noch so viel zusammen machen, gemeinsam zu Ausstellungen fahren, vielleicht eine Reise nach der bestandenen Matura machen (wir hätten unseren Müttern verheimlichen müssen, dass nur wir beide zusammen fahren), das alles hätte so schön sein können, wenn er nur da gewesen wäre.

Daniel war immer noch nicht zurück aus Ungarn, und niemand wusste, ob er überhaupt noch in Ungarn war. Keiner hatte ihn gesehen, keiner hörte etwas, wo er sein könnte. Als ob ihn die Erde verschluckt hätte. Nächtelang weinte ich mich in den Schlaf und betete, hoffte, dass die einzige Liebesnacht, die wir in der Scheune verbracht hatten, nicht unsere letzte gewesen war. In der Kirche flehte ich die heilige Mutter Gottes um ihre Gnade an, aber sie stand wie immer mit einem eingefrorenen Lächeln da, antwortete nicht auf meine Fragen, gab mir keinen Hinweis, wo Daniel sein könnte und warum er weggegangen war.

Tereza erstattete bei der Polizei eine Vermisstenanzeige und musste sich dabei anhören, was für ein unzuverlässiger Fantast ihr jüngerer Sohn schon immer gewesen sei und dass er sich nur irgendwo herumtriebe und sicher bald auftauchen werde. Das sei typisch für ihn, er mache nur die Behörden verrückt.

Seit die Tauben zurückgekommen waren, kümmerte ich mich um sie. Ich fütterte sie, säuberte den Taubenschlag, stellte jeden Tag im Hof frisches Wasser bereit. Und immer wieder blickte ich zum Himmel und beobachtete hoffnungsvoll R 207. Der Tauber, der Daniel genauso vermisste wie ich, würde sicher, sollte er ihn von oben sehen, vor Freude einen Looping machen. Er machte aber keinen.

# 8

Das Gewitter verzog sich nach Osten, nur der Regen, der beharrlich auf die Fenster trommelte, erinnerte an die Naturgewalten, die die Siedlung erst vor einer Stunde zu einer Horrorkulisse verwandelt hatten. Langsam schien sich das Wetter zu beruhigen. Die Wassertropfen fielen immer leichter und zarter auf die Fensterbretter, raschelten leise und flüsterten etwas von Reinheit und Unschuld. Draußen war es immer noch schwarz und dunkel. In manchen Fenstern flackerten Kerzen, um die sich Menschen versammelten und auf das elektrische Licht warteten.

Die Nacht brach an und ich saß mit Daniels Briefen in der Hand in Mutters Fernsehsessel und rührte mich nicht. Es wäre leicht gewesen, mich niederzulegen und mich in den nächsten Tag gesundzuschlafen, aber ich wollte keine Minute mehr warten.

Vorsichtig tastete ich mich in die Küche und öffnete die Schublade, in der ich Kerzen und Zünder vermutete. Tatsächlich waren sie dort, ich fand sogar eine kleine Taschenlampe, die ich sofort anknipste. Alle Kerzenstummel, die ich in mehreren Farben und Größen fand, klebte ich mit warmem Wachs auf ein Tablett, zündete sie an und ging mit ihnen vorsichtig ins Wohnzimmer. Im flackernden Licht der Kerzen liefen die Schatten der Möbel stumm vor mir. Erst als ich mich setzte, blieben sie rund um mich wie Säulen stehen.

Ich nahm den ersten Brief, der offen vor mir lag, in die Hand. Er war mit 18. Februar 1969 datiert.

*Liebste Columbina,*

*es ist genau ein halbes Jahr her, seit wir uns gesehen haben, und ich spüre immer noch das duftende Heu in meiner Nase, die Zartheit Deiner Haut, das Kitzeln der Grashalme unter uns. Das Leben schreibt die unglaublichsten Geschichten. Ich fuhr mit Herrn Matúš nach Ungarn, um als Sieger zurückzukommen, und bin am Ende der große Verlierer. Ich vertraute ihm, ich wollte ihm vertrauen. Aber er bleibt nur sich selbst treu und tut das, wovon er glaubt, dass es ihn glücklich macht. Eigentlich ist nichts passiert, abgesehen davon, dass ich ihn, weil er »gut« zu mir sein wollte, gegen die Wand schleuderte, wovon er ein blaues Auge bekam. Und jetzt stell dir vor, dass er nach D. kommt und erzählt, dass das »Veilchen« von mir stammt. Wer hätte mir geglaubt, dass ich in Notwehr gehandelt hatte? Hättest Du mir geglaubt?*

*Ich bin der größte Feigling, den ich kenne. Ich habe mich für die Flucht entschieden. Jetzt bin ich im österreichischen Flüchtlingslager Traiskirchen und objektiv gesehen geht es mir gut. Ich bekomme regelmäßig zu essen und ich habe ein Dach überm Kopf. Wenn alles klappt, sollte ich noch heuer eine Ausreisegenehmigung in die USA bekommen. Eigentlich lauter gute Nachrichten. Aber subjektiv geht es mir sehr schlecht. Ich vermisse Dich und wäre gern bei Dir, aber an eine Rückkehr kann ich nicht denken. Was hältst Du davon, dass Du die Matura machst und danach zu mir kommst? Wir sind jetzt volljährig und keiner kann uns daran hindern, zusammenzuziehen. Wir werden es schaffen. Wenn es sein muss, auch in Amerika.*

*Ich umarme und küsse Dich*
*Daniel*

Ich las gerade das letzte Wort des ersten Briefes, als alle Lampen im Zimmer aufleuchteten. Die Zeit der Finsternis war vorbei. Die Siedlung funkelte fröhlich aus allen Fenstern und ich saß wie erschlagen in dem alten Fernsehsessel, der nach meiner Mutter roch, und überlegte, warum sie mir die Briefe nie gegeben hatte. Sie waren alle offen, das hieß, dass sie sie gelesen hatte. Sie hatte gewusst, wo Daniel war, und hatte es keinem gesagt. Nicht einmal Tereza, seiner Mutter, die seinetwegen Todesängste ausgestanden hatte. Wie groß musste der Hass meiner Mutter gewesen sein, dass sie ihrer einstigen Freundin solche Qualen nicht abnehmen wollte? Wie groß musste ihre Angst gewesen sein, mich zu verlieren?

Sie trug in sich ein Geheimnis, das sie belastete. Ansonsten war es schwer zu erklären, warum sie die Briefe nicht vernichtet hatte. Wahrscheinlich wollte sie, dass ich sie finde, dass ich sie verstehe, dass ich ihr verzeihe.

Als Daniel damals verschwand, stürzte für mich die Welt ein. Ich hatte keine Pläne für die Zukunft, keine Perspektiven und existierte nur wie ein Roboter, der in der Früh aufsteht, die Arbeit verrichtet, sich am Abend niederlegt und sich einer traumlosen Nacht hingibt. Jeden Tag das Gleiche: aufstehen, atmen, laufen, atmen, lernen, atmen, schlafen, atmen. Ich musste mich zwingen, die Atmung nicht zu vergessen. Mit jedem Atemzug zwang ich meinen Körper zum Leben. Dreimal am Tag zum Postkasten zu laufen, atmen, das Telefon anstarren, atmen, Herrn Matúš zum hundertsten Mal ausfragen, atmen, alle, die aus Ungarn kamen, befragen, atmen, Todesanzeigen studieren, atmen, Nachrichten aus dem Ausland verfolgen, atmen, Katastrophen berücksichtigen, atmen.

All das half nichts, von Daniel fehlte jede Spur.

Bei der Maturafeier flüsterte mir Veronika ins Ohr: »Und jetzt kann uns keiner mehr aufhalten. Wir verschwinden.«

»Was heißt verschwinden?«, wunderte ich mich rein rhetorisch, weil ich wusste, dass sie wieder eine Anspielung auf Österreich machte. Unsere Mathematiklehrerin war emigriert, der DJ aus der Disco, der praktische Arzt. Und alle waren im Flüchtlingslager Traiskirchen. Mir schien es logisch, dass auch Daniel dort sein könnte. »Wohin?«, fragte ich, als ob ich nicht wüsste, was sie meinte.

»Nach Wien«, flüsterte sie mir ins Ohr. »Wir zwei Verlassenen gehen nach Wien.«

Ich sah sie aus großen Augen an und sagte nichts mehr. Und ich schwieg auch, als wir schon im Bus saßen und den Zöllner unsicher anlächelten. Die ganze Aktion war spontan und verrückt, so wie wir mit unseren achtzehn Jahren spontan und verrückt waren. Aber das Verrückteste an der ganzen Sache war, dass Veronika und ich nicht wegen der politischen Situation flohen, nicht aus Protest, weil sich die Tschechoslowakei dem Diktat der kommunistischen Sowjetunion gebeugt hatte, sondern aus Kränkung, weil unsere Freunde, aus welchen Gründen auch immer, uns verlassen hatten. Es gab sicher wenige Flüchtlinge wie uns beide.

Für den Asylantrag und die Aufenthaltsgenehmigung wäre es klug gewesen, überall zu erzählen, wie sehr wir unter dem politischen System in unserem Heimatland gelitten hätten, wie ungerecht und korrupt die Staatsmaschinerie sei und dass wir unterdrückt, misshandelt oder politisch verfolgt worden seien. Wir hätten es erzählen können, taten es aber nicht, weil wir als Jugendliche die Härte des sozialistischen Systems nicht so sehr wie unsere Eltern wahrgenommen und weil wir keine Ahnung von Behörden und diplomatischem Geschick hatten. Wir verstanden damals nicht einmal, dass die Gesellschaftsform, in der wir lebten, falsch war. Wir kannten nichts anderes als den realen Sozialismus und dachten, dass wir in einer Demokratie lebten. In einer Demokratie, in der es normal war, für alles *Kontakte* zu haben, die Kontaktpersonen zu bestechen oder auf eine Unterstützung von Verwandten aus dem Ausland zu warten.

Veronika und ich entschieden uns aus *privaten* Gründen für die Emigration und lösten damit bei unseren Familien eine Welle hysterischer Ausbrüche aus, die irgendwo zwischen Selbstmorddrohungen und einer Enterbung hin- und herschwappte und sich zuerst in lauten Telefonaten, später in eisigem Schweigen manifestierte.

Unsere Mütter lieferten sich gegenseitig *handfeste* Beweise der Liebe zu ihren Kindern, indem sie andauernd bei irgendwelchen Ärzten saßen, sich kiloweise Medikamente verschreiben ließen und sich sogar ins Krankenhaus hatten einliefern lassen. Doch all das ließ mich irgendwie kalt. Ich wollte meinen Freund finden und dafür war ich bereit, jedes Opfer zu bringen.

Außerdem hatte ich mir alles schon früher überlegt: Wenn es mir gelänge, in Österreich Fuß zu fassen, konnte meine Mutter nachkommen, mich wann immer sie wollte besuchen, monatelang bei mir leben. Als freiberufliche Schneiderin konnte sie es sich leisten, von zu Hause weg zu sein und trotzdem zu arbeiten. Seit sie jemand aus der Nachbarschaft wegen Schwarzarbeit und Steuerhinterziehung angezeigt hatte, nähte sie nur mehr für ihre *besten* Kundinnen, die den Mund halten konnten.

In Österreich wäre es ganz anders. Sie würde sogar von dem Land profitieren und würde sich von der österreichischen Mode inspirieren lassen können. Veronika lachte, als ich ihr das erzählte. »Was für Mode?«, fragte sie. »Du siehst doch, die Österreicher tragen nur Lodenmäntel und Walkjanker, die Frauen ihre Dirndln wie vor hundert Jahren.« Das mit den Dirndln verstand ich wirklich nicht. Vor allem die Frauen, die in den Städten Tracht trugen. In D. hatte man nur alte Frauen in der Tracht gesehen, üblicherweise auf dem Feld oder auf dem Weg zur Kirche.

Nach ein paar Wochen im Flüchtlingslager Traiskirchen, an die ich kaum Erinnerung habe, weil ich sie verdrängte, kam Gregor nach Österreich und sagte, dass er zu der Erkenntnis gekommen sei, dass er Veronika schrecklich vermisse, weil er sie aus der Tiefe seines Herzens liebe und dass er sich nichts sehnlicher wünsche, als dass sie mit ihm zurückgehe. Er hätte sich mit Olga nie einlassen sollen, jetzt sei ihm das vollkommen klar geworden, es sei ein großer Fehler gewesen, er liebe nur Veronika und könne ohne sie nicht leben.

Und ich sah die beiden, wie sie einander in den Armen lagen und dachte, oh Gott, was wird aus mir werden, es war doch Veronika, die mich zur Emigration überredet hat, und jetzt ist sie drauf und dran, ihre Meinung zu ändern, ihre Ansichten über Ost und West zu korrigieren und mich allein im Ausland zurückzulassen. Sie sagte zu Gregor noch nicht Ja, aber auch nicht Nein, sie ließ ihn, wie es so schön heißt, *zappeln* und genoss, dass er ihr die schönsten Komplimente machte und sie nach *Strich und Faden* verwöhnte. Zu Mittag waren sie in einem Dorfgasthaus essen, am Nachmittag in einem Café, danach waren sie stundenlang spazieren.

In der Nacht kam Veronika nicht in den Frauenschlafsaal, in dem wir untergebracht waren, sondern blieb mit Gregor im Freien. Es war Sommer, ein lauer August, das Wäldchen in der Nähe war nächtens voll von Liebespaaren aus dem Flüchtlingslager.

Ich lag unter einer kratzigen Decke in meinem Bett und dachte nach. Wenn Veronika ihr Glück so schnell fand, würde es mir auch gelingen. Vielleicht fände ich Daniel, vielleicht war er in Österreich. Das wäre ja nur logisch gewesen nach der sowjetischen Okkupation. Österreich, das neutrale Land im Herzen Europas, hatte ein Herz für Menschen wie mich.

Am nächsten Tag nahm ich ein Foto von Daniel, das ich immer bei mir trug, und zeigte es herum. Ich ging im Speisesaal von Tisch zu Tisch und fragte alle, ob sie ihn hier oder irgendwo gesehen hätten, doch alle schüttelten nur den Kopf. Kein Wunder, sie alle hatten genug eigene Probleme und schauten nicht auf die anderen. Auch ich sah aus Eigenschutz vieles nicht, wollte es nicht sehen, um mich später nicht erinnern zu müssen.

Den ganzen Vormittag lief ich mit Daniels Foto durch alle Räume und außer, dass jemand meinte, dass der Russe auf dem Bild im Jahr davor da gewesen sei und schon längst in Israel sein müsste, fand ich keinen, der irgendetwas sagen konnte. Völlig deprimiert und den Tränen nahe, weil meine Suche überhaupt nicht fruchtete, setzte ich mich auf die Bank. Und dann hatte ich eine rettende Idee. Ich ging in das Büro der Lagerleitung und fragte nach, ob Daniel Polák hier gewesen sei. Ich saß einem Beamten gegenüber, der den gleichen Familiennamen wie Daniel trug, nur ein bisschen anders geschrieben – mit zwei l und ohne Apostroph. Der Name schien auch in Österreich gebräuchlich zu sein, genauso wie viele andere slawische Namen, wovon man sich im Telefonbuch überzeugen konnte.

Der Beamte, ein Mann um die fünfzig, fuhr mit seinem Finger über die Zeilen auf einem Dokument, blieb an einer Stelle stehen und hob den Kopf. »Warum wollen Sie das wissen?«, fragte er mich. »Sind Sie mit ihm verwandt?« Als ich verneinte, schloss er den Ordner, der vor ihm lag, und versuchte mir klarzumachen, dass er dem Datenschutz verpflichtet sei und mir deshalb die gewünschte Information nicht geben könne. Er sprach leise und ruhig, als ob er eine Todesnachricht überbringen müsste, und sah mir dabei direkt in die Augen.

Ich muss schrecklich verzweifelt ausgesehen haben, denn ich merkte, dass so etwas wie Mitleid über sein Gesicht huschte. Ich konnte mir vorstellen, dass er schon mit vielen suchenden Verwandten und Freunden konfrontiert gewesen war, die er hatte enttäuschen müssen. Sein Alltag bestand aus Hoffnungslosigkeit und Elend. Täglich neue Emigranten aufnehmen, sich ihren Leidensweg anhören, andere wieder in eine ungewisse Zukunft entlassen. Sicher lernte er mit der Zeit, die Last der anderen beim Lagertor abzuschütteln, nach Hause zu seiner Frau zu gehen, sich von ihr ein Abendessen servieren zu lassen, fernzusehen, ein Bier zu trinken, sich ins Bett zu legen und am nächsten Tag mit ausgeruhtem Körper das Flüchtlingslager zu betreten, sich zu seinem sicheren Arbeitsplatz zu gratulieren und zu der glücklichen Lage, den Ort der Heimatlosen jeden Tag verlassen zu dürfen.

Der Mann vor mir wurde rot und schwitzte. Andauernd zog er an seinen Fingern, die er zum Knacksen brachte, und lächelte, wobei sich sein Mund ein wenig nach links verschob. In seiner Unbeholfenheit und Verlegenheit hätte man in ihm niemals den obersten Beamten des Lagers vermutet. »Es tut mir leid. Ich darf es nicht«, sagte er entschuldigend, wobei seine Stimme sanft, fast väterlich klang. Jemand, der so klingt, würde mir die Bitte nicht abschlagen, dachte ich und sah ihn flehend an. Er aber drehte sich um und erhob sich von seinem Sessel.

Auch ich stand auf und wollte gehen, da legte er den Ordner noch einmal auf den Tisch, öffnete ihn an einer bestimmten Stelle und sagte: »Ich komme gleich, Sie brauchen nicht auf mich zu warten.« Er lächelte mich verschwörerisch an, sein Mund war diesmal gerade, und ließ mich in seinem Büro allein. Ich wusste, ich hatte nur ein paar Minuten. Diese Chance gab es nur einmal. Ich drehte den Ordner zu mir um, durchlief mit den Augen die Namen und Daten und fand sofort, wonach ich gesucht hatte. Daniel Polák war von 23. August 1968 bis 3. April 1969 im Flüchtlingslager gewesen. Wohin er gegangen war, konnte ich nicht herausfinden, da bei manchen Namen »USA«, »BRD« oder »Schweiz« stand, bei ihm aber nichts, nahm ich an, dass Daniel noch in Österreich war. Ich spürte, dass er noch in Österreich war.

Als ich zurück in den Frauenschlafsaal kam, war Veronika beim Packen. »Ich gehe zurück«, sagte sie mit gesenktem Blick. »Es war ein großer Fehler, hierherzukommen.« Sie warf ein Kleidungsstück nach dem anderen in ihre Tasche und sah mich dabei kein einziges Mal an. Sie war aufgeregt und trotzdem schien sie sich ihrer Sache sicher zu sein. Ihr Wunsch, nach D. zurückzukehren, überraschte mich nicht. Sie hatte das, was sie sich gewünscht hatte, erreicht. Gregor holte sie ab. Er war zwar nicht der berühmte Prinz auf dem weißen Pferd, aber er war der Mann, den sie liebte und den sie heiraten wollte.

Als sie den Zipp ihrer fertig gepackten Tasche schloss, bemerkte ich an ihrem Finger einen neuen Ring. Es war ein schmaler Reifen mit einem weißen Zirkon. Veronika sah, dass mir der Ring aufgefallen war, sie hatte gewollt, dass ich ihn entdecke, und sah mich endlich an. »Wir haben uns verlobt«, sagte sie und errötete dabei ein bisschen.

»Gratuliere«, sagte ich und setzte mich erschöpft auf das Bett.

»Gefällt er dir?«, zwitscherte sie glücklich und hielt mir die Hand vor das Gesicht.

»Sehr hübsch«, erwiderte ich, ohne das begehrte Schmuckstück nochmals anzusehen. Bei dem Gedanken, allein im Lager zurückbleiben zu müssen, schoss mir viel zu viel Blut in den Kopf, das in meinen Ohren klopfte und rauschte. Für einen Augenblick fürchtete ich, ohnmächtig zu werden. Meine Freundin setzte sich zu mir, nahm mich um die Schultern und drückte mich an sich. »Komm mit uns zurück. Das hier ist nicht unsere Welt«, flüsterte sie in fürsorglichem, beinah mütterlichem Ton, der mir schrill und falsch vorkam. Ihre Nähe war mir auf einmal sehr unangenehm, ich zog mich ein wenig von ihr zurück. »Komm, der Bus fährt in einer halben Stunde.«

Ich begann regelmäßig tief ein- und auszuatmen, wie ich es im Erste-Hilfe-Kurs gelernt hatte, und bekam mit der Zeit mein rasendes Herz und das Hämmern im Kopf unter Kontrolle. Es hatte so kommen müssen. Hatte ich etwas anderes erwartet? Ich starrte die gegenüberliegende Wand an und schwieg. Und ich unternahm auch nichts dagegen, als Veronika meine Tasche aus dem Spind nahm und begann, meine Sachen hineinzustopfen. Mein innerer Kampf – Gehen oder Dableiben – stand immer noch unentschieden.

Irgendwann kam Gregor zu uns und auch seinem Gesicht war gleichzeitig Glück und schlechtes Gewissen mir gegenüber abzulesen. Er setzte sich auf das Nebenbett. Er sah mich kein einziges Mal direkt an. Sein Blick glitt an mir vorbei, und auch wenn er direkt vor mir saß, hatte ich das Gefühl, dass ich ihm völlig gleichgültig war.

Er hatte sich in den letzten Monaten sehr verändert. Die Härte, die sich bei ihm seit der Kindheit abgezeichnet hatte, kam jetzt zum Vorschein. Er war ein großer Mann von knapp zwanzig Jahren mit dunklem, nach hinten gekämmtem Haar, niedriger, flach abfallender Stirn, entschlossenem Gesichtsausdruck, stechenden Augen und muskulösem Körper, der keinen Zweifel daran ließ, dass er ihn im Falle eines Falles für einen Nahkampf einsetzen könnte. Der harte Zug um seinen Mund verlieh ihm etwas Aggressives, als wollte er im nächsten Augenblick alles rund um sich kurz und klein schlagen.

Wir sprachen nicht. Wir saßen wie versteinert und hörten den Geräuschen zu, die vom Spielplatz im Hof durch das offene Fenster zu uns drangen, als ob es das Wichtigste auf der Welt wäre.

Nach ein paar Minuten sah Gregor auf die Uhr und meinte, dass der Bus nicht auf uns warten werde und dass wir gehen sollten. Er stand auf, nahm beide Taschen und ging zur Tür. Veronika folgte ihm. Und in dem Augenblick wusste ich, dass ich nicht zurück nach D. gehen wollte. Ich sagte, dass ich dableiben und Daniel suchen würde. Und dann, wenn ich ihn gefunden hätte, mit ihm entscheiden würde, wo wir bleiben und wohin wir gehen würden. Gemeinsam. Ich wollte ohne Daniel nicht mehr sein.

»Denk an deine Mutter«, appellierte Veronika an mein Gewissen, als ob sie selbst noch vor ein paar Tagen besonders fürsorglich an ihre eigene Mutter gedacht hätte. »Sie ist nicht mehr die Jüngste und sie hat keinen außer dir.« Dieser Satz erwischte den empfindlichsten Nerv, und trotzdem blieb ich bei meinem Entschluss. Ich liebte meine Mutter sehr und war dankbar für alles, was sie für mich getan hatte, aber ich musste Daniel suchen. Er war irgendwo in der Nähe, das spürte ich.

Als ich noch ein Kind war, versuchte ich mir vorzustellen, wie es einmal sein würde, wenn ich als erwachsene Frau meine Mutter verließe und mein eigenes Leben begänne. Und so sehr ich mich auch anstrengte, es gelang mir nicht, das Szenario – ich gehe und die Mutter bleibt – zu entwerfen. Wie immer ich es auch drehte, ich konnte mir nicht vorstellen, meine Mutter eines Tages zu verlassen. Und jetzt war ich in Österreich und es fiel mir sehr leicht, mich spontan zu entscheiden und ganz bewusst mein neues Leben ohne meine Mutter zu beginnen. Die einzige Verpflichtung, und ich schämte mich nicht dafür, verspürte ich Daniels Tauben gegenüber, die ich Herrn Matúš anvertraut hatte. Da ich mich nicht verabschieden konnte und wollte, schrieb ich ihm einen Brief, den ich am Abend vor meiner Flucht unter das Kirchentor schob und in dem ich erklärte, dass ich Daniel suchen ginge. Der Pfarrer schrieb mir ins Lager, dass er sich gern um die Tauben kümmern werde und sich auf Daniels und meine Rückkehr freue.

Der neue Lebensabschnitt war angebrochen und ich hatte keinen Plan. Ich wusste nicht, wo und wovon ich leben, was ich einmal beruflich machen würde. Aber ich spürte in mir Energie, die mir Zuversicht gab und auf die ich vertraute.

Wir verabschiedeten uns tränenreich in der überdachten Bushaltestelle an der Hauptstraße. Ich versprach meinen Freunden, dass ich gut auf mich aufpassen und mich regelmäßig melden würde. Und sie versprachen mir, sich um meine Mutter zu kümmern, sie zu trösten und ihr beizustehen, bis ich Daniel gefunden hätte. Wir wollten uns schreiben, telefonieren, uns, wenn es einmal möglich sein würde, sehr oft besuchen. Veronika und Gregor winkten mir aus dem Autobusfenster zu und ich wusste trotz aller Versprechungen, dass wir uns lange nicht sehen würden.

# 9

*Liebste Columbina,*

*jetzt, da ich nach fast einem Jahr wieder einmal in einem Taubenschlag gewesen bin und daran denke, wie wir zusammen Tauben beobachteten, sie pflegten und fütterten, gerade in diesem Augenblick denke ich an dich und überlege, wo Du gerade bist, was Du tust, warum Du mir nicht schreibst. Es wundert mich nicht, dass Du mir wegen meines plötzlichen Verschwindens böse bist, es überrascht mich nicht einmal, denn ich habe Dir schrecklich weh getan und dafür werde ich jetzt bestraft.*

*Du hast wahrscheinlich schon maturiert, wurdest auf der Universität aufgenommen und möchtest mit einem Versager, wie ich einer bin, nichts mehr zu tun haben. Es tut weh, aber ich akzeptiere Deinen Entschluss. Du sollst aber wissen, dass ich Dich von ganzem Herzen liebe und immer lieben werde.*

*Ich lebe in einem Städtchen namens Rehbach und arbeite in einer Autowerkstatt als Aushilfsmechaniker. Die Arbeit ist schwer, aber ich lerne viel Neues dazu und treffe dabei auf interessante Menschen. Du wirst es nicht glauben, der Schwager meines neuen Chefs ist Taubenzüchter und erlaubt mir, mich um seine Tauben zu kümmern. Er und seine Frau betreiben einen Bauernhof ein paar Kilometer außerhalb der Stadt und ich helfe ihnen mit den Tieren. Ich fahre fast jeden Tag mit dem Fahrrad dorthin und fühle mich bei ihnen fast wie zu Hause.*

*Die Ausreisepapiere nach Amerika habe ich schon bekommen, ich könnte sofort fliegen, habe mich aber entschieden zu warten. Vielleicht überlegst Du es Dir noch und kommst zu mir. Die Frist für die Auswanderung läuft mit Ende August ab. Wenn Du mich also immer noch magst (auf Liebe wage ich fast nicht mehr zu hoffen), komm nach Österreich (die Grenzen sind noch offen) und wir fliegen gemeinsam nach Amerika.*

*Bitte, verzeihe mir und komm.*

*In Liebe*
*Dein Daniel*
*Rehbach, 6. Juli 1969*

Als Daniel diesen Brief schrieb, war ich schon in Traiskirchen und meine Mutter, die den Brief gelesen hatte, wusste als Einzige, dass wir einander suchten, uns aus Liebe nacheinander verzehrten und dass wir nur ein paar Kilometer voneinander entfernt waren.

Wie konnte sie mir so etwas nur antun? Wie konnte sie zulassen, dass ich solche Qualen durchlebte? Wie konnte sie zusehen, dass ich ein völlig anderes Leben lebte als das, welches ich mir gewünscht hatte?

Noch ein paar Stunden zuvor war ich an ihrem Grab gestanden, hatte die Urne mit ihrer Asche neben die Urne mit der Asche meines Vaters gelegt, hatte in Liebe und Dankbarkeit an sie gedacht und noch am selben Tag musste ich erkennen, dass sie eine egoistische, hartherzige Frau gewesen war, der der Streit mit Tereza wichtiger war als ihr eigenes Kind.

Wir alle wollen stolz auf unsere Eltern sein, möchten den heldenhaftesten Vater und die liebevollste Mutter haben, streiten mit jedem, der meint, dass dem nicht so sei, und erkennen selbst im Laufe des Lebens, dass uns unsere Eltern selten Grund geben, stolz auf sie zu sein, eher im Gegenteil. Die einen stehlen oder betrügen, die anderen lügen oder sind feige. Wohin ich auch sehe, im Kreise meiner Freunde und Bekannten gibt es fast ausschließlich problematische Vater-Mutter-Kind-Beziehungen, herrische Mütter, alkoholkranke Väter, zerstrittene Geschwister, die sich in den verschiedensten Störungen manifestieren: Neurosen, Depressionen oder Hautkrankheiten.

Und meine Mutter, meine über alles geliebte Mutter, wegen der ich ein so schrecklich schlechtes Gewissen gehabt hatte, dass ich mich durch ständiges Hin- und Herreisen zwischen Österreich und der Slowakei fast aufgerieben hätte, diese Mutter, die vorgab, ein Engel auf Erden zu sein, ein Engel, der nur Gutes tut, hatte mir die wichtigsten Briefe meines Lebens verheimlicht, hatte zugesehen, wie ich mein Unglück in mir vergrub und nach außen hin eine starke Frau mimte.

Ein paar Jahre zuvor, das werde ich niemals vergessen, hatte ich echte Angst verspürt, Angst, die mich lähmte, beinah mein eigenes Leben bedrohte, als Mutter einen Herzinfarkt erlitt. Ich saß tage- und nächtelang an ihrem Bett, obwohl mir der Arzt versichert hatte, dass der Herzinfarkt nicht lebensbedrohend sei und dass es sich eigentlich nur um »eine kleine Herzgeschichte« handle. Wenn sie sich schone und ihre Medikamente einnehme, könne sie noch viele Jahre ein normales Leben führen.

Aber meine Mutter interpretierte ihre Erkrankung als den Wink des Todes und wollte ihre letzten Tage nur von mir gepflegt werden. Ich erfüllte ihr diesen Wunsch, auch wenn ich dafür meinen ganzen Jahresurlaub verbrauchte. Ich wollte bei ihr sein, ihr zeigen, dass ich eine gute Tochter war und auch wenn sie fünf Jahre auf mich hatte verzichten müssen, war ich wieder da, eine Österreicherin, die ihre slowakische Mutter pflegte und die schreckliche Angst um sie hatte. Die *verlorenen* fünf Jahre, in denen ich für sie unerreichbar war, lasteten auf mir wie ein schwerer Stein und sie wurde nie müde, immer und immer wieder zu erwähnen, dass ich sie in der schwierigsten Phase ihres Lebens im Stich gelassen hatte.

Nachdem Veronika und Gregor das Flüchtlingslager verlassen hatten, lebte ich dort noch einige Wochen und übersiedelte dann nach Wien in ein kleines Zimmer im Studentenheim im 17. Bezirk, das ich mit der bulgarischen Studentin Antoaneta teilte. Weil ich jung war und in Österreich bleiben wollte, bekam ich die Möglichkeit zu studieren.

Schon die letzten zwei Jahre im Gymnasium hatte ich fieberhaft überlegt, was ich studieren könnte. Als ich noch in D. war, hatte mir meine Mutter stets zur Medizin geraten, ja, sie wollte eine Ärztin aus mir machen, eine erfolgreiche Ärztin, eine, die alle achten und zu der sie aufschauen würden. Einen nicht unwesentlichen Aspekt ihrer Überlegung spielte die Tatsache, dass es gut wäre, eine Ärztin im Haus zu haben, man werde ja schließlich nicht jünger.

Die drei Monate, die ich im Flüchtlingslager verbracht hatte, waren die Hölle. Vor allem die letzten sechs Wochen. Veronika war weg und ich hatte keine Lust, mir im Lager eine neue Freundin zu suchen. Ich war stets allein und dachte nach, wie es weitergehen sollte. Wenn man ganz unten ist, kann man nicht mehr fallen, sagte ich mir jeden Tag zur Aufmunterung und tröstete mich damit, dass es ab jetzt nur aufwärts gehen könne.

Sehr oft ging ich an einen nahen Bach, saß dort auf der Bank und grübelte. Ich sah Radfahrer fest in die Pedale treten, Rollschuhläufer, laufende Männer mit Kinderwagen, Familien mit Hunden. Das Wasser rann langsam das Bachbett hinunter, nur hier und da sprang es über ein paar Steine, die sich ihm in den Weg stellten. Enten auf der Jagd nach Nahrung steckten ihre Schnäbel tief ins kühle Nass, aus dem sie die zappelnde Beute herauszogen und sofort verschluckten. Im rosaroten Beinwell am Ufer labten sich Bienen und Wespen an seinem süßen Nektar, der einen schweren Duft verströmte.

Ich saß auf einer Bank und dachte über mein Leben nach. Ich war allein und wusste nicht weiter. Und ich dachte an Daniel, an seine Tauben und die wunderschöne Zeit, die wir im Taubenschlag verbracht hatten. Die Tauben zu beobachten war für mich die schönste Beschäftigung auf der Welt. Die ruhigen Stunden am Wasser erinnerten mich daran.

Und langsam wurde mir klar, dass ich die Natur zum Glücklichsein brauchte und deshalb Zoologie mit Schwerpunkt Ethologie, also Verhaltensforschung studieren wollte. Leichten Schrittes ging ich ins Lager zurück, meldete mich beim Lagerleiter, Herrn Pollak, ab, dessen Fürsprache ich mein Asyl zu verdanken hatte, packte meine Habseligkeiten und fuhr noch am selben Tag mit dem Bus nach Wien. Meine neue Mitbewohnerin Antoaneta kochte gerade ein Abendessen, das herrlich duftete. Wir aßen gemeinsam das gebratene Fleisch, Gemüse und die Kartoffeln und tranken dazu Apfelsaft mit Wasser. An diesem Abend fühlte ich mich frei und stark.

Der Anfang des Studiums fiel mir unheimlich schwer. Mein Deutsch war noch nicht gut genug und ich musste neben meinen Hauptfächern auch Kurse für Deutsch besuchen. Dreimal in der Woche saß ich in einer Klasse mit anderen Einwanderern aus Osteuropa, Afrika und Asien und übte die Deklinationen, Konjugationen und Präpositionen, um das Land, in dem ich lebte, besser verstehen zu können. Die deutschen Sätze, die wir laut vorlasen, trugen Spuren unserer Herkunft, waren Erinnerung an unsere Muttersprachen, an unser früheres Leben.

Ich lernte tage- und nächtelang, um das Studium in der Mindestzeit zu absolvieren. Da ich aber sehr wenig Geld hatte, das Stipendium reichte gerade zum nackten Überleben, musste ich jobben. Ich nahm, was kam, und kellnerte in einem Kaffeehaus, bediente angetrunkene und oft auch lästige Gäste in einer Nachtbar, half bei einem Tierarzt mit, war Platzanweiserin und Garderobendame in verschiedenen Theatern und Kinos.

Am nächsten Tag saß ich müde und abgespannt in der Vorlesung und hatte Mühe, den Ausführungen des Professors zu folgen. Ich rieb meine geröteten Augen und überlegte, ob ich lieber gehen sollte. Nur dazusitzen und unkonzentriert um sich zu schauen brachte nichts. Und dann verließ ich das Gebäude und lenkte meine Schritte über den Ring und die Herrengasse ins Zentrum an Schaufenstern vorbei, in denen ich mich beobachten und mit Genugtuung feststellen konnte, dass ich mich von den Wienern gar nicht so sehr unterschied. Es war wichtig für mich, eine von ihnen zu sein und ihnen in nichts nachzustehen.

An einer Ecke mit einem Blumenstand, vor dem bunte Sträuße in Eimern standen, bog ich in eine schmale Gasse ein, die mich mit ihrer Düsternis empfing und durch die Enge der dunklen Häuserfronten bis hin zum Graben trieb. Die Prachtstraße war voller Leute, die auf- und abpromenierten oder mit Freunden herumstanden, redeten und sich über die Steuererhöhung und die miserable Wirtschaftssituation beschwerten.

Vor dem Stephansdom tummelten sich unzählige Touristen und staunten in allen Sprachen der Welt über das großartige Bauwerk und die an der Seite aufgereihten Fiaker. Das gotische Portal des Doms war mir inzwischen so vertraut geworden, dass ich in der plötzlichen Dunkelheit im Eingangsbereich ohne Mühe das rechte Tor fand und aufstieß und das belebte Gotteshaus betrat.

Der Dom war ein regelmäßiger Fixpunkt meiner Runden durch die Innenstadt, der Dialog mit Gott ein Gerüst, eine Stütze, an der ich mich aufrichten konnte. Egal, wie schwer mein Alltag war, ein Gebet von ein paar Minuten nahm mir die Last von den Schultern und füllte mich mit frischer Energie auf.

Ich hatte in Wien, abgesehen von Antoaneta, keine Freunde. Meine österreichischen Studienkollegen waren nett und freundlich, lebten aber, wie es mir schien, auf einem anderen Planeten. Zu ihren Hauptproblemen zählten die von ihnen angestrebten und nicht zustandegekommenen Beziehungen, Discobesuche und Fernreisen, die ihre Eltern aus irgendeinem Grund nicht bezahlen wollten.

Keiner von ihnen fragte mich nach meinen Lebensumständen, als ob ihnen die simple Frage indiskret erschienen wäre. Ich aber deutete ihr Desinteresse als Unnahbarkeit und konnte mir ihre äußere Freundlichkeit nur als eine Geste erklären – Schau, ich bin lieb, aber bitte lass mich mit deinen Problemen in Ruhe.

Im Grunde genommen war ich aber mit der Situation zufrieden. Ich hatte kein Gesellschaftsleben, weil ich einerseits kein Geld, andererseits keine Freunde hatte. Aber ich war frei, um studieren und meinen Freund suchen zu können.

Aus den wenigen Briefen, die mir Veronika schrieb, erfuhr ich, dass Daniel sich immer noch nicht gemeldet hatte und dass er sicher nicht mehr an mich dachte, denn das hätte ich schon irgendwann erfahren. Nicht einmal nach seinen Tauben erkundigte er sich. Sie und Gregor seien miteinander unheimlich glücklich und Tereza sei es auch, nur meine Mutter sei oft traurig, was sicher mit meinem Weggehen zusammenhänge.

Von Mutter erfuhr ich am Telefon, dass Tereza ein Komplott gegen sie schmiede und dass sie uns den Garten endgültig entreißen wolle und ihr dazu nichts zu blöd sei. Sogar Veronika, die Tereza von Anfang an nicht gemocht habe, lobe sie jetzt überschwänglich und erzähle, dass es eine große Liebe sei, die wir akzeptieren müssten. Meiner Mutter ging regelmäßig die Luft aus, wenn sie von Tereza erzählte, sie begann zu husten und irgendwann mussten wir das Gespräch beenden, weil sie so stark hustete, dass sie nicht mehr reden konnte.

Ansonsten verlief das Leben in D. nicht mehr so ruhig wie früher. An der Bratislavaer Peripherie wuchsen Plattenbausiedlungen wie die Pilze nach dem Regen und da die Grundstücke rar geworden waren, mussten alte Dörfer den Hochhäusern weichen. Die Bagger planierten die Dörfer, die binnen weniger Monate nicht mehr wiederzuerkennen waren. D. sollte als Nächstes an der Reihe sein.

Im Dorf brach Panik aus. Für den Magistratsleiter war es keine leichte Aufgabe, die aufgebrachte Bevölkerung zu beruhigen. Bei den Versammlungen im überfüllten Kinosaal, in dem die Luft heiß und stickig war, verhielt er sich wie der Wolf im Schafspelz. Er machte die Dörfler, die einfachen Leute, die gern Kraut vor und hinter dem Haus angebaut hatten, mit dem Stufen-Ausbauplan bekannt. Er war ein parteikonformer Kommunist und musste die Linie vertreten, aber er war auch Familienvater und Mensch. So hatte er schon im Vorhinein die schönsten und größten Wohnungen, die in der Siedlung entstehen sollten, für sich und seine Familienangehörigen, zu denen seine erwachsenen

Kinder, Geschwister, Cousinen und Cousins, Tanten und Onkel gehörten, sichergestellt.

Zuerst sollten auf den freien Feldern Hochhäuser entstehen, dann würden die ersten Familien umgesiedelt, ihre Häuser niedergerissen und auf den frei gewordenen Parzellen weitere Häuserblocks errichtet werden. Jede Familie, die ein Haus besaß, bekam eine Wohnung. Wenn die erwachsenen Kinder inzwischen verheiratet waren und bei den Eltern wohnten, bekamen auch sie, vorausgesetzt die Eltern brachten dem Magistratsleiter ein dickes Kuvert, eine eigene Wohnung.

Die Nachricht von der Planierung des Dorfes löste einen wahren Heiratsboom aus.

Veronika und Gregor studierten an der juridischen Fakultät und pendelten täglich mit dem überfüllten Bus nach Bratislava. Sie waren verlobt, was sie mit breiten Verlobungsringen stolz demonstrierten. Rechtzeitig bestellten sie bei Herrn Matúš das Aufgebot. Sie waren damals einundzwanzig und zweiundzwanzig Jahre alt.

Die Hochzeit im Mai 1972 war üppig wie unsere Kirchtage. Auf den Fotos, die mir Veronika schickte, trug die Braut, den frühen Siebzigern entsprechend, ein weißes, lose fallendes Minikleid, das ihre Schwangerschaft – sie war im vierten Monat – sicher versteckt hielt. Der muskulöse Bräutigam im klassischen schwarzen Anzug sah wie der Bodygard seiner Frau aus.

Meine Mutter war zu der letzten Hochzeit im alten Dorf nicht eingeladen, was sie einerseits giftete, andererseits freute, weil sie diese Verbindung für einen Anschlag gegen unsere Familie hielt. Ich telefonierte an dem Tag mit ihr und tröstete sie, als ob sie die Verlassene wäre. Sie weinte und schluchzte: »Jetzt ist der Garten endgültig weg.«

»Mama, der Garten ist in ein paar Monaten sowieso weg«, versuchte ich sie zu trösten, aber sie hörte mir nicht zu. Stattdessen drohte sie, dass sie niemals in eine Wohnung in einem Plattenbau ziehen und ihr Haus nicht lebend verlassen werde. In der folgenden Nacht schlief ich schlecht.

Meine Mutter überlebte den Umzug. Und nicht nur das, die neue Wohnung gefiel ihr sehr gut. Zwei helle, sonnendurchflutete Räume, ein südseitiger Balkon, Warmwasser aus dem Wasserhahn, eine Zentralheizung, die *nichts kostete*. So ließ es sich leben. Und das schönste an der neuen Wohnung war, dass Tereza in einem anderen Block wohnte und die Kontrahentinnen einander nicht täglich in die Fenster schauen mussten. Gregor und Veronika, die inzwischen ihre erste Tochter bekommen hatten, erhielten dank Terezas Bemühungen ein paar Gassen weiter eine eigene Wohnung.

Die Ablösedokumente unterzeichneten die Dorfbewohner je nach Temperament wütend, zufrieden oder apathisch. Auf jeden Fall gab es genug Tränen und Zornausbrüche rund um das planierte Dorf. Manchen Bewohnern, und auch hier wurde nach der Stärke des an den zuständigen Beamten übergebenen Kuverts entschieden, zahlte der Staat einen kleinen Entschädigungsbeitrag aus oder bot als Tausch für das abgetretene Grundstück einen Schrebergarten weit hinter der Siedlung.

Tereza, die als Friseurin Trinkgelder zu bekommen und zu geben gewohnt war, nahm die Sache pragmatisch. Meine Mutter sah sie oft mit einer vollen Tasche ins Magistrat gehen, die Beamten liebten schon immer hausgemachte Klobassen und Wein, den sie zu diesem Zweck noch vor der Übersiedlung eigenhändig produziert hatte. Die Beschenkten bedankten sich dafür mit einem kleinen Grundstück drei Dörfer weiter. Es war zwar keine Bauparzelle, auf jeden Fall nicht zu diesem Zeitpunkt, aber zumindest ein Fleckchen Erde, das sie ihr Eigen nennen konnte.

Meine Mutter hatte kein Schweinchen, aus dem sie Würste hätte machen können, und auch keinen selbst gekelterten Wein, denn Terezas Reben wuchsen auf unserem Teil des Gartens. Meine Eltern hatten es Tereza vor Jahren erlaubt, sie bedankte sich dafür mit ein paar Flaschen Wein, denn sie machten im Gegensatz zu ihrer Nachbarin gleich nach dem Krieg Schluss mit der

*Kleinhäuslerei*, die Hühner, Schweine, Gemüsegarten und den Anbau des eigenen Weins bedeutet hatte.

Aber ohne den eigenen Wein, die Hauswürste und ohne dicke Kuverts, von Letzterem konnte bei uns noch weniger die Rede sein, machte man keine Geschäfte in der Slowakei. Als meine Mutter wegen einer finanziellen Entschädigung für den hinteren Teil des Polák-Gartens, der ihr gehört hatte, oder zumindest für die Zuteilung eines Schrebergartens mit einer Bonbonniere in den zitternden Händen vorsprach, lächelte der Beamte bitter, nannte sie *meine gute Frau* und schob sie samt der Bonbonniere aus seinem Büro. Vorher meinte er noch, dass sie die Größe ihres Grundstücks keineswegs zu einer Entschädigung berechtige. Und einen Schrebergarten könne sie nicht bekommen, weil sie allein sei, weil ihre einzige Tochter im Ausland lebe und sie unterstützen könne, ja, was wolle sie eigentlich, die im Westen lebende Tochter solle ihr einen Garten kaufen.

Das alles erzählte mir die Mutter am Telefon und weinte dabei und ich fühlte mich schrecklich schuldig, weil ich sie in eine solche Situation gebracht hatte. Ich fühlte mich als missratene, undankbare Tochter, deretwegen sie nur Schwierigkeiten hatte und man sie ungerecht behandelte.

Ich stand unterdessen kurz vor dem Studienabschluss, arbeitete an meiner Diplomarbeit zum Thema »Verhalten der Tauben in städtischen und ländlichen Bereichen« und konzentrierte mich voll auf das Schreiben und die Studien. Wann immer ich nur konnte, beobachtete ich die Stadttauben, fotografierte sie, machte mir Notizen darüber, wie sie mit ihren Artgenossen umgingen, wie sie sich bei der Nahrungsaufnahme verhielten und sich vor anderen Vögeln schützten. Um authentischer schreiben zu können, besuchte ich einige Brieftaubenzüchter in Österreich und Deutschland. Und natürlich saß ich stundenlang in den Bibliotheken und in Archiven und trug so die notwendigen Informationen zusammen.

Die Einleitung ging mir leicht von der Hand, denn über den Ursprung der Taube hatte ich schon als Kind Bescheid gewusst.

*Die Haustaube wie auch ihre verwilderte Verwandte, die Straßentaube, stammen von der Felsentaube Columba livia ab, die heute noch in den Felsküsten des Mittelmeers beheimatet ist. Die alten Ägypter haben die Felstaube wahrscheinlich wegen ihres schmackhaften Fleisches schon vor mehr als sechstausend Jahren domestiziert, doch später bekam die Taube eine viel wichtigere Bedeutung. In allen Hochkulturen wurde sie wegen ihrer Friedfertigkeit und Treue verehrt. Gurrende und schnäbelnde Tauben sind zum Symbol der Liebe geworden. Im Alten Testament brachte die Taube am Ende der Sintflut einen Olivenzweig und wurde so zur Überbringerin des göttlichen Willens.*

Die Erinnerungen wurden wach. Ich sah mich mit Daniel auf einem Holzbrett im Taubenschlag sitzen und über unsere Schützlinge reden. Und ich sah Parallelen zwischen den Tauben und uns zwei.

*Das Schnäbeln der Tauben ist der Ausdruck ihres zärtlichen Liebeslebens. Es geht dabei um eine paarbindende Verhaltensweise, die bei der Paarungseinleitung eine wichtige Rolle spielt. Beim Schnäbeln füttert der Tauber seine Herzdame, indem er seinen Schnabel tief in den ihren führt, was an die Fütterung der Nestlinge erinnert. Einmal mehr gilt hier das Sprichwort »Die Liebe geht durch den Magen«. Das Schnäbeln ist aber mehr als bloßes Füttern. Es ist der Kuss der Vögel, eine symbolische körperliche Vereinigung, die die Menschen gern auf sich übertragen. Die Tauben stehen hoch in ihrer Gunst, was sich oft in der Taubenfütterung manifestiert. Ein Kind mit einer Tüte voller Körner mitten in einer Taubenschar evoziert in uns das Gefühl des Friedens und der Harmonie.*

Der Gedanke an Daniel brannte in meiner Seele wie eine nie heilende Wunde und verfolgte mich unaufhörlich, kreiste rund um mich in verschiedensten Formen. Ich zerbrach mir den Kopf darüber, ob er noch lebte, ob er überhaupt noch an mich dachte, ob er vielleicht wieder verliebt war.

Im Züchterverzeichnis fand ich einen Taubenzüchter, der in der Nähe von Wien wohnte und der mir erlaubte, seine Tauben zu studieren. Er bewohnte mit seiner Frau einen Hof, auf dem neben den Nutztieren auch ein paar alte Zirkus- und Rennpferde, Schafe und Esel lebten und die auf der Arche in Rehbach ihr Gnadenbrot bekamen.

Johann Hauser, den Besitzer des Hofs, faszinierte meine Leidenschaft für die Tauben. Einmal sagte er, dass er noch nie eine Frau getroffen habe, die sich so sehr für sie interessierte. »Ist bei euch in der Slowakei der Taubensport weit verbreitet?«

»Wieso?«, fragte ich überrascht.

»Vor ein paar Jahren war ein Slowake da und er hatte auch nur Augen für die Tauben.«

»Ein Slowake? Wie hieß er?«, wollte ich wissen und platzte beinah vor Spannung.

»Daniel. Er hieß Daniel, an seinen Nachnamen kann ich mich nicht mehr erinnern.«

»Polák …«

»Ja, genau, Polák. Kennst du ihn?«

# 10

*Liebste Columbina,*

*die Zeit wird langsam knapp, spätestens Ende des Monats muss ich Österreich verlassen. Der Gedanke, bald nach Amerika zu fliegen und von Dir so weit weg zu sein, lässt mich nicht schlafen. Es ist Nacht und ich denke an Dich, stelle mir vor, wie friedlich Du in Deinem Bett liegst und schläfst und vielleicht von mir träumst.*

*Ich kann mir gut vorstellen, dass Du enttäuscht von mir bist, dass Du mich für einen unzuverlässigen und verrückten Menschen hältst, möchte aber immer wieder betonen, dass meine Flucht nichts mit Dir zu tun hatte. Im Gegenteil. Je weiter ich geografisch von Dir entfernt bin, umso näher fühle ich mich Dir.*

*Bitte verzeihe mir und komm.*

*Dein Daniel*

*Rehbach, 11. August 1969*

Fünf Jahre hatte ich nun schon nach Daniel gesucht, bei Meldestellen, beim Roten Kreuz und bei Taubenzüchtervereinen, doch alles war vergeblich gewesen. Und wenn ich doch eine Spur wie in Traiskirchen oder Rehbach fand, verlief sie auch schon wieder im Nichts, verweht wie Spuren im Wüstensand.

Und trotzdem lebte Daniel die ganze Zeit bei mir. Er war die Erinnerung, die nie verloren gehen konnte, weil ich sie, wie es mit Erinnerungen so ist, nie vorbeiziehen ließ, sondern sie stets zu mir zog. Daniel war ein dreidimensionales Bild in meiner Seele, das mich ausfüllte und mir Kraft für die weitere Suche gab.

Wenn ich ihn einmal in meine Tagträume holte, redete ich gern mit ihm und fragte, wo er sei, warum er nicht schreibe, ob er mich vergessen habe. Und er lächelte nur und sagte nichts, ging weiter und drehte sich nach mir um, als ob er mich ermuntern wollte, ihm zu folgen. In seiner Gegenwart, und sei es nur im Traum, fühlte ich mich stets wohl und geborgen, beinah sicher, dass wir irgendwann zueinanderfinden würden.

Ich fragte mich, was er dazu sagen würde, dass ich mich der Ethologie verschrieben hatte, und spürte, dass er stolz auf mich gewesen wäre. Trotzdem war und blieb die gemeinsame Liebe zu den Tieren eine Tür am Horizont, die ich zwar immer sah, die aber nie näherrückte.

Rechtzeitig zu meiner Sponsion zur Magistra der Naturwissenschaften bekam ich von der Republik Österreich ein besonderes Geschenk: die österreichische Staatsbürgerschaft. Und wie anders hätte ich das Ereignis feiern können, als mit meinem neuen grünen Reisepass in die Tschechoslowakei einzureisen. Ich hatte beschlossen, in mein Heimatdorf zurückzukehren, nicht für immer, nur für ein paar Tage, an denen ich die immer anwesende Vergangenheit einholen wollte.

Mit klopfendem Herzen holte ich mir in der Tschechoslowakischen Botschaft in der Penzinger Straße das erste Visum ab und fuhr mit dem Bus nach Bratislava. In den fünf Jahren, die ich in Wien lebte, war ich nur einmal in Bratislava gewesen, wenn auch nur auf einem österreichischen Schiff, das nach Budapest fuhr und in Bratislava nicht anlegte.

Ich war an Deck gewesen und hatte mir die Stadt angesehen. Neue Siedlungen waren an den Rändern entstanden, graue, hässliche Bauten, vor allem aber eine neue Brücke, die sich zwischen den beiden Ufern wie ein Bogen spannte und ein drehbares Restaurant wie einen Regenschirm über sich schweben ließ.

Meine Mutter war damals auf der Brücke gestanden und hatte aufgeregt hinuntergesehen und ich hatte auf die Brücke gesehen und sie gesucht, doch die Entfernung war zu groß gewesen und zu viele Menschen waren sowohl auf der Brücke als auch auf dem Schiffsdeck gestanden, so kam es, dass wir uns nicht sahen.

Ich fuhr also zurück. Zum ersten Mal nach fünf Jahren und fünf Monaten. Es war endlich so weit. Von Weitem sah ich die Burg und wunderte mich, dass sich kein Heimatgefühl einstellte. Ich bin eine Reisende, dachte ich, eine, die sich die Freiheit nimmt, den Ort, an dem sie sich gerade befindet, jederzeit zu verlassen. Das mochte auf manche wie Verantwortungslosigkeit wirken, ich empfand es aber als Leichtigkeit dem Sein gegenüber, fühlte mich als eine in jedem Sinne des Wortes ungebundene Frau, ständig in Bewegung, ohne Anspruch auf Endgültigkeit.

Fünf Jahre lang hörte ich die vertraute Stimme meiner Mutter am Telefon, ohne sie jemals in dieser Zeit gesehen zu haben, klebte Erinnerungen zusammen wie zerrissene Fotos, drang durch die Finsternis des Vergessens, nährte die Hoffnung, alles so vorzufinden, wie es einmal gewesen war: einen knirschenden Kiesweg zwischen den Hinterhöfen, ein blühendes Erbsenfeld, den Duft des Gänsebratens und des Sonntagskuchens, der aus den Häusern auf die Gasse drang, Frauen, die im Schatten der Linde auf mitgebrachten Stühlen saßen und Neuigkeiten austauschten.

Plötzlich erinnerte ich mich daran, wie ich das Haus verlassen hatte, wie die Tür hinter mir ins Schloss gefallen war, wie die Sonne sich in Regenpfützen gespiegelt hatte, als ich auf der anderen Seite des Grenzbalkens war. Erst nach Jahren spürte ich das Vakuum, in das ich damals gefallen war und das sich jetzt aufzulösen begann.

In meiner Erinnerung tauchte ein Foto auf, das mich mit meiner Mutter an der Nähmaschine zeigt. Die Mutter sitzt, hält den Stoff vor der Nadel und sieht mit dem Blick einer Heldin in die Linse, ich stehe bei ihr, ihre Stoffschere offen in der Hand, und lache, weil ich endlich das kostbare Stück anfassen, ja sogar damit schneiden darf.

Der Bus blieb an der Grenze stehen. Der Busfahrer öffnete die Tür und ließ zwei Zollbeamte einsteigen. Mein Herz klopfte bis zum Hals. Als die Reihe an mich kam, reichte ich dem Beamten meinen neuen Reisepass und wunderte mich beinah, dass er nicht aufschrie »Sie sind keine Österreicherin, das ist ein Schwindel, steigen Sie bitte aus«. Stattdessen gab er mir das Dokument meiner neuen Identität zurück, bedankte sich und wandte sich jemandem hinter mir zu.

Nur ein paar Meter weiter an der tschechoslowakischen Grenze sammelte der Zöllner die Pässe ein, diesmal herrschte ein rauerer Ton, man ließ manche Reisende aussteigen, schickte sie in das baufällige Zollhäuschen, um beides, die Pässe und die Menschen, zu überprüfen.

Die Prozedur dauerte endlos lang. Ich sah durch das schmutzige Autobusfenster hinaus zu dem Hundezwinger, in dem zwei Schäferhunde lagen, ohne den Blick von den vor dem Schranken stehenden Autos abzuwenden. Dass sie scharf waren, daran bestand kein Zweifel. Hunde als Waffe, schoss es mir durch den Kopf. Gleichzeitig fröstelte es mich.

Endlich bekamen wir die Reisepässe zurück, ein Mann holte sein Gepäck von seinem Sitz ab, stieg aus und schimpfte dabei laut. Der Bus setzte sich in Bewegung. Meine Mutter und mich trennten nur mehr ein paar Minuten.

Es war ein nebeliger Novembertag, ein Meilenstein in meiner Biografie, als ich nach langer Abwesenheit meinen Fuß auf den Bratislavaer Boden setzte. Der Busbahnhof Avion hüllte sich in noch schäbigeres Grau als damals, oder kam es mir nur so vor, und bot trotzig den laut klingelnden Straßenbahnen, die ratternd über die Gleise fuhren, seine Stirnseite. Dem Lärm nach befand ich mich in einer Großstadt, in einem Dschungel aus Geräuschen und Abgasen, an einem Ort, der Unbehagen in mir hervorrief.

Ich nahm meinen Koffer und stellte ihn auf dem Gehsteig ab, drehte mich andauernd um, weil ich hoffte, die Mutter würde mich abholen, sah sie aber nirgends. Sie hatte am Telefon gesagt, sie würde nicht kommen, weil sie Schmerzen in Knien und Kreuz habe, trotzdem hatte ich gehofft, sie würde sich überwinden, um ihre einzige Tochter in die Arme zu schließen.

Mit einem Zettel mit der neuen Adresse meiner Mutter in der

Hand bestieg ich ein Taxi und ließ mich zum Haus fahren, in dem sie seit zwei Jahren wohnte. Ich hätte natürlich auch einen Bus nehmen können, aber es hatte sich inzwischen so viel verändert. Das alte Dorf existierte nicht mehr, die neue Siedlung war für mich ein unbekannter Ort. Sogar der Taxifahrer hatte Probleme, die Straße zu finden, weil die Straßenschilder noch nicht angebracht waren. Er fragte die vorbeigehenden Passanten, nach denen ich gierig Ausschau hielt, in der Hoffnung, dass ich sie kennen würde, dass sie die *Alten* aus unserem Dorf waren, war aber jedes Mal enttäuscht, weil ich keinen von ihnen kannte. Sie waren nur fremde Gesichter in einer fremden Umgebung.

Endlich blieben wir vor einem vierstöckigen Gebäude stehen. Der Plattenbau von zeitloser Hässlichkeit stand in geometrischer Eintracht mit anderen seelenlosen Bauten, die sich kaum voneinander unterschieden. Es waren aufeinandergestapelte Wohnboxen mit blinden Fenstern, hinter denen ich mir kein Leben vorstellen konnte. Kein Grashalm auf den Flächen zwischen den Häusern, kein Baum, nur gestampfte Erde mit einem Trampelpfad vor jedem Eingang.

Ich bezahlte und stieg aus dem Taxi. Verlassen wie in einer Mondlandschaft stand ich auf der Straße und setzte den ersten Schritt in die vom Regen aufgeweichte Erde. Es waren etwa zehn Schritte von der Straße bis zum Haus, aber sie genügten, dass meine Schuhe und der untere Rand der Hose voll von Schlamm waren.

Plötzlich ging die Haustür auf und meine Mutter stand im Türrahmen. Sie sah blass und viel älter aus, als ich sie in Erinnerung hatte. Wir fielen uns wie zwei Ertrinkende in die Arme und weinten. Ich weiß bis heute nicht, ob es vor Freude war oder aus Schock über den Ort, der nicht die Heimat war.

Ich verbrachte eine Woche in Bratislava, D. war zu einem Stadtteil der Landeshauptstadt geworden. Jetzt muss ich mich korrigieren: Ich verbrachte eine Woche bei meiner Mutter, denn ich war gar nicht in der Stadt, sondern blieb nur auf dem Territorium unseres alten Dorfes mitten in einer Betonwüste, die von Fremden besiedelt war.

Die Bewohner des alten Dorfes wohnten verstreut in der Siedlung, hatten neue Nachbarn, mit denen sie keinen Kontakt pflegten, die sie im Stiegenhaus nicht grüßten. Man konnte nie wissen, woher die Neuen kamen, was sie wollten, wozu sie imstande waren.

Die Roma aus D. hatten auch neue Wohnungen bekommen, aber die Hoffnung der Stadtpolitiker, sie dadurch zu *zivilisieren* und aus ihnen *anständige* Bürger zu machen, war fehlgeschlagen. In ihren Wohnzellen eingesperrt, vermissten sie ihre Freiheit und die Natur und machten auch in der neuen Siedlung das, was sie seit Jahrhunderten gewohnt waren – ein Feuer vor dem Haus.

»Was glaubst du, was wir hier mit den Zigeunern mitmachen«, sagte meine Mutter. »Sie treiben sich die ganze Zeit in der Siedlung herum, brechen in Keller und Wohnungen ein und demolieren, was ihnen unter die Finger kommt. Ihre Oma sitzt im Hauseingang und raucht Zigarren, die Mutter hält auf dem Balkon Gänse und Hühner. Aber am schlimmsten war eine Familie, die im Badezimmer ein altes Zirkuspferd hatte. Das Pferd trat mit den Hinterbeinen gegen die Wände, sodass der ganze Bau zitterte. Und als die Polizei kam, erklärten die Leute, dass sie das Pferd erst zur Hochzeit ihrer Tochter schlachten wollen.«

»Die Roma vermissen ihre Häuser und Gärten.«

»Ich vermisse auch mein Haus und den Garten und führe ich mich so auf? Ich habe mich angepasst. Alle anständigen Menschen passen sich an, nur die Zigeuner nicht.«

Die Roma blieben nicht lange. Sie wurden entweder vom Wohnamt delogiert und in Abbruchhäusern unterhalb der Burg oder an der Peripherie untergebracht oder sie zogen freiwillig zu ihren Verwandten in Dörfer, die nicht oder noch nicht planiert werden sollten.

Gleich nach meiner Ankunft stellte meine Mutter gebackene Hühnerkeulen mit Kartoffelsalat, meine Lieblingsspeise, auf den Tisch und erzählte mir von ihren alten und neuen Leiden, die ihr das Leben schwer machten. Als ich ihr davon erzählte, wie ich lebte, wie anstrengend das Studium gewesen sei und dass ich bald als wissenschaftliche Assistentin an der Universität arbeiten würde, unterbrach sie mich und berichtete von ihren lauten Nachbarn, den teuren Preisen und vor allem davon, dass sie die »aufgeblasene« Tereza, die seit Kurzem in Pension war, fast jeden Tag beim Einkaufen treffe, dass sie sie gar nicht meiden könne, weil ihre Feindin offenbar den ganzen Tag im Einkaufszentrum verbringe, die Nachbarn gegen sie aufhetze und überhaupt nur Blödsinn erzähle.

Sie führte mich stolz durch ihre neue Wohnung, die viel kleiner als unser Haus war, die ihr aber sehr gefiel, gerade weil sie kleiner und pflegeleichter war. Am meisten mochte sie ihren Balkon, auf dem sie Blumen züchtete, die aber wegen des anstehenden Frostes im Kellerabteil standen und auf wärmere Tage warteten.

»Du wirst sehen, wie schön es hier ist, wenn alles blüht«, sagte sie und drückte mich an sich. »Ich bin so froh, dass du wieder da bist«, fügte sie hinzu und seufzte dabei. Ihr Atem wurde lauter und ich sah sie besorgt an. »Ist alles in Ordnung?«, fragte ich.

»Ja, ja, mach dir nur keine Sorgen«, erwiderte sie, griff nach ihrem Asthmaspray und sprühte sich eine Dosis in den offenen Mund. »Jetzt kann mir nichts mehr passieren. Du bist wieder da und wirst auf mich aufpassen.«

Wir standen auf dem Balkon und sahen auf die Wüste vor uns. Ich versuchte mich zu orientieren, fand aber nichts, was mir dabei helfen würde. Kein einziges Haus war übrig geblieben, kein Baum, kein Brunnen. »Mama, wo stand unser Haus?«, fragte ich nach einer Weile.

»Dort drüben«, sagte sie. »Etwa achthundert Meter westlich von hier.«

»Du wohnst also näher zur Stadt als früher«, sagte ich mehr zu mir selbst. »Und wo ist die Kirche?«

»Hinter den Hochhäusern«, sagte sie, zeigte in die Richtung, wo die Kirche stehen sollte und wurde auf einmal unruhig. »Das Einzige, was sie übrig gelassen haben, sind die Kirche und der Pfarrhof.« Die Mutter drehte sich umständlich um und ging zurück in die Küche.

»Was ist mit Daniel?«, fragte ich spontan, denn Daniel und der Pfarrhof gehörten für mich untrennbar zusammen. »Hat er sich wenigstens bei Tereza gemeldet?«

»Nein, du weißt doch, wie er ist«, sagte meine Mutter, ohne mir dabei in die Augen zu sehen. »Und bitte, erwähne ihn nicht mehr. Ich habe mit den Poláks endgültig abgeschlossen.« Und dann redete sie plötzlich weiter, viel zu laut und viel zu schrill, als dass ich ihr die aufgesetzte Fröhlichkeit abgenommen hätte, und zum Schluss schlug sie vor, als ob es die normalste Sache der Welt wäre, dass ich an ihrer Seite, auf Papas Betthälfte, übernachten solle. Sie hatte immer noch das alte Ehebett und bezog auch regelmäßig Papas Seite, obwohl er seit vielen Jahren tot war. Jetzt sollte ich seinen Platz einnehmen und neben meiner Mutter in einer fremden Wohnung in einem fremden Zimmer schlafen.

Am nächsten Tag besuchte ich Veronika und Gregor, was mir die Mutter, wie erwartet, auszureden versucht hatte. »Sie sind die gefühllosesten Menschen auf der ganzen Welt«, sagte sie. »Wenn ich sie irgendwo treffe, grüßen sie kaum. Und dabei habe ich so viel für sie getan.« Die Mutter war immer aufgeregt, wenn es um die Poláks ging, aber jetzt schäumte sie förmlich vor Wut, sodass ich lieber das Weite suchte.

Veronika und Gregor hatten sich verändert. Aus ihnen war in fünf Jahren ein »solides« Ehepaar mit einem Kind geworden. Anna, ein süßer blonder Engel, war zwei Jahre alt und sie erwarteten schon wieder Nachwuchs. »Es ist wieder ein Mädchen«, sagte Veronika glücklich. »Ich wollte schon immer nur Mädchen haben. Die kann man so hübsch anziehen.«

Meine Freundin, die bei der Stadtverwaltung angestellt war, arbeitete wegen Annas diverser Kinderkrankheiten kaum. Anna besuchte, seit sie sechs Monate alt war, eine Krabbelstube, die eine Brutstätte aller Viren und Bazillen war. Masern, Röteln, Scharlach. Dazwischen grippale Infekte, Bronchitis und Allergien.

Gregor, der nach der Beendigung seines Studiums einen Militärdienst hätte absolvieren sollen, wurde aus »gesundheitlichen Gründen« von seiner Bürgerpflicht befreit, was er den Beziehungen seiner Mutter zu verdanken hatte. Er arbeitete als Jurist im selben Chemiekonzern, in dem früher unsere Väter angestellt gewesen waren, und hatte, wie Veronika nicht ohne Bewunderung in der Stimme betonte, sehr gute Aufstiegschancen.

Anna, die im Kinderzimmer spielte, begann zu weinen. Die hochschwangere Veronika lief zu ihr und schrie sie an. Das Kind, von der lauten Stimme seiner Mutter erschreckt, weinte noch lauter und schlug mit den Händchen und Füßchen um sich. Veronika nahm ihre Tochter hoch, schüttelte sie und drohte: »Hör endlich auf, sonst …!« Das Weinen verstummte wie auf Knopfdruck.

Auch Tereza, der ich anschließend einen Besuch abstattete, wovon meine Mutter nichts wissen durfte, machte einen ganz anderen Eindruck auf mich, als ich sie in Erinnerung gehabt hatte. Sie war nicht nur älter geworden in einer völlig anderen Umgebung als früher, ihr ganzes Wesen hatte sich verändert. Man sah ihr trotz der Freude über Gregors Heirat und die Enkelkinder die Trauer um Daniel an, die tief in ihren Gesichtsfalten saß, in ihrer zusammengerafften Stirn, in ihrer gebückten Körperhaltung. Ihre Haare waren weiß geworden, ihre Haut fahl und welk.

»Daniel ist tot«, sagte sie beinah unhörbar. »Ich fühle es, dass er tot ist, sonst hätte er sich schon längst bei seiner alten Mutter gemeldet.«

»Nein, Daniel lebt«, widersprach ich ihr mit der Vehemenz einer Liebenden, obwohl ich Terezas Haltung verstand. Sie musste ihn für tot halten, weil sie keine Kraft mehr zum Warten hatte. Es war ein Schutzmechanismus, an den sie sich klammerte, um überleben zu können.

Es gibt Abschiede, die nie enden wollen, Orte, die verschwinden, vertraute Gegenstände, verloren gegangene Hoffnungen. Die inhaltslose Siedlung als Nachkomme eines Dorfes, ein riesiges Kuckucksjunges im viel zu kleinen Nest.

Je länger ich durch die Siedlung spazierte, umso mehr sehnte ich mich nach dem alten Dorf.

Es hatte zu regnen begonnen. Zuerst leicht, dann wurden die Wassertropfen immer größer und fielen dichter auf den aufgeweichten schlammigen Boden. Meine Schuhe, die immer schwerer wurden, beachtete ich nicht mehr und stapfte weiter. Aus dem Jackenkragen zog ich eine Kapuze heraus, zog sie über meinen Kopf, hob die Schultern hoch und ging ungeachtet der Novembernässe um das Hochhaus herum, hinter dem ich die Kirche vermutete. Und tatsächlich stand sie am Fuße des Wohnturms gegen den Bergrücken gedrückt, der früher nicht so nah gewesen zu sein schien. Vom Abbruch verschont, aber ins Abseits geschoben – ein Relikt aus vergangenen Zeiten, das keiner mehr brauchte, bei dem sich aber niemand traut, es ganz zu beseitigen, falls es Gott, der darin einst gewohnt hatte, doch noch geben sollte.

Das Pfarrhaus, von allen Nebengebäuden befreit, wirkte klein und verlassen. Die Scheune, in der einst der Taubenschlag untergebracht gewesen war, existierte ebenso wie der angrenzende Garten nicht mehr. Das Gotteshaus, über dessen Wände sich das Moos hinauf bis zu den Fenstern zog, hockte im tiefen Schatten. Die Steinmauern, die einst grau gewesen waren, strahlten gespenstische Düsternis aus und schimmerten feucht. Das Ensemble im herbstlich verfärbten Unkraut schien in märchenhaftem Tiefschlaf versunken zu sein. Das alles wirkte auf mich wie ein böser Traum, aus dem ich jeden Moment aufwachen müsste.

»Suchen Sie jemanden?« Die Stimme hinter mir klang passend zu den verwunschenen Ruinen. Ich drehte mich um und sah einen alten Mann am Stock hinter mir stehen. Er trug eine Priesterkutte, darüber ein schäbiges Sakko.

»Wenn Sie so fragen«, sagte ich, »ich suche Herrn Matúš. Sind Sie sein Vertreter?«

»Kommen Sie, Kindchen«, sagte er, »Sie sind ganz durchnässt. Möchten Sie mit mir eine Tasse Tee trinken?«

»Gern«, sagte ich. Wir gingen ins Pfarrhaus.

»Übrigens«, sagte er unterwegs im schmuddeligen Gang, durch den er mich in seine Wohnung führte, »ich bin der neue Pfarrer. Ich heiße Jozef Ďurovský. Und wer sind Sie?«

»Silvia Goralová«, sagte ich, als wir die Küche betraten. »Wo ist Herr Matúš?«, fragte ich ungeduldig und sah mich um. Der dunkle Raum wirkte bedrückend auf mich. »Hat er eine neue Pfarre bekommen?«

»In gewissem Sinne schon«, sagte der alte Mann, ging langsam, die Schuhe schwer über den Linoleumboden schleifend, und setzte Teewasser auf. »Ich habe nur einen russischen Tee zu Hause. Ist das in Ordnung?« Ich nickte.

»Setzen Sie sich«, deutete er auf einen mit diversen Kleidungsstücken behängten Stuhl. »Sie müssen mich entschuldigen, aber ich bin für alles allein zuständig, nicht einmal eine Köchin habe ich.«

Das Haus könnte eine Frauenhand gut vertragen, dachte ich. Alles in meinem Blickfeld war verdreckt: Die Fenster, die Möbel, sogar die Wände, in deren Ecken Schimmel wuchs. Das schmutzige Geschirr lag aufgetürmt auf der Arbeitsfläche und auf dem Tisch. Der Pfarrer schob es mit dem Handrücken zur Seite und spülte zwei Teetassen mit kaltem Wasser ab, die er auf die frei gewordene Fläche stellte.

»Ich bin in D. aufgewachsen«, sagte ich. »Erst die letzten Jahre lebe ich woanders. Jetzt besuche ich meine Mutter, Klára Goralová. Kennen Sie sie?«

»Ich weiß nicht. Es kommen sehr wenige Besucher in die Kirche. Die einen sind keine Christen mehr und die anderen trauen sich nicht. Wir leben in sehr schweren Zeiten, junge Frau.«

Als D. noch ein richtiges Dorf gewesen war und die Hauptstadt weit weg, waren wir sehr gern in die Kirche gegangen. Der Kirchgang gehörte zum Sonntag so wie die Nachbarn im Festtagsgewand zu treffen, sich nach ihrem Wohlbefinden zu erkundigen, über das Wetter zu schimpfen und sich über das Fehlen bestimmter Lebensmittel im einzigen Lebensmittelgeschäft zu beschweren. D. war ein Ort gewesen, in dem der christliche Glaube zum Alltag gehörte.

Das Pfeifen des Wasserkessels riss mich aus meinen Gedanken. Der Pfarrer brühte den Tee auf und setzte sich zu mir. »Sie wollten Herrn Matúš besuchen. Darf ich fragen warum?«

»Warum? Weil ich ihn gut kannte und weil ich ihn gern hatte.«

»Ich wusste, dass es nicht stimmen kann.« Die Erleichterung in seiner Stimme war nicht zu überhören.

»Was kann nicht stimmen?«

»Was die Leute über ihn erzählen.«

»Was erzählen sie?«

»Jetzt erzählen sie nichts mehr. Jetzt schweigen sie alle.« Der Pfarrer holte aus seiner Kutte ein verknülltes Taschentuch heraus und betupfte damit seine schweißnasse Stirn.

»Ich verstehe nicht«, sagte ich und beugte mich näher zu ihm. »Was wollen Sie mir eigentlich sagen? Haben sie ihn entlassen oder wohnt er jetzt auch in einem dieser Hühnerställe?«, fragte ich nervös und deutete auf das Hochhaus dicht vor den Fenstern.

»Wissen Sie das wirklich nicht?«

»Was?«

»Herr Matúš ist tot. Der Herr hat ihn zu sich gerufen.« Der alte Mann bekreuzigte sich, sah zuerst zur Decke, dann tief in seinen Schoß. Die Finger verschränkt zum Gebet murmelte er etwas, was nach Fürbitten klang.

»Wieso tot?« Irgendetwas in mir weigerte sich, die Nachricht zu verstehen. Der Mann vor mir war alt und sah verwirrt aus, sicher hatte er sich nur etwas zusammengereimt. Der Pfarrer reagierte nicht. Mit gesenktem Kopf murmelte er weiter. »Er war noch nicht so alt!«, rief ich. »Höchstens Mitte vierzig.« Auf einmal begann sich das Zimmer um mich zu drehen und ich rang nach Luft. »War er krank oder … war es ein Unfall … ein Autounfall?«

Der Pfarrer hörte auf zu beten und sah mich an. »Eine arme Seele hat sein Leben ausgelöscht.«

»Was für eine arme Seele? Was reden Sie denn da?«

»Es war ein paar Tage, bevor die Bewohner das alte Dorf verlassen mussten. In manchen Häusern feierten die Menschen, in manchen weinten sie. Herr Matúš hielt noch die letzte Messe und ermunterte die Menschen, auch dann zu kommen, wenn sie in den neuen Wohnungen wohnen würden. Er war traurig, das können Sie mir glauben. Er liebte das alte Dorf und seine Bewohner.«

Wir saßen in der alten Pfarrküche, sprachen Slowakisch, die Sprache meiner Kindheit, die einst Geborgenheit bedeutet hatte. Doch meine Muttersprache, der alte fremde Mann und der düstere Raum, hinter dessen Fenstern ein Hochhaus zum Himmel ragte, vermochten die verlorene Intimität des alten Dorfes nicht wiederherzustellen.

»Herr Matúš ist tot«, sagte der alte Mann noch einmal und griff nach meiner Hand. Er wirkte ruhig und seinem Schicksal ergeben. »Der Herr hat ihn zu sich gerufen.«

»Das haben Sie mir schon einmal gesagt, aber wie ist er gestorben?«

»Er wurde erschossen. Er wurde in dieser Küche erschossen.«

»Was!?«, schrie ich und sprang auf. »Er wurde erschossen? Wer hat das getan?«

»Ein junger Mann aus dem Dorf. Er heißt Vincent.«

»Vincent? Vincko Pevný?

»Ja.«

»Er ist ein paar Klassen unter uns in die Grundschule gegangen. Und er war auch Ministrant bei Herrn Matúš.«

»Jetzt sitzt er im Gefängnis und erzählt allerlei Unwahrheiten über den Pfarrer. So ein undankbarer Junge.«

»Und was ist aus den Tauben geworden?«, fragte ich.

»Na was denn? Ein Taubenbraten für den Leichenschmaus.«

Nichts aus den ersten Tagen nach meiner Rückkehr ist mir so stark in Erinnerung geblieben wie das Schweigen meiner Mutter. Als ich sie gefragt hatte, warum sie mir nichts von dem Mord an Herrn Matúš und dem jähen Ende der Tauben erzählt hatte, war sie rot geworden, hatte zu husten begonnen und hustete so lange, bis ich aufhörte zu fragen. Dann saß sie in ihrem Fernsehsessel, zerknirscht und in sich verfallen, und sah mich aus ihren unruhigen Augen flehend an, damit ich ja nicht auf den Gedanken käme, nach Einzelheiten, die sie so sehr aufregten, dass sie daran hätte sterben können, zu fragen.

Die restliche Zeit verbrachten wir mit Gesprächen über Mutters Gesundheitszustand. Wir verabschiedeten uns, ohne einander in die Augen zu sehen. Ich nahm Einsamkeit aus dieser Umarmung mit.

# 11

Nach jenem Besuch in Bratislava war ich, und sei es nur in einer ersten Gefühlsaufwallung, fest davon überzeugt, dass mich alle vergessen hatten und dass ich ihnen egal war. Wie sollte ich mir sonst erklären, dass mir keiner ein Sterbenswörtchen von Herrn Matúš' Ermordung gesagt hatte? Warum hatten sie alle geschwiegen? Stimmte etwas an Vinckos Beschuldigung dem Pfarrer gegenüber? Das hätte aber geheißen, dass Daniel recht gehabt hatte.

Ein Mord in einem Dorf wie D. ist keine alltägliche Geschichte, noch dazu ein Mord an einem Pfarrer. Er ist nicht nur etwas Unfassbares und Trauriges, sondern auch etwas Besonderes. Und es liegt in der Natur des Menschen, über alles zu reden, vor allem über Besonderheiten. Nur über Dinge, die einem peinlich sind, spricht man nicht.

In diesem Zusammenhang dachte ich mehr denn je an Daniel, der irgendwo in der Welt herumirrte und aus irgendeinem Grund nicht nach Hause kommen wollte. Wenn ich ihm nur schreiben hätte können, mitteilen, was passiert war. Aber keiner konnte Daniel schreiben, denn keiner außer meiner Mutter wusste, wo er war, und dass sie es wusste, ahnte niemand. Er schrieb mir und sie las seine Briefe, die sie im Schrank unter den Pullovern aufbewahrte. Sie kannte seine Gedanken, Hoffnungen und Ängste und sie behielt sie für sich.

Die Geräusche der Nacht verstummten, das Zimmer lag in völliger Stille. Sogar die goldenen Kugeln in der Uhr glitten leise über den spiegelglatten Untergrund und klangen wie zwei Papierblätter, die aneinanderreiben.

Vor mir lag ein weiterer Brief, den ich mit großer Neugierde öffnete.

*Liebste Columbina,*

*bevor ich nach Amerika fliege, musste ich Venedig sehen. Ich kam per Autostopp und »wohne« in der Wartehalle auf dem Bahnhof, denn ein Hotel kann ich mir nicht leisten. Aber Venedig, die Stadt der Liebenden und der Tauben, kann ich mir nicht entgehen lassen. Wie gern wäre ich hier mit Dir!*

*Seit gestern spaziere ich durch die schmalen Gassen und sehe mir die Nistplätze auf den Dachböden mancher Häuser an, die nicht versperrt sind. Manchmal glückt es mir, in ein Haus zu gelangen, indem ich mich an jemanden, der einen Schlüssel hat, hefte und vorgebe, ein Besucher einer der Bewohner zu sein.*

*Die venezianischen Tauben tun mir leid. Sie sind viel zu viele. Durch das unerschöpfliche Futterangebot vermehren sie sich zu stark. Kein Mistkübel, kein Mistsack ist vor ihnen sicher. Diese Tauben haben nichts mit den Friedensboten von früher zu tun, weil sie zu Ratten mit Flügeln degeneriert sind. Wie gut hatten es unsere Schützlinge! Sie lebten in einem schönen Haus, hatten die besten Bedingungen, ihre Nestlinge zu versorgen, und sie dankten es uns mit Medaillen und Preisen.*

*Wenn ich über die Tauben schreibe, sollst Du nicht glauben, dass ich nicht an Dich denke. Im Gegenteil. Mein Kopf ist voll von Erinnerungen an Dich.*

*In zwei Wochen wird mein neues Leben in Amerika beginnen. Ich nehme Dich in meinem Herzen auf die große Reise mit.*

*Dein Dich immer liebender*
*Daniel*
*Venedig, 31. August 1969*

Das alles konnte kein Zufall sein. Überall, wo Daniel gewesen war, kam ich auch hin, wenn auch mit einiger Verspätung. Venedig besuchte ich etwa ein Jahr, nachdem ich mein Studium beendet hatte. Ich arbeitete damals schon als Assistentin an der Universität und erforschte Vögel, insbesondere die Tauben. Als mich mein Chef zu einer Tagung nach Venedig schickte, war ich überglücklich, weil ich noch nie in Italien gewesen war. Eigentlich war ich nirgends gewesen und das, obwohl ich im Westen lebte und überallhin hätte fahren dürfen.

Ich fuhr mit dem Zug. Im Abteil saßen ein asiatisches Pärchen, das sich tief über Landkarten beugte und keinen rund um sich wahrnahm, und eine alte Frau, die über illegale Einwanderer und den vorprogrammierten Untergang Österreichs schimpfte. Wahrscheinlich hatte sie mein Akzent dazu animiert, sie erwähnte ihn aber nicht und fragte mich auch nicht, woher ich käme. Aber jedes Mal, wenn sie die faulen Albaner oder Türken erwähnte, schaute sie mich besonders vorwurfsvoll an.

»Ich hasse Venedig«, sagte die weißhaarige Frau, nachdem der Schaffner unsere Fahrkarten kontrolliert hatte. »Die Stadt ist schmutzig und voller Ratten. Einmal, als ich dort vor Jahren mit meinem Mann gewesen bin, hat es ein Erdbeben gegeben. Außerdem, wer fährt heutzutage nach Venedig? Nur Hochzeitspaare und Ehebrecher.«

Die Frau redete pausenlos, es störte sie nicht, dass ihr keiner zuhörte. »Und Sie«, fragte sie mich in Mestre, als ihr der Stoff ausging und sie gelangweilt aus dem Fenster blickte. »Warum fahren Sie allein nach Venedig?«

Die erste Nacht im Hotel schaukelte ich in meinem Traum. Ich hatte das Gefühl, Meereswellen unter mir zu spüren. Ich schlief und ich wusste, dass ich schlief, der Traum huschte an mir vorbei, riss mich mit. Das Bett, das Zimmer, das Haus, alles schaukelte mit mir, ich trieb durch die Kanäle auf das offene Meer.

In der Früh war alles ruhig. Tauben gurrten auf der Fensterbank, nicht vor Liebe. Es waren einfache graue Tauben mit violett-grünlichen Spiegeln unter dem Hals und roten Augen, von denen es in der Lagunenstadt Tausende gab. Bei manchen waren die ledernen Augenringe besonders stark ausgeprägt. Die Tauben saßen hinter der Glasscheibe, rieben ihre Schnäbel an der Steinplatte und sahen neugierig ins Zimmer. Dann flogen sie mit flatternden Flügeln davon.

Auf dem Markusplatz fütterten Touristen die Tauben mit dem Mais, den die Verkäufer in Plastiktüten anboten. Die zahmen Vögel pickten den Menschen die Körner aus der Hand. Überall wurde fotografiert, vor jeder Linse stand jemand mit Tauben auf den Schultern und auf dem Kopf und lachte. Solche Fotos gehörten zu Venedig wie die Gondeln und Kanäle.

Aber ich sah Tauben auch nackt abgerupft und dicht geschlichtet in den Vitrinen der Fleischhauer. In manchen exklusiven Restaurants konnte man sie als gebratene Piccione bestellen. Gebratene Tauben als eine Art Eliminationsverfahren? Ich dachte an die Gespräche mit Daniel und überlegte, was er dazu sagen würde. Wäre er imstande, eine Taube zu essen?

Venedig litt unter der Taubenplage. Auch die Tagung, an der ich teilnahm, beschäftigte sich damit. Die Redner, vor allem die Vertreter der Stadt und des Denkmalschutzes, die um die Palazzi und andere historische Gebäude bangten, referierten mit großen Emotionen über den Kot, der die Bauwerke zersetze. Aber nicht minder aufgeregt argumentierten auch Zoologen, Tierärzte und vor allem die Naturschützer, als sie von den Maßnahmen hörten, den Tauben Antikonzeptiva zu verabreichen und dadurch die Stadt zu retten. Der Vorschlag, die gelegten Eier durch Gipseier zu ersetzen, kam hingegen bei allen Kongressteilnehmern sehr gut an.

»Es ist nicht die Taube«, schrie jemand vom Podium, »die diese Umstände verursacht, sondern der Mensch.« Ein Teil des Plenums klatschte. »Der Kot der Tauben ist basisch und verätzt das Mauerwerk nicht. Das bestätigt auch das Denkmalschutzamt. Der wahre Verursacher der Gebäudeschäden ist der saure Regen, den wir den Autos und Kohleheizungen zu verdanken haben.«

Chemiker und Biochemiker argumentierten mit komplizierten Formeln, die sie über den Beamer auf die Leinwand projizierten. Dann folgten Vorträge über den Taubendung, der mehr Nährstoffe für die Erde enthalten sollte als der Stallviehmist und deshalb gesammelt und in der Landwirtschaft eingesetzt gehörte.

Meinen Nachmittagscappuccino trank ich im Café Arlecchino, das voll von Touristen war. Alle Tische waren besetzt, nur einer, als ob er auf mich gewartet hätte, war frei. Kaum hatte ich mich niedergesetzt, kamen ein Mann und eine Frau auf mich zu, beide Mitte fünfzig, und fragten mich in ausgezeichnetem Englisch, das nicht ihre Muttersprache war, ob sie sich zu mir setzen dürften. Wir erkannten bald, dass wir alle aus Österreich kamen und sprachen daraufhin ein vertrautes Deutsch. Die beiden waren sehr nett, fragten mich, was mich nach Venedig führte, und erzählten mir, dass sie insgesamt sieben Kinder hätten, aber keine zusammen. Im weiteren Gespräch erfuhr ich, dass sie aus Oberösterreich kamen, in verschiedenen Städten wohnten und zu Hause jeweils mit anderen Partnern verheiratet waren. Beide waren Englischlehrer, Kollegen an einem Gymnasium. Nach Venedig fuhren sie jedes Jahr in der Osterwoche, natürlich wusste sonst niemand, dass sie hier zusammen waren. In den paar Tagen der Zweisamkeit tankten sie Kraft für den anstrengenden Alltag.

Als sie gingen, kam Paolo, einer der Tagungsteilnehmer, ein smarter Vierziger mit unwiderstehlichem Charme, und fragte mich, ob ich Lust dazu hätte, mit ihm am Abend Tango tanzen zu gehen. »Warum nicht?«, sagte ich, obwohl ich seit der Tanzschule keinen Tango getanzt hatte.

»Bene«, sagte er. »Um neun auf dem Campo Santa Margherita.«

Der Tangoabend hatte vor allem Touristen angelockt. Rund um die Tanzfläche auf dem Platz drängten sich Menschen, die sich die einstudierten Showeinlagen der Profitänzer nicht entgehen lassen wollten. Auch Paolo war einer der Tänzer, die auftreten sollten.

Als ich kam, saß er an der Bar, trank Bier und wirkte sehr nervös. Seine Tanzpartnerin Sandra stand unweit und beobachtete mich mit Argwohn. Am liebsten wäre ich weggegangen, um ihr zu zeigen, dass ich kein Interesse an ihrem Tänzer hatte, aber vielleicht wäre gerade das ein Eingeständnis gewesen, dass ich von Paolo mehr als nur das Tanzen erwartete.

Endlich fing die Show an und die ersten Tanzpaare betraten die Tanzfläche. Die Performance war ein Feuerwerk aus Leidenschaft, Musik, Rhythmus, bunten Farben und schwungvoller Bewegung, die auch das Publikum mitriss. Denn gleich nach der Vorstellung mischten sich die tanzwütigen Touristen unter die Tänzer und führten das vor, was sie unter Tango verstanden. Auch wenn einige von ihnen eine rote Rose zwischen den Zähnen hielten, war in ihrer Darbietung das lateinamerikanische Feuer nicht zu spüren.

Paolo ließ Sandra irgendwo in der Menge stehen und kam zu mir. Er nahm mich um die Mitte und führte mich mit sicheren Schritten auf die Tanzfläche. Er war im Gegensatz zu den anderen Tänzern kein typischer Tangotänzer. Nicht besonders groß und ein bisschen untersetzt, wirkte er auf den ersten Blick ein wenig behäbig, bewegte sich aber trotzdem flink und verstand es, seine Partnerin und später auch mich so zu drehen, dass daraus ansehnliche Figuren entstanden. In seinen Armen fühlte ich mich sicher.

In den darauffolgenden Tagen wich Paolo nicht von meiner Seite. Er saß neben mir bei der Tagung und begleitete mich auf meinen Abendspaziergängen durch die Stadt. »Venedig muss man sich ergehen«, sagte er. »Die auf den ersten Blick unübersichtliche Stadt erschließt sich einem mit jedem gegangenen Kilometer.« Wir zogen Kreise. Jeden Tag gingen wir weiter, fuhren mit dem Vaporetto durch die Kanäle und drangen in Stadtteile vor, die beinah frei von Touristen waren.

Venedig wirkte traurig auf mich. Eine Art Melancholie breitete sich in mir aus, wie ich sie in dieser Intensität nicht kannte. Der

Hauch von Vergänglichkeit an jeder Ecke unterstützte dieses Gefühl. Trotzdem las ich in meinem Hotelbett noch einmal Thomas Manns »Tod in Venedig«.

Paolo war es sehr wichtig, mir die Stadt so zu zeigen, wie er sie sah. Er war Historiker und konnte sehr interessant erzählen. Und weil er meine Vorliebe für die Tauben kannte, erklärte er mir auch, warum die Venezianer ihre Tauben so sehr lieben: »Als im Jahre 1204 Alexios der IV. die Stadt Konstantinopel eroberte, ließ Doge Enricio Dandolo eine Taube mit der Botschaft vom Sieg nach Venedig schicken. Seit damals wird die Taube in der Stadt verehrt. Die Verehrung ging so weit, dass an Palmsonntagsprozessionen von den amtierenden Dogen ganze Schwärme von Tauben freigelassen wurden. Der Großteil der heutigen venezianischen Stadttaubenpopulationen stammt vermutlich von diesen freigelassenen Tauben ab.«

Paolo und ich gingen über die Rialto-Brücke, sein rechter Arm schwang sich um meine Schultern. Es war das erste Mal seit Jahren, dass ich einen Mann so nah an mir spürte und mich dabei wohlfühlte. Ich freundete mich mit dem Gefühl an, dass es Zeit war, mich auf eine Partnerschaft einzulassen und eine Familie zu gründen.

Wir blieben vor der Auslage eines Juweliergeschäfts stehen und betrachteten die ausgestellten Ringe. Paolo ist sehr schnell, dachte ich, als ich begriff, dass in der Auslage lauter Eheringe lagen. Wir verloren kein Wort darüber, dachten aber an das Gleiche. Langsam gingen wir weiter und Paolo erzählte wieder über Venedig und die Tauben, als es laut platschte. Ich drehte mich um und sah im Wasser ein Rosenbukett treiben. Es war ein Hochzeitsstrauß, den eine Braut von der Brücke geworfen hatte.

»Komm, den holen wir uns«, sagte Paolo und lief mit mir hinunter zum Ufer, wo ein Gondoliere den Strauß mit seinem Stock zum Rand hinschubste.

»Wozu?«, fragte ich unterwegs.

»Damit du als Nächste heiratest.«

Als wir ankamen, hielt eine junge Amerikanerin das Bukett siegreich in den Händen. Die Touristen und die ausgelassene Hochzeitsgesellschaft klatschten begeistert, nur Paolo war enttäuscht.

»Sei nicht traurig«, sagte er. »Der nächste Strauß gehört dir.«
An meinem letzten Tag in Venedig versprach Paolo, mich in Wien zu besuchen. Er kam nach einem Monat und blieb fünf Tage. Wir hatten eine schöne Zeit, zu mehr reichte es nicht. Danach sah ich ihn nie wieder.

# 12

*Liebste Columbina,*

*seit mehr als sechs Jahren lebe ich nun in Amerika und kann Dich nicht vergessen. Egal, was ich tue, Du bist immer bei mir. Wohin ich auch gehe, trage ich Dich in meinem Herzen.*

*Als ich nach New York kam, wohnte ich ein paar Wochen in einem Flüchtlingshaus im Stadtteil Queens. Bis dahin dachte ich, dass ich arm sei, weil ich kein Geld hatte, ich wurde aber eines Besseren belehrt. Die Flüchtlinge aus Kuba und Afrika waren viel schlimmer dran als ich, weil sie Frauen und Kinder hatten, die sie ernähren mussten.*

*Ich bin allein und vogelfrei, deshalb konnte ich auch viel flexibler sein und griff nach der ersten Gelegenheit, die sich mir bot. Irgendwann erfuhr ich von einer Greifvogelshow, fuhr hin und bekam meinen ersten Arbeitsplatz. Die Arbeit mit den Falken, Habichten und Adlern macht mir Spaß. Jetzt stehe ich auf der anderen Seite und beschäftige mich mit den Feinden der Tauben. Und Du hattest einmal Angst, dass ich auf sie schießen würde! Du siehst, wie wir imstande sind, uns zu ändern.*

*Mehrmals in der Woche zeigen wir eine Show, die beim Publikum sehr gut ankommt. Die Menschen staunen, wie intelligent und geschickt die Vögel sind, und belohnen uns jedes Mal mit tosendem Applaus. Ich verbeuge mich und schaue unentwegt durch die Reihen und suche Dich. Ich habe die Hoffnung nicht aufgegeben, dass ich Dich einmal wiederfinden werde.*

*Ich umarme und küsse Dich*
*Dein Daniel*
*Boston, 12. Mai 1976*

Als Daniel diesen Brief schrieb, unterrichtete ich schon als Assistentin an der Universität. Mit den Studenten führte ich eine Beobachtungsreihe in einigen Kirchen durch. Danach schrieb ich in mein Journal: *»Die untersuchten Straßentauben leben in einem Schlag über dem Kirchenschiff in völliger Freiheit und können jederzeit ein- und ausfliegen. Um repräsentative, vom Beobachter unbeeinflusste Resultate zu erhalten, wurde das Verhalten der Tauben mit einer im Schlag installierten Videokamera aufgenommen. So konnten die wichtigsten sozialen Verhaltensweisen bestimmt werden: prahlen, vertreiben, Kämpfe, balzen, schnäbeln, Paarungsaufforderungen, die von anderen Tieren attackierte Kopulationen, die durch Attacken verhinderte und erfolgreiche Kopulationen.*

*Die Errechnung der Lebenshäufigkeiten ermöglicht die Abschätzung, wie oft eine Straßentaube während ihres Lebens eine bestimmte Verhaltensweise zeigt. Die Tauben kämpfen und vertreiben einander außerhalb des Schlages nur selten, dafür prahlen und schnäbeln sie als Paarbindeverhalten im Freien gleich häufig wie innerhalb des Schlages. Paarungsaufforderungen und Paarungen treten draußen eher selten auf.*

*Aggressive Verhaltensweisen treten sehr oft am Brutplatz auf. Vor allem das Vertreiben und Kämpfen spielen eine zentrale Rolle im Leben einer Taube. Kann ein Tauber kein geeignetes Brutterritorium erobern, ist er auch nicht in der Lage, sich fortzupflanzen. In der Häufigkeit der wichtigsten Verhaltensweisen zeigt sich, dass die Brutschwärme keine sozial harmonierenden Einheiten darstellen. Der andauernde Stress der territorialen Verteidigung und Eroberung manifestiert sich im Vertreiben und Kämpfen.«*

Das Institut für Verhaltensforschung war mein zweites Zuhause geworden. Ich verbrachte viele Stunden in meinem Büro, wertete Resultate aus, schrieb Analysen, Statistiken und verfasste Artikel für Fachzeitschriften. Und ich studierte weiter und arbeitete an meiner Habilitation.

Außerhalb der Forschung erlaubte ich mir kein Privatleben,

kein Hobby, keine Freizeit. Ich war allein und fühlte mich einsam. Das war der Preis dafür, dass ich meinem Traum ganz allein nachging und nachtrauerte. Die Menschen hielten Abstand und die Welt, die mich umgab, strahlte nicht mehr die Wärme aus, die ich in meiner Jugend gespürt hatte.

»Du solltest dir einen Mann suchen und heiraten«, sagte meine Mutter jedes Mal, wenn ich sie besuchte. »Deine biologische Uhr tickt, schau, dass du eine Familie gründest.«

Die Familiengründung, die ich verweigerte, machte ihr die größte Sorge. Dass ich, für andere sichtbar, nur für meine Mutter nicht, eine ziemlich steile Karriere machte, war ihr nicht so wichtig wie ein Mann an meiner Seite. »Hättest du Gregor geheiratet, müsstest du jetzt nicht im Ausland leben. Und du hättest Kinder. Jede Frau braucht einen Mann und Kinder. Eine Familie ist das Wichtigste für eine Frau.«

Wenn meine Mutter übers Heiraten und das Mutterglück ins Schwärmen kam, schwieg ich. Ich konnte ihr nicht sagen, dass mich Männer im Allgemeinen nicht interessierten. Ich liebte Daniel und war nicht bereit, ihn gegen einen anderen einzutauschen. Natürlich hatte ich Verehrer, frühere Studienkollegen oder junge Universitätsassistenten. Ich ging auch mit dem einen oder anderen aus. Wir aßen dann in einem Restaurant, redeten über Arbeit oder Politik und wenn er nach dem dritten Glas Wein nach meiner Hand griff, blockte ich ab. Ich wollte mich auf eine intime Beziehung nicht einlassen, weil keine Anziehungskraft da war, wie ich sie bei Daniel gespürt hatte. Das war letztlich auch der Grund, warum es mit Paolo nicht geklappt hatte.

Eine Liebe ist mehr, als dass zwei Menschen miteinander gehen. Eine Liebe ist etwas Schicksalhaftes, sie ist eine Begegnung, die einem nur einmal im Leben passiert. Einen falschen Partner zu wählen, kam mir wie der Kauf von zu kleinen Schuhen vor, die ein Leben lang drücken. Da wartete ich lieber und hoffte auf ein Wunder.

Mein Vorbild waren die Tauben: Sie suchen, finden sich und bleiben ihr ganzes Leben lang zusammen.

Der Brieftaubensport basiert auf dieser Eigenschaft der Tauben. Der Tauber, der im Kabinenexpress zum Auflassort gebracht wird, hat nicht den Ehrgeiz, einen Wettbewerb zu gewinnen, er sehnt sich nach keiner Medaille oder Extrabelohnung, sondern versucht so schnell wie möglich zu seiner Herzdame zu fliegen, mit der er ein Nest teilt.

Daniel war ein verflogener Tauber, der nicht nach Hause finden konnte, und ich die verlassene Columbina, die keinen Partner mehr akzeptierte. Und trotzdem versuchte ich den Taubeninstinkt in mir zu überlisten und ließ mich, wahrscheinlich meiner Mutter zuliebe, auf zwei weitere Beziehungen ein. Der erste Mann, mit dem ich teilweise zusammenlebte, hieß Simon, war Journalist und ständig auf Reisen. Die kurze Zeit der Zweisamkeit war von seinem Terminkalender geprägt, später von Erschöpfung und übermäßigem Schlaf. Ich fühlte mich mit Simon einsam. Der zweite Mann, der bei mir einzog, hieß Hugo und war ein Gastprofessor an unserer Uni. Mein neuer Freund stammte aus der Schweiz und trug mich buchstäblich auf Händen, aber nur bis zu dem Zeitpunkt, an dem ich erfuhr, dass er verheiratet war und in Bern drei Kinder hatte. Den Rest des Semesters wohnte er in einem Hotel, nannte mich schwierig und erzählte den Kollegen, dass ich eine unverbesserliche Emanze sei.

Die Jahre zogen ins Land.

Ich studierte, forschte und fuhr alle zwei Wochen zu meiner Mutter nach Bratislava. An den Wochenenden, an denen ich in Wien blieb, erzählte sie mir am Telefon (anrufen musste ich sie, sie rief nie an, weil sie, wie sie überall erzählte, eine erfolgreiche Tochter im Ausland hatte, die die Telefonrechnung leichter bezahlen konnte) von ihren aktuellen Stimmungen, von ihrer angegriffenen Gesundheit und davon, was ihr die Poláks schon wieder angetan hatten. Es war oft sehr anstrengend, sich ihre Befindlichkeiten anzuhören, ich tat es aber gern und war dankbar dafür, dass sie meine missglückten Beziehungen nicht jedes Mal erwähnte.

Mein Leben war geprägt von Monotonie. Aufstehen, duschen, anziehen, im Stehen einen Kaffee trinken, ins Institut fahren, endlos am Schreibtisch sitzen, Bücher studieren, am Abend mit der Mutter telefonieren, sie jedes zweite Wochenende besuchen und um ihr immer schwächer werdendes Herz bangen.

Das Asthma war trotz neuer Medikamente schlechter geworden, die Mutter immer schwächer. Wenn ich sie aber einlud, bei mir zu leben, lehnte sie stets ab. »Was würde ich bei dir tun?«, sagte sie dann, »ich wäre doch den ganzen Tag allein in deiner Wohnung. Nicht einmal fernsehen könnte ich, weil ich die Sprache nicht verstehe.«

So gesehen hatte sie recht. Wien war für sie kein geeigneter Ort, um ihre Pension zu genießen, obwohl vom Genießen auch in Bratislava keine Rede sein konnte.

Meine Mutter war einsam. Sie hatte nur eine Freundin, eine Frau, die noch älter war als sie selbst und die in einer Garçonnière in der Nebenstiege wohnte. Sie besuchten einander hin und wieder, tranken Tee und aßen Kuchen, vorausgesetzt, die Gastgeberin hatte welchen gebacken.

»Stell dir vor«, beschwerte sich eines Tages meine Mutter, »Vilma bäckt keinen Kuchen mehr, sondern stellt nur ein paar Kekse auf den Tisch. Sie macht es sich einfach. Das ist eine Frechheit, weil ich mir immer große Mühe gebe, wenn sie zu mir kommt.«

»Aber Mama«, versuchte ich sie zu beruhigen. »Die Kekse tun's doch auch. Außerdem geht es gar nicht um Kekse oder Kuchen, sondern darum, dass ihr miteinander redet und euch austauscht.«

»Das ist es – sich austauschen«, fiel sie mir ins Wort. »Vor ein paar Tagen habe ich einen guten Ribiselkuchen gebacken, den, der auch dir so gut schmeckt, mit Baiserhaube, und sie … sie hatte schon wieder nur Kekse auf dem Tisch. Nicht einmal Schokoladenkekse waren es, sondern *nackte* Butterkekse. Das ist doch eine Frechheit. Wenn man jemanden einlädt, ist es das Mindeste, ihm Respekt entgegenzubringen. Und ein kleiner Kuchen macht nicht so viel Arbeit.«

Ich sah, es hatte keinen Sinn, sie von den guten Absichten ihrer Freundin zu überzeugen, die vielleicht eine Diät halten musste oder einfach nur arm war und ihren Gast nicht reichlich bewirten konnte.

»Ich werde sie nie wieder einladen«, murmelte meine Mutter immer noch aus der Küche und rumorte laut mit den Küchengeräten in der Lade. »Das lasse ich mir nicht gefallen.« Nach ein paar Minuten hörte ich, wie sie mit dem Handmixer in der Schüssel rührte. Da ich Schokolade roch, vermutete ich, dass es ihre neue Variation der Sachertorte war, von der sie mir unlängst vorgeschwärmt hatte.

Immer wenn sie nähte oder einen ihrer berühmten Kuchen buk, war sie so konzentriert, dass ich beruhigt Veronika und ihre Familie besuchen konnte. Anna und Lena entwickelten sich prächtig, lernten brav und machten ihren Eltern Freude.

Anna sah ihrer Großmutter Tereza ähnlich – dunkle Haare, sehr helle Haut und ein Kinn mit einem Grübchen. Sie war nicht besonders groß und hatte schon als Kind etwas Mütterliches, weil sie immer mit Puppen spielte und überall erzählte, dass sie sich mindestens fünf Kinder wünsche.

Lena war ein dünnes, in die Höhe geschossenes, von allen Seiten flaches Mädchen ohne Busen und Po, mit abstehenden Beckenknochen und einer wilden, wie blank poliertes Kupfer glänzenden Mähne, die sie von ihrer Mutter geerbt hatte.

Jedes Mal, wenn ich die beiden ansah, dachte ich, wie es wäre, wenn ich auch Kinder hätte und mit Daniel zusammenlebte.

Wie mochte er jetzt aussehen?, überlegte ich. Mit den Jahren verändert man sich. Zuletzt hatte ich ihn als siebzehnjährigen sehr schlanken und in die Höhe geschossenen Jungen gesehen. Wie er als erwachsener Mann aussah, konnte ich mir nicht vorstellen. Hatte er schon graue Haare? Sicher hatte er graue Haare, wir alle hatten schon ein paar graue Haare. War er stärker geworden oder war er so schlank geblieben wie früher? Gregor, Daniels Bruder, war mit den Jahren korpulent, um nicht zu sagen dick geworden, sein einst schwarzes dichtes Haar schütter und grau, die Gesichtshaut ockergelb und trocken und um die Augen und den Mund zu Fächern gefaltet. Er war bei allem, was er tat, kurzatmig und schwitzte leicht. Wo ist nur sein unwiderstehlicher Charme geblieben, dachte ich immer, wenn ich ihn sah.

Veronika hielt sich besser als ihr Mann. Auch sie war nicht mehr so schlank wie früher, aber ihre Figur wies Rundungen an den richtigen Stellen auf, was ihr gut stand. Sie war schon immer sehr hübsch gewesen und auch jetzt, im mittleren Alter, eine attraktive Frau, nach der sich Männer jeden Alters immer noch umdrehten.

Auch ich kam in die Jahre und meine einzige Sorge war, wie Daniel damit umgehen würde. Würde ich ihm noch gefallen? Würden ihn meine Falten nicht stören? Meine nicht mehr perfekte Figur? Ich selbst hatte keine Probleme mit meinem Alter, wollte aber für Daniel jugendlich und schön bleiben.

Als ich noch ein Kind war, dachte ich, dass mich das Altwerden nie betreffen werde, dass es etwas sei, das nur den anderen passierte, wie eine Krankheit oder Katastrophe, von denen man immer wieder hört, die einen aber zum Glück nicht einholen. Ich war jung und schön und überzeugt, dass ich mir meine Jugendlichkeit bis ins hohe Alter bewahren würde. Der tägliche Blick in den Spiegel – falsch wie er war – gab mir immer recht und verriet nie die winzig kleinen Veränderungen, die von Tag zu Tag an mir stattfanden. Erst wenn ich Menschen, die ich von früher kannte, nach vielen Jahren traf, wurde mir bewusst, dass auch ich mich veränderte.

Je älter ich wurde, umso mehr Gedanken machte ich mir über mein Leben. Ich hatte keine eigene Familie und keine Kinder, nicht einmal eine Beziehung brachte ich zustande. Die einzige Liebe, die ich erleben durfte, hatte sich mir auf seltsame Weise entzogen und ich besaß keine Kraft mehr, auf eine neue Liebe zu hoffen.

# 13

Wegen einer Recherche für eine Publikation, an der ich gerade arbeitete, flog ich wieder einmal nach Amerika. Ich besuchte Forschungsinstitute in New York und Philadelphia und einen Brieftaubenzüchter, den mir ein Kollege von der Universität empfohlen hatte.

Foxtown, ein kleines Städtchen, das etwa eineinhalb Stunden östlich von New York liegt, erreichte ich mit dem Transbridgebus vom Busbahnhof Port Authority. Bill McDonald, ein Mitvierziger mit rotblondem Haar, holte mich von der Busstation ab und brachte mich in sein Haus, in dem seine Frau Nancy ungeduldig auf mich wartete.

»Ich habe eine Überraschung für dich«, sagte Bill geheimnisvoll und ich konnte mir nicht vorstellen, womit mich ein Mann, den ich gerade kennenlernte, überraschen könnte. Er rief jemanden an, sagte »she is here« und klopfte mir auf die Schulter. Er war groß und kräftig und sagte, dass sein *Background* irisch sei. Fast alle Amerikaner sagen beim ersten Treffen mit Europäern, woher ihre Vorfahren stammen. Nur diejenigen, die sich »echte Amerikaner« nennen, das heißt, die vom Ursprung ihrer Familie nichts wissen, schweigen.

Von Nancy, einer, die sich zu den »echten« zählte, erfuhr ich, dass sie am Foxtown College englische Literatur unterrichtete. Sie servierte gerade Kaffee in verschiedenen Frühstücksschalen als es an der Tür klopfte und eine unförmige Frau unbestimmten Alters das Zimmer betrat.

»Surprise! Surprise!«, schrie Nancy aufgeregt und führte die Besucherin zu mir.

»Silvia, bist du es wirklich?«, fragte die Dicke auf Slowakisch und ich blickte beinah erschrocken in ihr Gesicht – und erst auf den zweiten Blick erkannte ich Olga aus unserem Dorf.

»Das gibt's doch nicht!«, rief ich und dachte ›Oh Gott, ist man denn nirgends auf der Welt vor Slowaken sicher?‹ »Was machst du hier?«

»Das Gleiche könnte auch ich dich fragen«, antwortete sie und ging mit geöffneten Armen auf mich zu und drückte mich fest an sich.

Bill und Nancy, die danebenstanden, lachten glücklich über die gelungene Überraschung.

»Ist das nicht *wonderful?*«, quietschte Nancy vor Vergnügen. »Zwei Slowakinnen in Foxtown.«

»Zwei Slowakinnen aus demselben Dorf in Foxtown«, ergänzte Bill, wobei er Olga und mir den Arm um die Schultern legte und uns an sich drückte.

Langsam löste sich der Schock, anders kann ich den Zustand nicht beschreiben, und ich realisierte, dass ich Olga, die ich nicht besonders mochte (sie mich sicher auch nicht), am anderen Ende der Welt traf.

»Was machst du hier?«, fragte ich sie noch einmal, nicht so sehr aus Neugierde, sondern aus Verlegenheit.

»Ich lebe seit drei Jahren in der Stadt und bin hier glücklich verheiratet.« Das Wort glücklich betonte sie und ich verstand die Anspielung auf Gregor, der sie nach der Maturareise verlassen hatte, um sich mit Veronika zu versöhnen. »Als die Russen kamen, bin ich abgehauen. Das hast du doch gewusst, oder?«

Ich weiß nicht, ob ich es gewusst hatte oder nicht, jedenfalls hatte es mich nicht so sehr interessiert, dass es wert gewesen wäre, es sich zu merken. Ich war damals im österreichischen Flüchtlingslager und hatte mit mir selbst mehr Probleme, als ich realisieren konnte.

»In Amerika lebe ich seit zwölf Jahren, vorher war ich in Kanada, aber es hat mir dort nicht so gut gefallen. Die Kanadier sind ziemlich einfältig, um nicht zu sagen primitiv«, sprudelte es aus Olga heraus. Sie schilderte alle Etappen ihrer Emigration, Bill und Nancy, die die Geschichten schon auswendig kannten, nickten zustimmend und ergänzten manche Teile mit lustigen oder berührenden Details. »Ich habe am Delaware College und an der University of New Orleans Russisch studiert«, beendete Olga vorläufig ihren Monolog.

»Russisch?«, stieß ich hervor. »Warum gerade Russisch?«

»Warum, warum? Weil ich es schon ein bisschen konnte und weil man Russisch mit Slowakisch als Muttersprache viel leichter lernt als Spanisch oder Französisch. Und außerdem, wer spricht in Amerika Russisch? Niemand. Fast niemand. Ich bin hier etwas ganz Besonderes.«

Olga war mir schon immer ein Rätsel gewesen. Und auch jetzt blieb es so. Zuerst verließ sie die Tschechoslowakei, weil die Russen gekommen waren und dann studierte sie in Amerika die Sprache der Okkupanten, gegen die wir nicht nur auf der Straße demonstriert, sondern auch in der Schule rebelliert hatten. Ganz wenige Schüler hatten im Maturajahr 1969 Russisch als Freifach gewählt.

»Ich unterrichte hier zwei Kurse: einen Anfängerkurs und einen für die Fortgeschrittenen. Und es macht mir Spaß. Meine Studenten sind genial. Sie sind hochbegabt und arbeiten sehr fleißig.«

Der Spruch »they work hard« war mir von meinen früheren Aufenthalten in den USA bekannt. So sprachen die Professoren über ihre Studenten und die Studenten über ihre Professoren. Es sah für mich aber keineswegs so aus, als ob das amerikanische Bildungssystem besonders effektiv wäre. Das Niveau der Highschools lag deutlich unter dem der europäischen Gymnasien, höchstens ein College, das die Studenten mit einem Durchschnittsalter von zweiundzwanzig Jahren verließen, konnte mit einer österreichischen oder deutschen Oberstufe mithalten.

Verblüffend fand ich das übertriebene Selbstbewusstsein der jungen Amerikaner, die alle überzeugt waren, ein Elite-College zu besuchen und etwas Besonderes zu sein. Was sie uns Europäern wirklich voraushatten, war die Erziehung zum Individuum. Schon während der Ausbildung hielten sie öffentliche Vorträge und lernten, sich zu präsentieren. Die diversen Awards, die ihnen am Ende des Semesters verliehen wurden, egal ob sie sie verdient hatten oder ob ein Lehrer mit dem hohen Niveau in seinem Kurs prahlen wollte, stärkten ihr Selbstwertgefühl.

»They work hard«, fiel mir immer dann ein, wenn ich nächtens nicht schlafen konnte, weil im Nachbarhaus feuchtfröhliche Partys gefeiert wurden, obwohl sich das Semester dem Ende zuneigte und die »schwere« Prüfungszeit begann.

»Meine Studenten sind sprachbegabt. In meinen Kursen gibt es als Noten nur A, höchstens ein B«, verkündete Olga voll Stolz. Ihr Slowakisch trug Spuren vom amerikanischen Englisch und klang wie das Miauen einer Katze. Sie selbst sah aus wie eine Mischung aus einer russischen Kolchosin und einer amerikanischen Hausfrau. Der lange, von silbernen Fäden durchwirkte Zopf auf ihrem Rücken hing fettig und schwer, ihre Gesichtshaut war rot und prall und glänzte auf der Stirn, unter der die Augen wegen der Fettmassen auf zwei Schlitze reduziert waren. Im Laufe der Jahre, die sie in Amerika verbracht hatte, hatte sie ihr Gewicht verdreifacht und ihr Aussehen schien ihr egal zu sein. Ihre weiße Trainingshose, oder war es eine Pyjamahose, war wahrscheinlich wegen der Bequemlichkeit um ein, zwei Nummern größer als notwendig, das darüberhängende weinrote T-Shirt mit einer glitzernden Applikation auf der Brust ebenso.

Niemals im Leben hätte ich erwartet, dass Olga, die in der Jugend sehr mager und modebewusst gewesen war, eine solche Entwicklung nehmen könnte. Ich hatte Mühe, ihr nicht zu zeigen, wie unschön ich sie fand. Sie aber war anscheinend mit sich zufrieden und plapperte mal auf Slowakisch, mal auf Englisch, trank einen Kaffee nach dem anderen und aß *Cookies*, die auf dem Tisch in einer Holzschüssel lagen.

»Habe ich dir schon gesagt, dass ich hier meinen Schatz kennengelernt habe?«, fragte sie schrill. »Er ist das Beste, was mir in meinem ganzen Leben passiert ist. Und wir haben ein Kind, ein kleines, süßes Mädchen, knappe zwei Jahre alt. Warte, ich zeige dir gleich die Fotos.« Olga strahlte vor Stolz und Glück.

»Und du? Wen hast du geheiratet? Gregor?«, fragte sie provokant. Ich schüttelte den Kopf. »Nein! Doch nicht Daniel, den Versager!«

»Ich habe nicht geheiratet.«

»Warum nicht?«

Um von mir abzulenken, begann ich von Gregor und Veronika zu erzählen, von ihrer glücklichen Ehe, ich übertrieb absichtlich, um Olga zu ärgern, und merkte, wie Olgas Fröhlichkeit mit jedem Wort, das ich über die zwei sagte, schwand. Liebte sie Gregor wirklich, fragte ich mich, oder war sie nur aus gekränkter Eitelkeit traurig? Jetzt war sie es, die das Thema wechselte. Sie begann nach unseren Schulfreunden zu fragen, nach den Veränderungen im Dorf und wollte wissen, warum Vincent Herrn Matúš erschossen hatte.

Sie war seit ihrer Auswanderung nie mehr in der Slowakei gewesen und wusste nur das, was ihr ihre Eltern schrieben. Langsam bröckelte das amerikanische Selbstbewusstsein von ihr ab und eine von Heimweh geplagte Olga mit glänzenden Äuglein saß mir gegenüber.

»Du musst uns morgen unbedingt besuchen«, sagte sie zum Abschied. »Wir machen uns einen slowakischen Abend. Du wirst es nicht glauben, aber ich koche manchmal *bryndzové halušky*. Mein *Darling* mag sie sehr, am liebsten hätte er sie jede Woche.«

Ich versprach ihr zu kommen, dachte aber nicht im Geringsten daran, das Versprechen einzuhalten, und begleitete sie zur Tür. Sie bestieg für ihr Gewicht sehr flott den Geländewagen, der vor dem Haus stand, winkte mir und fuhr mit quietschenden Reifen davon.

In der Nacht schlief ich schlecht. Das Zusammentreffen mit Olga war mir nicht angenehm gewesen. Und es war nicht sie als Person, die mich irritierte, sondern die Konfrontation mit meinen slowakischen Wurzeln. Was mir daran nicht behagte, konnte ich nicht definieren. Inzwischen hatte ich gelernt, meine zerrissene Identität zu akzeptieren, ein Mensch ohne Heimat zu sein, reduziert auf das, was ich war. Ich bin mir selbst die Heimat, tröstete ich mich, wenn mich die Österreicher wegen meines Akzents nach meiner Herkunft fragten und die Slowaken mein Slowakisch als »deutsch« bezeichneten.

In der Morgendämmerung hörte ich durch das geöffnete Fenster das Gurren der Tauben und meine schlechte Laune verflog. Ich stand auf und ging in den Garten. Das Gras glitzerte nass, aus den Düsen der Bewässerungsanlage tröpfelte Wasser. Vorsichtig, die Pfützen auf dem Weg meidend, schritt ich weiter, bis ich zu einer verschlossenen Tür kam. Der hintere Teil des Grundstücks, der zum Taubenschlag führte, durfte nicht betreten werden. Ich ging enttäuscht ins Haus.

Nach dem Frühstück fuhr ich mit Nancy in die Stadt. Foxtown lag im Delta dreier Flüsse und wirkte verwahrlost und arm. Die unbelebten Straßen, sich selbst und Menschen mit Plastiksäcken überlassen, träumten von besseren Tagen. Die Stadt war, wie ich in einem Reiseführer gelesen hatte, vor einigen Jahrzehnten eine blühende Stahlstadt gewesen, aber als die Fabriken ihre Tore schlossen, wanderten viele Bewohner in andere Städte ab, wo es Arbeit gab. Die Altstadt von Foxtown bevölkerten hauptsächlich Arbeitslose, jedenfalls Menschen, für die Zeit keine Rolle spielte. Sie kampierten rund um das Kriegerdenkmal am Kreisverkehr, tranken Bier und Schnaps aus Dosen und Flaschen in braunen Papiertüten versteckt und warteten auf den nächsten Tag. Der steinerne Mann auf der Säule über ihnen kümmerte sie nicht.

Die Straßen von Foxtown erinnerten mich an San Francisco. Steil ging es vom flachen Stadtkern auf den College-Hügel, den man auch zu Fuß über noch steilere Treppen erreichen konnte. Kontrastreicher hätte der Unterschied nicht sein können. Die ehrwürdigen, um ein Oval angeordneten Gebäude verkörperten Wohlstand und Stabilität.

Es war die schönste Zeit des Jahres. Der Frühling trieb Blüten auf die zahlreichen Bäume, die mit ihrem frischen Weiß, Rosa und Gelb die Studenten ins Freie lockten. Sie lagen auf dem gemähten Rasen, lasen in ihren Büchern, plauderten oder warfen sich ausgelassen Bälle oder Frisbees zu, als ob die Spiele das Einzige wären, was zählte.

Nancy führte mich stolz durch die verwaisten Gebäude und zeigte mir ihr Büro im English Department. Sie wollte mich ihren Kollegen vorstellen, aber weil das Semester sich dem Ende zuneigte, war keiner da. Das war kein Wunder, bei dem prachtvollen Wetter. Wir gingen zu den Aufzügen. Der Klang unserer Schritte bekam einen Widerhall. Vor Angst, in einem der leeren Gänge Olga zu treffen, begann mein Herz wild zu rasen.

»Was hältst du von einem Kaffee?«, fragte ich und Nancy führte mich über die steile, efeuumrankte Treppe in die Stadt zurück. Rund um uns hüpften Eichhörnchen, die keine Angst vor uns hatten. Sie hätten mir vermutlich eine Nuss aus der Hand genommen, vorausgesetzt ich hätte eine dabeigehabt.

»Diesen Blick darf ich dir nicht vorenthalten«, sagte Nancy schwärmerisch und zeigte in die Ferne. »Dort hinter der Brücke ist schon New Jersey. Wir kaufen dort manchmal Wein ein, weil in Pennsylvania der Alkoholverkauf staatlich kontrolliert wird. »Hast du Lust, ins *Ausland* zu fahren? Wir könnten ein paar Flaschen schmuggeln.« Wir lachten.

In der Stadt betraten wir ein Antiquariat, in dem man nicht nur alte Bücher und aktuelle Zeitungen, sondern auch Kaffee aus einer der bereitgestellten Thermoskannen haben konnte. Das schmuddelige Geschäft, in dem Kriegsveteranen und selbst ernannte Intellektuelle Eierspeisen und Omeletts verzehrten, passte in das Bild der verschlafenen Stadt.

Wir setzten uns an eines der mit buntem Mosaik ausgelegten wackeligen Tischchen und tranken Kaffee aus Styroporbechern, weil die Keramikschalen, die bei den Kaffeespendern standen, zwar frisch gespült, aber nicht frei von Kaffeeresten waren. Durch das Fenster war ein kleiner, verwilderter Garten zu sehen, dessen Stühle und Tische vom Wind umgekippt und von Unkraut umrankt zu einem Ensemble zusammengewachsen waren.

Jeder Gegenstand im Raum kam wahrscheinlich vom Sperrmüll und trotzdem passte alles zu allem, sogar der offene Kamin aus Kunststoff, den eine barocke Uhr ohne Zeiger zierte. Wer hierher kam, brauchte die Uhrzeit nicht zu kennen.

Der Kaffee schmeckte wider Erwarten gut, der Blueberrymuffin, den die Wirtin vor ein paar Minuten aus dem Ofen gezogen hatte, ausgezeichnet. Mary's Book Shop, ein Treff der heimatlosen Bohemiens, strahlte Menschlichkeit aus.

Am Nachmittag kam Bill aus der Arbeit, er war Verkäufer in einem Jagdbedarfsladen und hatte endlich Zeit für mich. Beinah feierlich öffnete er die Gartentür, die zum Taubenschlag mit angrenzender Voliere führte. Es war ein selbständiges Holzhaus, eine Taubenvilla, wie ich sie noch nie gesehen hatte.

Der Innenraum des Schlages war mit vielen Boxen mit Nistplätzen und Flugklappen ausgestattet, die zu dem jeweiligen Abteil der Voliere führten. Die Vögel konnten die vergitterte Voliere, auch wenn sie zeitweise eingesperrt waren, wie eine Terrasse benützen.

Bill züchtete neben den üblichen Brieftauben auch ausgefallene Rassen, die ich bis dahin nur aus Büchern kannte. Je mehr ich mich mit dem Studium der Rassetauben beschäftigte, umso mehr kam ich zu der Meinung, dass die Taubenzucht ohne ausreichende Selektion nicht betrieben werden konnte. Daniel hatte recht gehabt. Für die Zucht konnte man nur Elternpaare heranziehen, die bestimmte Merkmale vererben können. Diejenigen, bei denen die Wahrscheinlichkeit nicht gegeben ist, müssen ausselektiert werden, weil ansonsten im Laufe der Zeit die Merkmale, die eine bestimmte Rasse ausmachen, total verschwinden würden.

Am besten konnte man diese Tatsache bei den Stadttauben, die von verwilderten Haustauben abstammten, sehen. Dort hat die Natur selbst ausselektiert. Sie waren klein bis mittelgroß, hatten kleine Köpfe, mittellange Schnäbel mit kleinem Nasenfleck, gehämmertes bis dunkelblaues Gefieder, niemals weiß oder bunt, denn solche Tiere würden als Erste den Greifvögeln zum Opfer fallen. Die Natur selektiert ohne Rücksicht auf Verluste, sie lässt Tauben bei Nahrungsmangel verhungern, lässt sie zugrundegehen bei Verletzung und Krankheit.

Wie oft hatte ich mit Daniel deswegen gestritten!

Manchmal sprach ich tagelang nicht mit ihm, weil er einige junge Tauben, gleich nachdem sie aus den Eiern geschlüpft waren, eliminieren wollte. Ich ließ sein Argument über Artenschutz nicht gelten und habe bis heute meine Probleme damit. Ich bin aber eine Verhaltensforscherin und keine Züchterin und muss zum Glück das Eliminationsverfahren, wenn ich es auch verstehe, nicht anwenden.

Bills Tauben waren eine Augenweide. In separaten Boxen der Voliere saßen Pärchen der pommerschen, französischen und Genter Kröpfer, blaugeherzt oder -gehämmert, Coburger Lerchen, Starwitzer, Flügelsteller und Elsternpurzler. Ich ging in der Voliere auf und ab und bewunderte die edlen Vögel, während sie ihre Köpfchen im eigenen oder dem Gefieder des Partners versteckten.

Wir gingen zu den Brieftauben, die, obwohl das Wetter prächtig war, im Taubenschlag und in der Voliere saßen. Als hätte er meine Gedanken gelesen, sagte er mit ein wenig Enttäuschung in der Stimme, dass er die Tauben leider einsperren müsse, weil der Habicht oder der Sperber sich sonst einen »Taubenbraten« holen würde.

»Aber jetzt kann ich sie auslassen«, meinte er. »Wenn ich dabei bin, dürfen sie ein paar Runden drehen. Was glaubst du, wie sie sich freuen, wenn sie einmal rausdürfen.«

Bill öffnete die Flugklappen und die Brieftauben flogen hinaus. Über unseren Köpfen flatterten Taubenflügel, eine graue Wolke bedeckte für ein paar Sekunden die Sonne. Wir setzten uns auf eine Gartenbank und sahen den Vögeln nach.

»Hast du die Holländischen Groninger Slenken?«, fragte ich Bill nach der vom Aussterben bedrohten Rasse mit ihrem typischen Flugstil, der ans Schwimmen oder Rudern erinnert.

»Nein, die fliegen nicht weit und sind mir nicht feurig genug. Aber ich halte die Gelderländer Slenken, die viel ausdauernder und flotter fliegen. Ich habe sie in Rot, verschiedenen Gelbtönen und in Schimmel. Es sind sehr schöne Tiere. Magst du sie sehen?«

»Bill, du bist mir unheimlich. Du hast mehr Rassetauben als ein Zoo.«

»Ich beliefere Zoos in der ganzen Welt«, sagte er stolz.

Ich liebte das Fachsimpeln über die Tauben, es erinnerte mich an die Zeit, als ich mit Daniel im Taubenschlag auf dem Dachboden gesessen war, wir manchmal tagelang nichts und dann wieder endlos über Gott und die Welt geredet hatten. Meistens stritten wir wegen irgendetwas, aber unser Streit dauerte nie lange.

»Komm, ich zeige dir noch etwas«, sagte er, während er von der Gartenbank aufstand und mich in den hintersten Teil des Schlages führte. Und dann, ich traute meinen Augen kaum, sah ich sie – Goura cristata – graue, aufgeplusterte Vögel von bezaubernder Schüchternheit.

»Seit wann hast du sie?«, fragte ich Bill, der neben mir stand.

»Es ist schon ein paar Jahre her, seit ich mit ihrer Zucht begonnen habe«, sagte er, während er sich am Kopf kratzte. »Die ersten Eier kaufte ich von einem Züchter aus Texas. Wir haben uns bei einer Ausstellung kennengelernt.«

Ich konnte mich sehr gut erinnern, dass auch Daniel von den Krontauben gesprochen hatte. Herr Matúš hatte ihn auf die Idee gebracht, weil die Krontauben auch Priestertauben heißen. Sie sind besonders groß, können bis zu achtzig Zentimeter hoch werden und wiegen zweieinhalb Kilogramm. Im Grunde genommen sind es keine Tauben im herkömmlichen Sinne, sondern Vögel, die am Boden leben, sich von Samen und Beeren ernähren und ihre Nester zum Schutz vor Raubtieren und Eierdieben in den Bäumen bauen.

Daniel und ich hatten stundenlang in dem einzigen Buch geblättert, das wir über Tauben besaßen, die Tauben bewundert und darüber gestritten, ob die Goura cristata oder die Goura victoria schöner sei. Die Rotbrust-Krontaube, darin waren wir uns einig, gefiel uns nicht so gut wie die anderen beiden.

»Weißt du, Columbina«, sagte Daniel dann, »wenn ich es mir einmal leisten kann, werde ich sie züchten. Die seltensten Rassetauben. Ich werde sie vor dem Aussterben bewahren, ihnen die besten Bedingungen schaffen, schauen, dass sie sich vermehren.«

Bills Taubenpalast erinnerte mich an Daniels Traum. Vielleicht lebte er auch in Amerika und züchtete Tauben wie Bill. Hatte nicht Bill die ersten Eier der Priestertauben von einem Züchter aus Texas gekauft?

»Weißt du noch, wie der Züchter aus Texas hieß?«, fragte ich ihn und hoffte, dass ich ihn ausfindig machen und über ihn Daniel finden könnte.

»Oh, das ist schon so lange her«, antwortete Bill und räusperte sich. »Ich habe danach noch die Slenken von ihm gekauft, aber als ich ihn vor etwa drei Jahren anrufen wollte, war die Nummer abgemeldet.«

»Wie hieß er?«, ließ ich nicht locker. »Versuche dich zu erinnern.«

»Er hatte einen slawischen Namen. Ich glaube, der Name war polnisch, aber er war kein Pole.«

»Polák?«

»Ja, genau. Er hieß Polák.«

# 14

*Liebste Columbina,*

*Du kannst mir glauben, dass ich nicht in Dein Leben stürmen und alles, was Du Dir im Laufe der Jahre aufgebaut hast, zerstören möchte. Du hast sicher eine Familie, einen Mann und Kinder und bist glücklich. Auf jeden Fall wünsche ich Dir von ganzem Herzen, dass Du glücklich bist.*

*Ich lebe in Amerika, zurzeit in Virginia. Ich wechsle alle paar Jahre meinen Standort, weil ich glaube, dort, im nächsten Dorf, mir und Dir näher zu sein. Meine Familie sind die Tauben, die ich züchte. Erinnerst Du Dich noch an »unser Buch«? An die vielen Tauben, die wir auf den Bildern bewunderten? An die weißen, schwarzen, bunten und die unzähligen grauen? Ich habe die meisten von ihnen. Ich habe bei verschiedenen Ausstellungen die Eier gekauft, sie ausbrüten lassen und mit den einfachsten Mitteln mit der Zucht begonnen. Du wirst es nicht glauben, ich habe sogar die Priestertauben, eigentlich heißen sie Krontauben, in meinem Programm. Columba cristata. Columba victoria. Columba … Jetzt bin ich so weit, dass die anderen Züchter die Tauben respektive ihre Eier von mir kaufen.*

*Mit dem Brieftaubensport habe ich aufgehört. Du hattest recht. Es ist Tierquälerei. Die Tauber ihren Partnerinnen und der Brut gewaltsam zu entreißen, ist unmenschlich, eigentlich »untaublich«. Ich spüre es am eigenen Leib. Verstehst Du mich? Ich spüre, dass Du mich verstehst.*

*Der Traum, von meinem Hobby zu leben, ist in Erfüllung gegangen, das Einzige, was ich vermisse, bist Du. Jeden Tag, wenn ich meine Tauben beim Flug beobachte, denke ich an Dich. Vielleicht erreicht Dich eine von ihnen, aber dann wird mir die Entfernung, die zwischen uns liegt, bewusst, und ich begrabe die Hoffnung, Dir einen weiteren R 207 zu schicken. Ist er damals angekommen? Hast Du meine Nachricht verstanden? Warum hast Du Dich nie gemeldet?*

*Früher dachte ich, dass die Zeit alle Wunden heilt, heute weiß ich, dass manche Wunden nie heilen.*

*Dein Dich immer liebender Daniel*

Daniels letzter Brief trug einen Stempel vom 19. September 1980, ich war im Frühling 1989 in Foxtown. Es war schon zum wiederholten Mal so, dass ich irgendwo in der Fremde ankam und Daniels Spuren fand: Flüchtlingslager Traiskirchen, der Bauernhof in Rehbach und jetzt Foxtown. Dass sich unsere Umlaufbahnen immer wieder gekreuzt hatten, dass sie es aber zeitversetzt und ohne uns taten, bestätigte nachträglich meine Hoffnungslosigkeit, jemals zueinanderzufinden. »Daniel ist nicht für mich bestimmt«, war der Leitsatz, den ich mir jeden Tag zum Eigenschutz vorsagte und an den ich glauben wollte.

Damals, kurz vor der Samtenen Revolution in der Tschechoslowakei, glaubte ich, redete es mir zumindest ein, ihn nicht mehr zu lieben und schon gar nicht suchen zu müssen. Längst war ich mit meiner Lebensform als alleinstehende Frau mittleren Alters versöhnt. Ich suchte nicht nach einem Partner und ließ mich auch nicht finden.

Bill und Nancy, denen ich von Daniel und mir ansatzweise erzählt hatte, versprachen, meinen Freund zu suchen, doch das wollte ich nicht. Für mich war die schmerzvolle Geschichte abgeschlossen. Ich musste sie abschließen, um nicht an ihr zu zerbrechen. Daniel musste wissen, dass er mich über meine Mutter immer finden konnte, er tat es aber nicht, jetzt war es an mir, seine Entscheidung endlich zu akzeptieren. Ich litt, war krank vor Sehnsucht, ließ mir aber nichts anmerken. Das Leben ging weiter.

Die Reise nach Amerika war für mich dennoch ein großer Erfolg. Ich konnte meine Studie über das Verhalten der Tauben abschließen und das Buch, an dem ich seit Jahren schrieb, veröffentlichen. Ich war glücklich. Ich wollte glücklich sein.

Der November 1989 brachte Freiheit. Dem Sozialismus wurde auf den Hauptplätzen der Städte mit Schlüsseln ausgeläutet, der nicht zu Ende gehende Traum von 1968 schien Wirklichkeit zu werden. Die Tschechoslowakei wachte aus dem Dornröschenschlaf auf, die Politiker durchschnitten medienwirksam den Stacheldraht und beschlossen einen visumfreien Grenzverkehr.

Ich saß in meiner Wiener Wohnung vor dem Fernsehapparat und sah Menschenmassen, die über die Donaubrücke schritten ohne dass sie irgendwer an der Grenze aufhielt. Ich sah lachende und vor Glück weinende Männer und Frauen, die einander erleichtert in die Arme fielen, Kinder, die mit rot-weiß-blauen Fähnchen winkten, und Alte, die die Demonstranten sorgenvoll beobachteten. Über der Szenerie schwebte Beethovens Klangwolke »Alle Menschen werden Brüder« und ich vergoss Tränen der Freude über das glückliche Ende einer schmerzvollen Ära.

Alle Menschen werden Brüder.

So schien es die ersten Wochen und Monate hindurch zu sein. Bis zu den nächsten Wahlen. Dann brach der Krieg aus. Der *demokratische Krieg*.

»Stell dir nur vor«, schrie Veronika freudig ins Telefon. »Gregor kandidiert für die ODÚ!«

»ODÚ? Was ist das?«

»Občianska demokratická únia. Demokratische Union der Bürger. Eine politische Partei, die sich aus der VPN entwickelt hat. VPN – Verejnosť proti násiliu – Öffentlichkeit gegen die Gewalt – verstehst du? Mein Gregor wird dieses Land aus der Sackgasse führen.«

»Gregor wird Politiker?«

»Warum nicht? Wenn jemand die Gabe dazu hat, eine Führungsrolle zu übernehmen, dann ist es mein Gregor.«

Am darauffolgenden Samstag, als ich im Wohnzimmer von Veronika und Gregor saß, war alles anders als zuvor. Veronika bestellte bei einem neuen slowakischen *Italiener* als Zeichen der Westöffnung eine Pizza, die ein wenig nach Gummi, aber verdammt nach Freiheit schmeckte, die Mädchen, Anna und Lena, inzwischen siebzehn und fünfzehn, lagen ihren Eltern mit ihren Plänen, in Wien auf ein Gymnasium gehen zu dürfen, ständig in den Ohren.

Gregor, in einem dunkelvioletten Kamelhaarmantel, sammelte seine Akten zusammen und verabschiedete sich laut, aber grußlos in die nächtliche Parteisitzung. Als er durch den Türrahmen ging, den er fast vollständig ausfüllte, wirkte er mächtig und unerschrocken.

Vorbei war die Gemütlichkeit bei meiner besten Freundin, die gern in aller Stille und Vertrautheit über die unfähige Regierung geschimpft, sich über ihren Mann beschwert hatte, der einen Schweinsbraten und Wein mehr liebte als sie, und sich Sorgen über ihre heranwachsenden Töchter gemacht hatte, die in der Tschechoslowakei keine Chancen hatten.

»Ob er will oder nicht, die Mädchen werden in Wien studieren«, sagte Veronika, als wir allein waren. An diesem Abend erzählte sie viel. Sie war voller Pläne für die Zukunft. Ganz oben auf ihrer Wunschliste stand eine eigene Firma. Sie wollte nicht mehr für jemanden, sondern für sich selbst arbeiten. Auch sie wollte dem neuesten Trend folgen und Unternehmerin werden. In welcher Branche, das war ihr egal. Hauptsache selbständig.

An einem kalten Nachmittag Ende Januar saß ich in einem der neu eröffneten Cafés auf dem Korso und sah aus dem Fenster. In der Fußgängerzone tummelten sich unzählige Touristen, die von Fremdenführern geleitet von einer Attraktion zur anderen pilgerten. Auf der Straße sprach man wieder Deutsch und Ungarisch, aber auch Englisch, Italienisch und Japanisch. Innerhalb weniger Wochen war Bratislava zu einer europäischen Metropole geworden.

Am Nebentisch saßen Österreicher, die sich laut über billige Einkaufsmöglichkeiten unterhielten und dabei Cremeschnitten und üppige Torten verzehrten. Zu ihren Füßen standen volle Einkaufstüten mit Schuhen, Kleidung, Zigaretten, Alkohol und Lebensmitteln. Da fiel mir Nika ein, meine tschechische Freundin in Wien, die Ärztin war. Immer, wenn sie Menschen sah, die fette und ungesunde Sachen in sich hineinstopften, sagte sie leise: »Nur zu, morgen seid ihr bei mir und das Geschäft blüht.«

Draußen begann es leicht zu schneien. Die Schneeflocken schwebten über dem heiligen Roland, der sich der Sage nach jedes Mal um Mitternacht einmal um die eigene Achse dreht, und verpassten ihm ein weißes Häubchen auf dem Kopf. Die Tauben, die bis dahin auf der Statue gesessen waren, flogen in tiefen Kreisen um den Platz. Automatisch lenkte ich meinen Blick zum Taubenschlag im Kirchturm. Die Vögel saßen auf den Regenrinnen oder flogen durch das geöffnete Dachfensterchen ein und aus. Daran hatte sich seit Jahrzehnten nichts geändert.

Der Schneefall wurde immer dichter, die Schneeflocken immer größer. Die Tauben verschwanden.

Auf der Straße sah ich Lena, wie sie mit einem Jungen Hand in Hand ging, vor einer Auslage stehen blieb und halb ängstlich, halb stolz um sich sah. Der Junge, der nur seine hübsche Begleiterin im Sinn hatte, sah sie die ganze Zeit verliebt an und küsste sie alle paar Minuten leidenschaftlich. Lena schienen die Küsse zu gefallen, sie war sich aber nicht sicher, ob es gut war, dass sie der Junge öffentlich küsste.

Ein paar Tage zuvor hatte sie mich gebeten, für sie ein Gymnasium in Wien zu suchen, das sie aufnehmen würde. Sie hatte auch gefragt, ob sie, im Falle einer Zusage, während der Woche bei mir wohnen könnte. Ich versprach es ihr, weil ich sie mochte und weil ich mir immer eine Tochter wie sie gewünscht hatte.

Veronika hatte aber andere Pläne für ihre Töchter. Sie wünschte sich, dass sie eine österreichische Mittelschule besuchten, aber jeden Tag mit dem Autobus nach Hause kämen. Für sie war es sehr wichtig, ihre Kinder zumindest beim Frühstück oder Abendessen zu sehen und zu kontrollieren. Sie waren noch sehr jung und machten die ersten Erfahrungen mit dem anderen Geschlecht, deshalb wollte sie ihr mütterliches Auge nicht von ihnen abwenden.

Aber auch sie hatte eine Bitte an mich, die mich überraschte. Sie begann davon zu reden, als wir einmal gerade aus der Stadt zu mir nach Hause kamen. Seit der Öffnung der Grenzen besuchte sie mich regelmäßig in Wien. Wir machten einen *Girls day*, kauften uns immer etwas Neues, gingen zur Kosmetikerin oder zur Friseurin, tranken Kaffee im Haas-Haus und genossen den Blick auf Wien. In meinem Wohnzimmer ließen wir die Pakete fallen, setzten uns bequem in die Sitzgarnitur, legten die Füße hoch und tranken slowakischen Rotwein, den sie mitgebracht hatte.

»Die Wohnungen in Bratislava sind sehr teuer geworden«, sagte sie mit einem Seufzer. »Wenn es so weitergeht, werden sich die jungen Menschen keine mehr leisten können. Und wo sollen sie dann wohnen?« Veronika schien sehr besorgt zu sein.

»Anna und Lena sind noch sehr jung«, erwiderte ich. »Sie brauchen noch keine eigenen Wohnungen.«

»Noch nicht, aber wenn es einmal so weit sein wird, werden die Wohnungen unerschwinglich sein. Und was machen wir dann?«

»Darüber zerbrich dir den Kopf, wenn es so weit ist.«

»Ich plane lieber im Voraus.«

»Und, hast du eine Idee?«

»Ja, und deshalb wollte ich mit dir reden.« Sie holte tief Luft und sah mir in die Augen. »Es ist mir unangenehm, du kannst es mir glauben, aber du bist die Einzige, die uns helfen kann.« Sie nahm einen Schluck aus ihrem Weinglas und ließ den Blick durch das Zimmer schweifen. Mit ihren rot lackierten Nägeln klopfte sie nervös auf den Couchtisch. »Die Wohnung von deiner Mama …«, fuhr sie fort, »die brauchst du doch nicht.«

»Ich nicht, aber meine Mama braucht sie.«

»Ich meine, wenn es sie einmal nicht mehr gibt.« Der Satz verursachte ein Vakuum. Die Stille, die auf einmal zwischen uns herrschte, war schlimmer als ein Erdbeben. Veronika sprach ein Tabuthema an. Daran, dass es meine Mutter einmal nicht mehr geben könnte, wollte ich nicht einmal denken. Ich war ohne Vater aufgewachsen, hatte keine Geschwister, keine eigene Familie. Meine Mutter, egal, wie sie war, war der einzige Mensch auf der Welt, den ich Familie nennen konnte.

»Ich verstehe nicht, was du sagen möchtest«, stammelte ich benommen.

»Schau«, sagte Veronika. »Wenn es einmal so weit sein wird, dass es deine Mama nicht mehr gibt, und du kannst mir glauben, dass ich ihr ein langes und zufriedenes Leben wünsche, wird dort eine leere Wohnung sein, um die du dich gar nicht wirst kümmern können. Und wahrscheinlich, weil du im Ausland lebst, wird man sie dir wegnehmen, weil es immer noch eine Staatswohnung ist.«

»Ich habe darüber noch nicht nachgedacht.«

»Aber wir schon. Wir sind deine Freunde. Gregor und ich. Gregor kennt sich mit Wohnungen sehr gut aus.«

Nach und nach eröffnete sie mir den Plan. Anna solle in der Wohnung meiner Mutter als Mitbewohnerin angemeldet werden und wenn die Mutter sterbe, was ihr niemand wünsche, werde die Wohnung auf Anna übergehen. Genauso werde es mit Terezas Wohnung passieren. Dort solle Lena angemeldet werden, die die Wohnung nach dem Tod ihrer Großmutter übernehmen werde.

»Du kannst darüber nachdenken, die Sache überschlafen, aber bedenke, dass es die beste Lösung für alle Beteiligten ist. Du kannst kommen, wann immer du willst, das weißt du doch, bei mir bist du immer willkommen.«

Veronikas Vorschlag, meine Mutter beerben zu wollen, gefiel mir nicht, um ehrlich zu sein, fand ich ihn geradezu geschmacklos. Irgendetwas ließ mich an ihren guten Absichten, sogar an unserer Freundschaft, zweifeln. Trotzdem versprach ich, mir die Sache durch den Kopf gehen zu lassen und mit meiner Mutter darüber zu reden. Sie war die Hauptmieterin und nur sie allein sollte bestimmen, ob jemand, und sei es nur auf dem Papier, bei ihr wohnen durfte.

Als ich es meiner Mutter bei meinem nächsten Besuch erzählte und sie anschließend fragte, wie sie darüber denke, bekam sie einen Wutanfall, den ich nicht so schnell vergessen werde. Sie regte sich auf, wie ich auf so eine dumme Idee kommen könne, wo doch die Poláks die schrecklichste Familie auf der Welt sei. Sie hätten ihr alles genommen, hätten sie in der Nachbarschaft lächerlich gemacht und die Mädchen würden sie nicht einmal kennen, zumindest taten sie so, wenn sie sie auf der Straße traf. Und jetzt wollten sie ihre Wohnung haben.

»Da müsstest du mich zuerst umbringen!«, schrie sie so laut, dass ihre Stimme versagte und sie wie immer, wenn sie sich aufregte, zu husten begann.

Ich versuchte sie zu beruhigen und argumentierte damit, dass Anna die Tochter meiner besten Freundin sei und dass es nur dem Zufall zu verdanken sei, dass sie Poláková heiße, aber sie ließ es nicht gelten und schrie weiter und tobte und griff nach ihren Beruhigungstabletten, die sie auf dem Teppich ausschüttete.

Ich sammelte die Tabletten ein, reichte ihr ein Glas Wasser und ihren Asthmaspray und sagte nichts mehr.

Veronika war sehr enttäuscht über die Reaktion meiner Mutter, versicherte mir aber, dass sie ihren Standpunkt bis zu einem gewissen Grad verstehe. Wir sprachen nicht mehr über die Wohnung, ich spürte aber, dass das Thema nur aufgeschoben, aber nicht aufgehoben war.

Innerhalb weniger Jahre spitzte sich die Lage zu. Die Preise schnellten im Allgemeinen in die Höhe. Die Wohnungsmieten in der von Tschechien friedlich getrennten Slowakei waren um ein Vielfaches höher als vor der Revolution. Ähnlich verhielt es sich mit Lebensmitteln, Benzin, Energiekosten und Dienstleistungen. Die leicht angehobenen Gehälter und Pensionen konnten mit den Teuerungen nicht Schritt halten.

Meine Mutter brauchte nun immer öfter Medikamente, die die Krankenkasse nicht bezahlte, die sie sich aber selbst auch nicht leisten konnte. Ich brachte ihr mit, was sie benötigte, und schenkte ihr hin und wieder zur Aufbesserung ihrer kleinen Witwenpension einen Geldschein. Kleider nähen konnte sie nicht mehr, weil sie zu schwach war. Ihre heiß geliebte Schere lag wie ein Schmuckstück auf einem geklöppelten Deckchen in der Vitrine.

Waren es früher Gespräche über die Ware, die man ohne Beziehungen nicht bekommen konnte, drehte sich jetzt alles um das liebe Geld. Egal, wer mit wem sprach, das Geld stand im Mittelpunkt jedes Gesprächs. Was wie viel kostete, was wieder teurer geworden war, für welche Leistungen wie viel Schmiergeld notwendig war.

Veronika machte sich als Rechtsberaterin selbständig und beschäftigte in ihrem Stadtbüro drei Angestellte. Aufträge gab es genug. Ehemalige marode Staatsbetriebe, die privat aufgekauft worden waren, große und kleine Firmen, die nach neuen Investitions- und Finanzierungsmöglichkeiten suchten.

»Das Geld ist schwer verdient«, sagte sie gequält am eigenen Pool sitzend. »Jeder sieht nur das neue Haus und das große Auto, aber dass meine Arbeitswochen bis zu achtzig Stunden dauern, sieht keiner. Ich sitze Tag und Nacht im Büro, auch an den Wochenenden, telefoniere, bis mir der Kopf brummt, ärgere mich mit den Angestellten, verhandle mit Leuten, die keine Ahnung von Investitionen haben.« Sie griff nach dem Haustelefon und bat die Haushälterin, uns ein paar Drinks zu bringen. »Momente wie diesen kann ich mir nur selten leisten. Es ist ein Hundeleben, ich weiß, aber ich habe es so gewollt«, ergänzte sie und rekelte sich auf der Poolliege.

Es war schon erstaunlich, was Veronika und Gregor innerhalb weniger Jahre geleistet hatten. Aus meiner Freundin, die in der Schule von allen abgeschrieben hatte, war eine erfolgreiche Unternehmerin geworden, bei der sich die Kunden die Klinke in die Hand gaben, und Gregor schaffte es nach mehrmaligem Parteiwechsel bis auf die Parlamentsbank. Und sie verdienten Geld. Sehr viel Geld.

Die beiden sahen einander kaum, vermissten einander aber nicht. Sie korrespondierten mittels kleiner Zettel, die sie auf den Küchentisch legten und auf denen sie den Partner informierten, wohin sie gerade eilten und dass es wieder spät werden würde.

Anna und Lena studierten in Wien, Anna Ernährungswissenschaften, Lena Biologie und Sport, und wohnten in einem Studentenheim. Manchmal besuchten sie mich oder wir gingen gemeinsam ins Kino. Ich war ihre Freundin und Vertraute. Nur ich wusste, dass Anna im Internet einen jungen Mann kennengelernt hatte, mit dem sie auf dem Motorrad nach Griechenland fuhr und Lena zum dritten Mal eine Prüfung nicht geschafft hatte – Veronika durfte davon nichts erfahren.

Es war eine sehr schöne Zeit mit den Mädchen, die mir sehr ans Herz wuchsen. Durch sie erlebte ich so etwas wie mütterliche Gefühle, was mir sehr gefiel.

Meiner Mutter erzählte ich nichts von meiner neuen Rolle. Sie hätte sich wieder unnötig aufgeregt und das wollte ich nicht.

# 15

Kurz vor Gregors fünfzigstem Geburtstag begann Veronika ein Fest zu planen, das, wie sie ankündigte, das Fest des Jahres werden sollte. Es musste eine Überraschungsparty werden, zu der nur die Familie und *ein paar Freunde aus Politik und Wirtschaft* eingeladen wurden. Damit Gregor auch nichts mitbekam, beauftragte sie eine Eventagentur mit der Organisation, die keine Mühen und Kosten zu scheuen brauchte, denn die Gastgeberin wünschte etwas Besonderes. Ein Fest der Extraklasse, an das sich alle noch Jahre später erinnern würden.

Als feierlicher Rahmen diente eine Burgruine unweit der Stadt, in deren Hof die edle Gästeschar, abgeschirmt von unerwünschten Schaulustigen, vor den Kameras der Gesellschaftsmagazine posieren konnte. Der historische Ort sollte die Verbundenheit mit der Geschichte, aber auch Kraft und Streben nach Höherem symbolisieren, die antiken Mauern die Trennungslinie zwischen den Klassen deutlich machen.

Ich durfte mich zu den Glücklichen rechnen, die eine Einladung erhielten. Die Gästeliste mit einigen Hundert Namen las sich wie das slowakische »Who is who«.

»Du bist unsere älteste Freundin«, versicherte mir Veronika und fragte mich, ob ich jemanden beim ORF kannte, der ihr einen Kontakt zu den *Seitenblicken* herstellen könnte. »Die Slowakei wird bald in die Europäische Union aufgenommen und es wäre im öffentlichen Interesse, einen begabten Politiker mit Visionen im österreichischen Fernsehen zu zeigen«, meinte sie. »Wenn eines Tages die Slowakei den EU-Vorsitz übernimmt, könnte es sich bezahlt machen, Gregor Polák zu kennen.«

Das war es also, ein Geburtstagsempfang mit politischem Hintergrund. Da ich so etwas noch nie live gesehen hatte, war ich schon sehr neugierig. Ich kaufte mir ein sündhaft teures Kleid, von dem ich von Anfang an wusste, dass ich es nie wieder anziehen würde, ließ mir eine neue Frisur machen und fuhr nach Bratislava.

Obwohl es an der Grenze bei der Ausreise keine Kontrollen mehr gab, kam es an den Grenzübergängen zu ausgedehnten Staus, über die ich mich jedes Mal ärgerte. Auch an diesem Tag zog sich die Kolonne durch das Nadelöhr Berg und ich trommelte nervös mit den Fingern auf das Lenkrad, zupfte an meiner Frisur und schimpfte leise vor mich hin.

Bei meiner Mutter angekommen, zog ich mich um. Ich konnte ihr nicht verheimlichen, wohin ich am Abend ging, und sie nahm es zu meiner Überraschung auch viel leichter als sonst. »Wenn es dir so wichtig ist, geh nur«, sagte sie. »Mich wundert es aber, dass eine intelligente Frau wie du die Poláks noch nicht durchschaut hat.« Zum ersten Mal fiel mir auf, dass sie alt geworden war. Wirklich alt. Längst machte sie sich keine Mühe mehr, sich täglich schön anzuziehen, und verbrachte den Tag in einem ihrer ausgebeulten Hausanzüge. Die Haare, wenn auch kurz geschnitten, standen in alle Richtungen ab und erinnerten an einen struppigen Igel. Auf der Straße hätte man sie für eine Obdachlose gehalten.

»Aber Mama, das haben wir schon hundertmal durchgekaut«, wehrte ich ab, ohne auf ihr erbärmliches Äußeres einzugehen, und ging ins Badezimmer, um mich zu schminken. Als ich herauskam, sah sie mich lange an und sagte: »Du bist immer noch sehr schön. Gregor hat einen Fehler gemacht.«

Ich schwieg. Ich hatte keine Lust auf irgendwelche Diskussionen. Und ich nahm mir vor, ihr einen neuen, ansehnlicheren Hausanzug zu kaufen.

Als ich mich verabschiedete, saß sie in ihrem Fernsehsessel. Sie griff nach meiner Hand und sagte ganz leise: »Pass auf dich auf.« Das sagte sie immer, wenn ich irgendwohin ging, sogar in die Schule hatte sie mich mit diesen Worten verabschiedet. An diesem Tag klangen sie besorgter als sonst.

»Mama, hast du etwas?«, fragte ich.

»Nein, nichts«, murmelte sie beinah unhörbar. »Nur ... In der letzten Nacht hatte ich einen bösen Traum. Pass gut auf dich auf.«

Es kam öfter vor, dass meine Mutter schlecht träumte und ein paar Tage danach etwas passierte. Da ihre Vorahnungen sich natürlich nur sporadisch bewahrheiteten, weigerte ich mich, an ihre hellseherischen Fähigkeiten zu glauben. Da könnte doch jeder sagen, er habe die letzte Nacht schlecht geträumt, und am nächsten Tag stießen zwei Züge zusammen oder ein Fluss stieg aus den Ufern und verursachte eine Überschwemmung. Aber meine Mutter sagte, dass sie das hätte kommen sehen.

»Ja, Mama, ich pass gut auf mich auf«, sagte ich, hauchte ihr einen Kuss auf ihre knöcherne Wange und verließ die Wohnung. »Warte nicht auf mich, es wird spät werden.«

Zu dem Geburtstagsempfang fuhr ich mit einem Taxi, weil zu befürchten war, dass die Parkplätze rund um die Burg verstellt waren und ich sehr weit zu Fuß würde gehen müssen. Das wäre kein Spaß mit den hohen Stöckelschuhen, die ich zu meinem neuen türkisblauen Kleid trug.

Am Eingang zur Ruine standen kräftige Türsteher, die die Einladungen kontrollierten, sich Ausweise zeigen ließen und in ihren Listen nachsahen. Es hätte mich nicht gewundert, wenn wir durch einen Metalldetektor hätten gehen müssen. Erst vor einigen Monaten war im Auto eines Politikers eine Bombe explodiert, die ihn und seinen Fahrer getötet hatte. Die Angst vor Terror war durchaus begründet.

Im Burghof angekommen, fand ich mich inmitten von mehr oder weniger geschmackvoll gekleideten Menschen, die mit Sektgläsern in den Händen posierten, laut redeten und affektiert lachten. Sie hauchten einander Küsse auf die Wangen und umarmten ihre Freunde, die schon morgen Feinde sein konnten. Ihr rückhaltloses Vertrauen in die anderen bestärkten sie damit, dass sie ihre teuer überkronten Zähne fletschten.

Zu meinem Bedauern, oder zum Glück, kannte ich niemanden, vielleicht den einen oder anderen aus dem Fernsehen, was man aber keineswegs »miteinander bekannt« nennen konnte. Ich konnte mich nicht an einen der Buffettische stellen und mitreden. Ich konnte nicht sagen »Hallo, da bin ich und wie geht's denn so?«

Als mir ein vorbeischwebender Kellner ein Glas anbot, nahm ich es dankbar an und ging damit durch den Hof in der Hoffnung, Veronika und Gregor bald zu finden. Aus der Ferne sah ich Anna und Lena, die mit diversen gesellschaftlichen Aufgaben betraut die noblen Gäste unterhielten.

Gregor stand erwartungsgemäß im größten Kreis der Gratulanten, die ihn mit Glückwünschen und Geschenken überhäuften. Er hatte offensichtlich schon einige Getränke intus, feierte wahrscheinlich schon seit Tagen und lachte lauter als sonst. Sein Gesicht war rot und schweißnass, die Augen von dunklen Ringen umrahmt, wässrig. Seit ich ihn zuletzt gesehen hatte, hatte er wieder zugenommen, was nicht einmal sein Maßanzug aus indischer Wildseide (das wusste ich von Veronika) zu kaschieren vermochte.

Gregor sah überarbeitet, verlebt und erschöpft aus, stand aber tapfer seinen Mann und spielte das Geburtstagskind, das vor lauter gelungener Überraschung seine Gäste ständig umarmte, herzte und küsste, mit ihnen andauernd anstieß, den Damen überschwängliche Komplimente machte und dabei seinen unwiderstehlichen Charme versprühte.

Trotz des ununterbrochenen Lächelns und der aufgesetzten Fröhlichkeit drängte sich mir der Eindruck auf, dass auf Gregors Schultern eine schwere Last lag, etwas wie Krankheit oder Schuld, jedenfalls ein schweres Gewicht, als ob er jeden Moment niederbrechen und um Verzeihung bitten wollte. Da ich aber anscheinend die Einzige war, die das Geburtstagskind so wahrnahm, erwähnte ich meinen Eindruck in keinem Gespräch.

Das slowakische Fernsehen war mit einem Kamerateam angerückt, filmte die Party des Jahres ab, machte Interviews mit dem Jubilar und einigen prominenten Gästen. Wirtschaftsbosse waren da, Bankdirektoren, Minister, Künstler und sogar ein bekannter Tennisspieler, der vor ein paar Jahren ein Grand-Slam-Turnier gewonnen hatte. Er war allein da, in allen Illustrierten konnte man lesen, dass er sich gerade von seiner Freundin getrennt hatte, was ihn zu einem der begehrtesten Junggesellen der Stadt machte. Alle anwesenden Mütter hätten ihn gern mit ihren Töchtern verkuppelt, auch Veronika hatte ihn eingeladen, damit er sah, was für schöne und kluge Töchter sie hatte.

Endlich erblickte mich Gregor hinter den vielen Köpfen und stürzte auf mich zu. »Silvia, komm, lass dich drücken!«, rief er. In der überschwänglichen Umarmung klatschte er seine nasse Wange auf meine, seine vor Schweiß triefenden Haare an den Schläfen hinterließen dunkle Flecken auf meinem Kleid. Sein Kuss war kalt und unpersönlich und roch nach Hochprozentigem.

»Silvia ist meine besondere Freundin«, erzählte er den Herumstehenden, die mich neugierig begafften. »Wir hätten beinahe geheiratet.«

»Jetzt übertreibst du aber«, sagte ich und zog mich ein wenig zurück.

»Was zierst du dich«, lachte er höhnisch. »Sei nicht so abweisend und komm näher. Deine Mama würde sich darüber freuen.«

Jetzt reichte es. Im Mittelpunkt von Gregors Spielchen zu stehen war nicht meine Sache. »Alles Gute zum Geburtstag«, sagte ich und drückte ihm mein Geschenk in die Hand. Es war mein *Taubenbuch*, an dem ich so viele Jahre gearbeitet hatte. Gregor öffnete es und sah, dass ich das Buch Daniel gewidmet hatte. »Du hast einen schrägen Humor«, zischte er mit zusammengekniffenen Lippen, die sich ein wenig nach links verzogen. Sein Gesicht war von einer Minute auf die andere blass geworden.

Ich fand nichts dabei, mein Buch, auf das ich stolz war und das ich meinem besten Freund Daniel gewidmet hatte, Gregor zu schenken. Er war bei meinen ersten Erfahrungen mit den Tauben dabei gewesen, er war ein Zeitzeuge und Begleiter. Mit dem Buch wollte ich ihm sagen, wie froh und dankbar ich für unsere gemeinsame Kindheit war. Aber erst als Gregor nicht gerade erfreut reagierte, wurde mir klar, dass ihn das Buch an etwas Unangenehmes und Unverarbeitetes erinnerte – an Herrn Matúš und seine Tauben. Die Rückkehr zu sich selbst wog schwerer als der gewaltsame Tod des einstigen *Freundes*.

»Du schenkst mir zum Fünfziger ein Buch, das du einem anderen gewidmet hast … Wirklich keck«, meinte Gregor gespielt locker.

»Finde ich auch«, entgegnete ich fröhlich, weil ich Veronika kommen sah.

Meine Freundin flog während des Empfangs wie ein Schmetterling von einer Blüte zur anderen. Charmant kümmerte sie sich um die Gäste, die sie zum Essen und Trinken aufforderte und denen sie, jedem höchstpersönlich, ins Ohr flüsterte, dass es noch eine große Überraschung geben werde.

Die Musik spielte die Oldies aus den Sechzigern, was dem Geschmack des Jubilars entsprach, und die Hits von heute, die das Neue, Flotte und Veränderbare repräsentierten. Die Gäste tanzten auf der zu diesem Zweck aufgebauten Tanzfläche, aßen, tranken, redeten und lachten. Immer wieder sah man Menschen aus Gläsern mit verkreuzten Armen und Händen Bruderschaft trinken, sich gegenseitig abbusseln und kameradschaftlich auf die Schulter klopfen. Im Chor sangen sie »Happy birthday to you« und prosteten mit glänzenden Augen ihrem Gastgeber zu.

Als die Stimmung auf dem Höhepunkt angelangt war, ertönte ein Tusch und Veronika betrat die Bühne.

»Mein lieber Gregor, liebe Freunde, geschätzte Gäste«, sagte sie ins Mikrofon. Ihre Aufregung wirkte sympathisch, die Gäste verziehen ihr gern die kleine Nervosität, denn sie deutete darauf hin, dass ihre Rede amüsant sein, aber vor allem nicht lange dauern würde. »Ein runder Geburtstag ist ein Grund zu rekapitulieren.

Hinter dir liegen schöne Jahre, die du mitgeprägt hast, die aus dir das machten, was du heute bist – ein erfolgreicher Politiker, ein ehrlicher Freund, ein anständiger Bürger dieses Landes und last, but not least ein liebevoller Ehemann und Vater. Vor dir, lieber Gregor, liegt eine glänzende Zukunft. Du wirst in höhere Sphären aufsteigen, nach Sternen greifen und Großartiges leisten. Und damit dir der Aufstieg leichter fällt, schicken wir dich hoch hinaus, dorthin, wo die Luft sehr dünn ist, wo du den Überblick bewahrst und über allem schweben kannst.«

Veronika ging zu Gregor, der vor dem Podium stand und ihrer Rede mit von Stolz gewölbter Brust lauschte, nahm ihn an die Hand und führte ihn zum Burgtor. Die Gäste bildeten ein Spalier und ließen das Paar feierlich voranschreiten. Als die Torwachen in mittelalterlichen Uniformen das Tor öffneten, ertönte aus Hunderten von Kehlen ein erstauntes »Ah« und »Oh«, denn vor der Burg schwebte ein Heißluftluftballon, unter dem auf Seilen aufgehängt ein Passagierkorb auf dem Boden stand. Veronikas symbolträchtiges Geschenk an ihren Gatten war offensichtlich eine Ballonfahrt, die allen vor Augen führen sollte, dass Gregor zu Höherem berufen sei.

Beim Anblick des Heißluftballons wechselte Gregors Gesichtshaut im Sekundentakt von rot über violett bis blassgrau. In dem Moment fiel mir Gregors Höhenangst ein. Er war doch derjenige gewesen, der nie in den Taubenschlag hatte klettern wollen, weil er Angst vor der Höhe hatte. Er rechtfertige sich zwar damit, dass ihn die Tauben nicht interessierten, aber Daniel und ich nahmen ihm die Notlüge nicht ab. Später waren wir froh darüber, dass wir dort allein sein konnten.

Der Ballon plusterte sich immer mehr auf. Unter der dünnen, mit dem Logo der Partei bedruckten Haut fauchte ein Feuer, das der Pilot mit einem Hahn an der Gasflasche regulierte. Damit der Korb aufrecht stehen und der prominente Gast ruhig einsteigen konnte, hielten drei Arbeiter den schwebenden Pilz über ihm an Seilen fest.

Als Veronika mit Gregor, der die Miene eines Verurteilten und zum Galgen Schreitenden aufgesetzt hatte, an einem der Arbeiter vorbeiging, blieben sie überrascht stehen. »Vincko«, schrie Veronika auf. »Was machst du hier? Bist du schon draußen?«

Gregor blieb kurz stehen und starrte Vincko an, als ob er ein Gespenst wäre. »Komm, wir gehen«, befahl er dann kurz und zog seine Frau zum Korb. Nach ein paar Schritten griff er sich auf die Brust und wankte ein wenig. Einige Frauen kreischten hysterisch.

»Herr Abgeordneter, brauchen Sie Hilfe? Sollen wir einen Arzt rufen?«, schrie jemand, doch Gregor stand schon wieder fest auf dem Boden und strahlte in die Kamera, die gerade auf ihn gerichtet war.

»Nein, danke, das ist nicht notwendig«, sagte er mit seinem professionellen Lächeln auf den Lippen, doch es entging mir nicht, dass er sich nicht wohlfühlte. Der Anblick Vinckos hatte ihn aus der Fassung gebracht. Für den Mord an Herrn Matúš hatte Vincko eine lebenslängliche Strafe bekommen und dass er wieder in Freiheit war, verdankte er wahrscheinlich seiner guten Führung oder einer Überstellung in eine psychiatrische Anstalt.

»Ist wirklich alles in Ordnung?«, fragte der Parteiobmann an Gregors Seite. »Ja, ja, es wird nur die Hitze sein«, meinte der Held des Tages und griff mit zitternder Hand dankbar nach einem Glas Wasser, das ihm der Kellner reichte. Veronika war gleich mit einer Tablette zur Stelle und reichte sie ihrem Gatten, der sie wortlos schluckte und seine Frau klagend ansah. »Wie kannst du mir so etwas antun?«, sprach sein Blick, den Veronika gekonnt ignorierte. Hier ging es nicht um persönliche Befindlichkeiten, sondern um Publicity und dabei musste man Opfer bringen. Und das galt vor allem für Gregor, wenn er eine glänzende Karriere machen wollte.

»Es ist alles in Ordnung«, versicherte Veronika und dirigierte den Kameramann direkt vor den Korb, den Gregor gerade bestieg.

Der Pilot überprüfte das letzte Mal die Feuerungsanlage und die Messgeräte, der Parteiobmann, dessen Partei die Fahrt organisiert und bezahlt hatte, winkte den Herumstehenden zu, rief theatralisch etwas von Abheben und Gewinnen, Gregor lächelte, wirkte aber immer noch wie weggetreten. Ich hatte sogar das Gefühl, dass er kurzfristig seine Höhenangst vergaß, nur um dem unerwünschten Gast entkommen zu können.

Langsam hob der Ballon ab, die Arbeiter, die die Seile hielten, ließen los. Die drei Insassen winkten, die Menschen auf der Erde riefen »Gute Fahrt« und die Musik spielte »We are the Champions«.

Lautlos schwebte der Ballon über den Köpfen zahlreicher Gäste, die ihm mit nach oben gerichteten Blicken folgten.

Ich suchte Vincko und fand ihn zusammen mit Veronika abseits der Menge stehen. Von Weitem sah ich, dass meine Freundin mit ihm schimpfte. Worüber sie sprachen, verstand ich nicht, konnte mir aber vorstellen, dass es um Herrn Matúš ging. Der Körpersprache nach machte sie ihm Vorwürfe, dass er, der Mörder, es wagte, auf Gregors Geburtstagsfeier zu erscheinen und ihn dermaßen zu irritieren.

Obwohl die Ballonfahrt eine Stunde dauern sollte, begann Veronika bald darauf mit ihren Töchtern die feierliche Rückkehr des Geburtstagskindes zu organisieren. Sie verteilten kleine Fackeln – denn inzwischen war die Sonne hinter der Burg verschwunden – und ließen die Gäste einen großen Kreis bilden, in dem der Ballon landen sollte. Draußen war es noch hell, trotzdem war das Feuer der Fackeln sichtbar.

Ich machte mich auf die Suche nach Vincko und fand ihn ans Buffet gelehnt. Mit seinen abgewetzten Jeans und einem ausgebeulten Pullover unterschied er sich gänzlich von den übrigen Gästen, die sich schon leicht angeheitert immer lauter unterhielten und vor Lachen brüllten. Die zarte Biertulpe, die er gerade an seinen Mund führte, wirkte fremd, ein Krügel hätte besser in seine rauen Hände mit den schwarzen Rändern unter den Fingernägeln gepasst.

Vincko war schon als Kind kleiner als seine Schulfreunde gewesen und auch als erwachsener Mann blieb er schmächtig und wirkte schwach. Beim Halten der Seile des Ballons musste er sich mehr als die anderen Helfer angestrengt haben. Jetzt stand er wie ein Fremdkörper an der Bar und starrte abwesend vor sich hin.

»Ahoj Vincko«, begrüßte ich ihn. »Erinnerst du dich noch an mich?«

»Sicher«, murmelte er, ohne mich dabei anzusehen.

»Wie geht es dir?«

»Gut.«

»Seit wann bist du draußen?«

»Aha, du weißt es auch.«

»Alle wissen es.«

»Ja, das kann ich mir denken. Alle wissen es. Und alle haben es auch damals gewusst, aber keiner hat mir geholfen.«

»Wie hätten sie dir helfen können?«

»Indem sie reden. Indem sie sagen, was für ein Schwein er war. Dass er uns alle begrapscht und missbraucht hat.«

Die nächste Frage blieb mir im Hals stecken, denn ich musste an Daniel denken und seinen ersten Ausbruch, nachdem er mit Herrn Matúš in der Stadt gewesen war. Alle hatten es gewusst, zumindest geahnt, und alle hatten geschwiegen. Vincko, dessen Leben aus den Fugen geraten war, der keine Ausbildung fertiggemacht hatte, in keiner Arbeit länger als ein paar Wochen geblieben war, der keine Frau gefunden hatte, die ihn so, wie er war, lieben konnte, hatte sich entschieden, die Sache selbst zu regeln.

Hätten die Erwachsenen damals Daniel geglaubt, wäre Herr Matúš in eine andere Pfarre oder ins Kloster versetzt worden, es wäre eine Schande und Schmach für ihn gewesen, aber er wäre heute noch am Leben.

»Gregor hätte mich da rausboxen können, aber er war und ist der größte Feigling auf der Welt.« Vincko machte einen Schluck aus seinem Bierglas und wischte sich den Schaum mit dem Ärmel vom Mund. »Aber jetzt liegt alles hinter mir. Es geht mir gut. Ich mache Fortschritte bei der Therapie und darf schon draußen arbeiten. Mein Arzt sagt, dass ich die Anstalt bald für immer verlassen kann.«

Mit dem letzten Satz war Vincko um ein paar Zentimeter gewachsen. Er richtete sich auf und sah mich direkt aus seinen matten Augen an. Ich sah Mut darin.

Nachdenklich ging ich zum Landeplatz zurück. Die Gäste mit den brennenden Fackeln standen noch immer oder schon wieder da und sahen gebannt zum Himmel, wo der Ballon sichtbar war. Vor der Burg herrschte eine eigenartige Stille. Keiner machte sich die Mühe, einen Kreis zu bilden, wie Veronika es geplant hatte. Das Signalhorn eines Notarztwagens unterbrach die Stille auf dem Vorplatz. Auf meine Frage, was passiert sei, sagte mir eine Frau, dass der Pilot angerufen habe, dass Gregor während der Ballonfahrt zusammengebrochen sei. Jetzt versuchte er so schnell wie möglich zu landen, damit sein berühmter Fahrgast die nötige ärztliche Versorgung bekommen konnte.

Die Landung verlief problemlos und punktgenau. Vincko und die anderen Helfer brachten den Ballon ruhig zur Erde. Der Pilot und der Parteiobmann sprangen schnell aus dem Korb, den sie zur Seite kippten und Gregor vorsichtig ins Gras legten. Dann überließen sie den auf dem Boden liegenden Patienten den herbeieilenden Sanitätern und dem Notarzt. Noch an Ort und Stelle untersuchte der Arzt den Kranken, presste seine Brust zusammen und setzte den mitgebrachten Defibrilator ein. »Eins-zwei-drei, alle wegtreten.« Das Gerät verpasste Gregor heftige Stöße, die seinen Körper krampfhaft zusammenzucken ließen. »Eins-zwei-drei.« Gregor rührte sich nicht.

Veronika stand bei ihrem Mann, biss sich in die Unterlippe und schluchzte leise. Erst als die Sanitäter Gregors Körper mit einem weißen Tuch zudeckten, begann sie laut zu weinen.

# 16

»An allem ist nur Vincko schuld«, lamentierte Veronika noch Monate nach Gregors Tod. »Er hat Unglück über unser Dorf gebracht und auch jetzt könnte Gregor noch am Leben sein, wenn er nicht gekommen wäre. Der Mann ist ein Teufel. Ein Mörder, der zwei Menschenleben auf dem Gewissen hat. Eingesperrt gehört er. Hinter Gitter, nicht in eine psychiatrische Anstalt.«

Der Verlust ihres Gatten hatte ihr mehr zugesetzt, als man hätte ahnen können. Sie nahm ab, war blass und unruhig, ihre Augen stets rot und stumpf. Sie arbeitete weiter in ihrer Firma, verbrachte dort die ganzen Tage und halben Nächte, und wenn sie sich doch ein bisschen Freizeit gönnte, fuhr sie zu mir nach Wien und redete und redete. Diese Besuche waren ein Solo für Veronika, die keine Psychotherapie, zu der ich ihr geraten hatte, machen wollte (das tun nur die *Beklopften*), mir aber ihr Leben mit Gregor immer und immer wieder in allen Einzelheiten erzählte.

So erfuhr ich, dass die zwei miteinander nicht so glücklich gewesen waren, wie sie es der Umwelt vorgespielt hatten, dass Gregor mit einer *Schlampe* aus dem Rundfunk mehrmals in der Sauna Sex gehabt hatte und dass Veronika ihm die Kränkung mit gleicher Münze mit einem jungen Mitarbeiter zurückgezahlt hatte. Aber am meisten ärgerte sich meine Freundin über Tereza, ihre Schwiegermutter, die geizig, besitzergreifend und egoistisch gewesen sein soll, sich in alles eingemischt habe, ihren einzigen Sohn nach Daniels Verschwinden mit ihrer Affenliebe erdrückt und seiner Frau und den Töchtern zu entreißen versucht habe.

Tereza und jetzt auch Vincko waren für sie die größten Feinde, die sie am liebsten aus ihrem Leben verbannt hätte, und das obwohl die Schwiegermutter schon alt und gebrechlich war und das Haus kaum verlassen konnte. Wann immer ich zu Tereza kam, jammerte sie über ihr schwaches Herz, kaputte Gelenke, ihre schlechte Verdauung und Schwindelanfälle, aber niemals über Veronika, die sie kaum besuchte. Sie redete immer voller Bewunderung von ihrer erfolgreichen Schwiegertochter und den herzensguten Enkelinnen. Anna und Lena waren nach dem Abschluss ihrer Studien in Wien geblieben. Anna verlobte sich mit einem jungen Mann, den sie irgendwo im Urlaub kennengelernt hatte, Lena zog mit ihrem Freund, einem aus Südtirol stammenden Wiener, zusammen.

Nach Gregors Tod waren die beiden Mädchen Terezas einzige Familienangehörige. Beide kamen sie regelmäßig besuchen, erledigten ihre Einkäufe, saugten Teppiche oder putzten die Fenster. Veronika war das nicht recht. Sie hatte Tereza nie gemocht, aber nach Gregors Tod wollte sie mit ihr nichts mehr zu tun haben.

»Sie ist ein Energievampir«, meinte sie, wenn eine ihrer Töchter ihr Vorhaltungen wegen der Oma machte. »Kaum bin ich bei ihr, saugt sie an mir, bis ich kraftlos zusammenbreche. Das kann ich mir nicht mehr leisten. Ich bin allein und habe keinen Mann, der mich ernähren würde.«

Dass Veronika verhungern könnte, drohte ihr nicht. Im Gegenteil. Ihre Consulting-Firma lief so gut, dass sie nicht nur weitere Mitarbeiter einstellte, sondern Zweigstellen in mehreren Städten eröffnete. Und sie behielt alle im Auge. Ihr Kontrollzwang und die Angst, von ihren Angestellten bestohlen oder betrogen zu werden, trieb sie zu krankhaftem Fleiß. Sie war die Erste, die kam, und die Letzte, die ging, kontrollierte täglich die Bücher und machte unangemeldete Kontrollbesuche in den Filialen.

Die Bezeichnung *Workaholic* mochte sie nicht. »Ich tue doch nur das, was gemacht werden muss«, wehrte sie immer ab, wenn ich sie zu einem Urlaub oder zumindest einem freien Wochenende zu überreden versuchte.

Einmal, als ich zu ihr kam, öffnete mir Lena. Ihre Mutter war nicht da, obwohl wir vor einer Stunde verabredet gewesen waren. Ich rechnete damit, dass sie sich verspäten würde, das tat sie immer mit Absicht, aber diesmal hielt sie nicht einmal die von ihr selbst zugestandene *akademische Stunde* ein. Enttäuscht stand ich im Vorzimmer und überlegte, ob ich warten oder lieber zu meiner Mutter fahren sollte.

»Die Oma ist krank«, sagte Lena knapp. »Ich wollte gerade zu ihr fahren.«

»Was hat sie?«

»Eine schwere Bronchitis, sie muss liegen.«

Tereza hustete schon seit dem Herbst, ihre Bronchien waren chronisch entzündet. »Ich komme mit«, entschied ich. »Hast du etwas zu schreiben?« Ich schrieb eine kurze Notiz für Veronika und legte sie auf den Küchentisch. Lena, die auch erst vor ein paar Minuten aus Wien gekommen war, trug ihre Tasche in ein Zimmer und ließ mich in dem mit venezianischen Fliesen ausgelegten Flur zurück. Ich setzte mich auf die Ledercouch neben der Mahagonitreppe, die zu den Zimmern im oberen Stockwerk führte, und schickte Veronika zur Absicherung noch eine SMS mit der Nachricht, dass ich auch später kommen würde. Ich hörte, wie Lena sich im Badezimmer die Hände wusch, mit ihrem Freund telefonierte und wie sie in der Küche den Kühlschrank und die Speisekammer durchsuchte. Frau Jarka, die Haushaltshilfe, unterstützte sie dabei. Mit einer vollen Einkaufstasche stand sie dann vor mir und bot mir an, mich mit ihrem Wagen mitzunehmen.

Tereza wohnte immer noch in der kleinen Wohnung in der Nähe meiner Mutter. Sie war schon fast achtzig, kränklich und sehr schwach. Den Speck, den sie in ihren mittleren Jahren an ihrem Körper angesammelt hatte, ihre berühmten Problemzonen, die meine Mutter *Schweinsbratenfriedhof* nannte, hatte sie nach und nach wegen diverser Diäten und Appetitlosigkeit verloren. Jetzt hing die Haut an ihr herunter, besonders an den Oberarmen baumelten formlose Lappen wie ein Grießbrei, der aus dem Topf quillt.

Wir brauchten nicht anzuläuten, Lena besaß einen Schlüssel. Leise betraten wir das Vorzimmer und zogen unsere Schuhe aus. In der Wohnung roch es säuerlich, der Boden unter mir fühlte sich klebrig an. Aus dem Zimmer rief Tereza mit schwacher Stimme nach ihrer Enkelin. Als sie realisierte, dass auch ich da war, huschte ein zufriedenes Lächeln über ihre spröden Lippen.

Lena begann die Tasche, die sie mitgebracht hatte, auszupacken und stapelte Bananen, Äpfel, Fruchtsäfte und Joghurts auf den mit Medikamenten, einem Thermometer und leeren Teetassen beladenen Nachttisch neben der Kranken. »Warum machst du dir solche Mühe?«, fragte diese. »Ich esse doch kaum noch etwas.«

»Du musst aber essen, Oma«, sagte Lena fürsorglich, hob den Oberkörper ihrer Großmutter und schüttelte den Polster auf. »Magst du ein Joghurt?«

Tereza kniff ihre Lippen zusammen und legte sich wieder hin. »Vielleicht einen Tee«, stöhnte sie schon mit geschlossenen Augen. Bald darauf schlief sie ein.

Während ich in der Küche den Tee aufbrühte und das Geschirr zusammensuchte, räumte Lena das Zimmer oberflächlich auf. Sie sammelte die verschwitzten Nachthemden und stopfte sie in einen großen Plastiksack, den sie neben der Tür deponierte. »Frau Jarka wird sie waschen«, sagte sie.

Seit Gregors Tod alterte Tereza schneller als zuvor. Der Verlust ihres zweiten Sohnes nahm ihr den Lebenswillen. Sie wollte nichts mehr essen, trank kaum und ließ mit sich überhaupt nicht reden. Nur die Drohung, sie in ein Pflegeheim einliefern und zwangsernähren zu lassen, mobilisierte ihre Kräfte und die Bereitschaft, zumindest ein paar Löffel Suppe zu sich zu nehmen.

»Es ist höchste Zeit, dass der Frühling kommt«, sagte Lena, die sich neben ihre schlafende Großmutter setzte. »In der warmen Jahreszeit geht es ihr immer besser.« Das hatte Tereza mit meiner Mutter gemeinsam. Während der Wintermonate verkrochen sie sich in ihren Wohnungen, um sich wirksam vor Grippeviren,

Kälte und eisglatten Gehsteigen zu schützen, und brachten damit ihr ohnehin schwaches Immunsystem beinah zum Erliegen. Sie husteten von November bis April, verteilten ihre Bazillen mit den gebrauchten Stofftaschentüchern in der ganzen Wohnung – Papiertaschentücher verwendeten nur die Verschwender, und jammerten, dass sie den kommenden Frühling nicht erleben würden.

Tereza schlief tief und fest. Wir beschlossen, zurück zu Veronika zu fahren. Lena nahm sich vor, vor der Abreise nach Wien noch einmal nach ihrer Großmutter zu sehen. Es war Nachmittag, die Wintersonne stand tief zwischen den Häusern und beleuchtete mit ihrem bläulichen Licht die schachtelartigen Bauten in der Siedlung. Der schmutzige Schnee am Straßenrand wirkte grau, als wir auf den Berg Koliba, die exklusivste Wohngegend von Bratislava, fuhren, wo meine Freundin wohnte. Oben badete die Landschaft in der kalten Wintersonne, die Eiskristalle glitzerten wie Diamanten in den spärlichen Schneeresten.

»Das war das letzte Mal!«, schrie Veronika zur Begrüßung, als sie mit ihrem Handy am Ohr auf uns zukam. Sie telefonierte gern und regte sich oft am Telefon auf, deshalb dachte ich, dass ihre Worte jemandem galten, mit dem sie gerade ein Gespräch führte. Meine Freundin aber hatte sie an ihre jüngere Tochter gerichtet.

Lena und ich sahen uns verständnislos an und fragten gleichzeitig: »Worum geht es?«

»Tu nicht so scheinheilig«, ermahnte sie ihre Tochter, wobei ihre Stimme immer lauter wurde. »Wenn du der Alten etwas mitbringen willst, kauf es gefälligst von deinem eigenen Geld.«

Lena begann, genauso hysterisch zu schreien wie ihre Mutter. Sie standen sich kämpferisch gegenüber und brüllten einander in einer Lautstärke an, die das läutende Telefon übertönte.

»Ich kaufe keine Bananen oder Säfte für Leute, die nur verlangen und nichts geben.« Veronika war außer sich. Noch nie hatte ich sie in so einem Zustand erlebt. Noch lange danach dachte ich über diesen Zwischenfall nach. Warum wollte Veronika nicht, dass Lena Tereza ein wenig Obst mitbringt? Dass Veronika ihre Schwiegermutter nicht mochte, war seit Langem eine bekannte Tatsache, aber es wunderte mich, dass sie sie in der Krankheit nicht mit dem Nötigsten versorgt hatte.

Als wir allein waren, Lena hatte mit Tränen in den Augen das Haus verlassen und dabei nicht vergessen, die Tür laut hinter sich zuzuschlagen, erfuhr ich den Grund von Veronikas Zorn. Die Staatswohnungen, die die Bewohner von dem nicht mehr vorhandenen Dorf D. als Tausch oder Abfertigung für ihre Häuser bekommen hatten, konnte man als Eigentumswohnungen zu einem günstigen Preis erwerben. Ich wusste davon, weil auch meine Mutter ihre Wohnung um achtzigtausend slowakische Kronen, die ich ihr vorgestreckt hatte, weil sie nicht so viel Geld besaß, gekauft hatte. Damals wollte die Mutter mir die Wohnung überschreiben, mir aber war wichtig, dass sie endlich auch etwas besaß und sich sicher fühlen konnte. Da ich ihre einzige Tochter war, würde mir die Wohnung eines Tages sowieso gehören, dachte ich.

Tereza hatte das nötige Geld für den Kauf ihrer Wohnung und das konnte für Veronika nur bedeuten, dass Gregor es ihr heimlich geschenkt hatte. Dieser *Vertrauensbruch* trieb meine Freundin zu einer sofortigen Transaktion. Tereza sollte die Wohnung vom Staat kaufen und sie gleich an Anna oder Lena überschreiben, weil so für den Fall, dass Daniel wider Erwarten eines Tages auftauchen sollte oder womöglich seine Nachkommen, Gregors Erbe geregelt sein würde. Tereza aber beteuerte, dass sie die Summe allein angespart habe, sie hatte als Friseurin gute Trinkgelder bekommen und hatte privat noch viele Jahre nach ihrer Pensionierung gearbeitet und wollte die Wohnung bis zu ihrem Tod behalten. Insgeheim hoffte sie außerdem, auch wenn sie überall erzählte, dass Daniel nicht mehr lebe, dass ihr Jüngster zurückkäme und sie ihm eine sichere Zukunft in Bratislava bieten könnte.

Aber sie wollte vor allem nicht, wie eine ihrer ehemaligen Kundinnen erzählte, ihren Lebensabend in einem Altersheim verbringen müssen, nachdem sie die Schwiegertochter aus der eigenen Wohnung vertrieben hatte.

»Als ob ich das jemals könnte«, beteuerte Veronika, »aber wenn sie die Wohnung so sehr will, bitte sehr, sie soll sie behalten. Allein.« Das Wort *allein* presste sie durch die Zähne, sodass kein Zweifel daran bestand, dass sie diesen Umstand als Strafe ansah.

Seit Gregor gestorben war, hatte sich Veronikas Leben verändert.

»Anna hat geheiratet.« Veronika sagte es ruhig und für einen Unbeteiligten scheinbar emotionslos, doch ich wusste, was in ihr vorging. Anna, ihre Ältere, hatte geheiratet, ohne ihre Mutter einzuladen. Nicht einmal Lena war bei der Hochzeit ihrer Schwester in der Dominikanischen Republik dabei gewesen. Auf den Fotos stand das Brautpaar in kurzen Hosen bis zu den Knien im Wasser und lachte vergnügt in die Linse. Die Beine des Priesters, oder war es ein Standesbeamter, ebenfalls in Shorts, umspülte das schäumende Meer. Am Rand der Fotos waren badende Touristen oben ohne zu sehen, die das Brautpaar je nach Laune begafften oder ignorierten.

»Und dabei wollte ich ihr eine Märchenhochzeit ausrichten«, jammerte Veronika. »Mit allem Drum und Dran.« Am Beginn des Drum und Dran wäre natürlich ein weißes Designerkleid mit einer lang gezogenen Schleppe gestanden, dann ein Hochzeitsessen der Extraklasse in einem Luxusrestaurant, erlesene Gäste aus Politik und Wirtschaft wie bei Gregors Fünfziger. »Denn man kann nie wissen, ob man die *Gauner* nicht irgendwann brauchen wird«, meinte meine Freundin.

Geplagt vom schlechten Gewissen, denn Anna hatte mich, wahrscheinlich als Einzige, in ihre Pläne eingeweiht, versuchte ich meine Freundin zu trösten. Doch mit jedem Wort, das ich sagte, wuchs das unangenehme Gefühl in mir, eine Verräterin zu sein.

»Jetzt habe ich nur noch dich«, heulte Veronika auf und warf sich mir in die Arme. »Ich bin so allein!«

Doch schon bei unserem nächsten Treffen war Veronika nicht mehr allein. An ihrer Seite schritt ein kalbsgroßer Hund, eine reinrassige Königsdogge, die auf den klangvollen Namen Raissa hörte, besser gesagt hören sollte, denn Raissa war ein zehn Monate alter Welpe ohne Ausbildung und Erziehung. Das riesige Tier konnte nicht an der Leine gehen, zog grundsätzlich in eine andere Richtung als sein Frauchen, wollte immer im Schoß seiner Ersatzmama sitzen und sabberte alles und alle an.

Raissa bekam ihren schönen Namen in Erinnerung an die verstorbene Ehefrau von Michail Sergejewitsch Gorbatschow. Veronika war davon überzeugt, dass Raissa Gorbatschowa, obwohl sie keine Politikerin war, einen großen Anteil am Zusammenbruch des Ostblocks gehabt hatte. Sie war eine schöne und intelligente Frau, die ihren Einfluss auf ihren Gatten anzuwenden wusste, ohne dass er die sanfte Lenkung bemerkte.

Das war die hohe Kunst der Frauen hinter den einflussreichen Männern, die auch Veronika beherrschte. Auch sie war die *Puppenspielerin* und hatte die Fäden bei Gregors Karriere gezogen. Dass er sich aber so früh verabschieden musste, war für sie ein genauso tiefer Schicksalsschlag gewesen wie für Michail Gorbatschow Raissas früher Tod.

Raissa, die Dogge, sollte ein Hoffnungsträger der Frauenpower in der Familie Polák sein, denn die Töchter schienen sie nicht von der Mutter geerbt zu haben. Anna richtete nach ihrer Heirat mit Clemens ihre neue Wohnung ein und sprach, wann immer sie bei ihrer Mutter war, vom Möbelkaufen, Lampenaussuchen, Einrichten, Vorhängenähen, Einkochen von Marmeladen und Einlegen von Essiggurken. Für sie war es wichtiger, ein gemütliches Zuhause zu haben, als in der Firma, in der sie geistig nicht gefordert war, Überstunden zu machen. Sie ging nur arbeiten, um ihren Lebensunterhalt zu verdienen. Das genügte ihr. Und sie hoffte auf eine baldige Schwangerschaft, auf mehrere Schwangerschaften hintereinander, auf eine große Familie und ein Haus mit fröhlichem Kinderlachen.

Lena hatte nicht vor zu heiraten. Sie wollte es ihren bürgerlichen Eltern nicht nachmachen und entschied sich für eine Beziehung ohne Trauschein. Im Grunde genommen waren es mehrere Beziehungen, denn sie war davon überzeugt, dass die Institution Ehe nicht nur ausgedient habe, sondern mit ihr auch langjährige und dadurch leblose Partnerschaften. Ihr aktueller Lebensabschnittspartner hieß Manfred und war Sportmediziner, was Lena sehr entgegenkam. Die beiden verbrachten ihre gesamte Freizeit im Sattel ihrer Mountainbikes, mit denen sie nicht nur österreichische Berge, sondern viele andere Strecken in europäischen und immer öfter in asiatischen Gebirgen befuhren. Das Wohnen war ihnen unwichtig. Davon konnte sich jeder Besucher überzeugen, denn ihre kleine Wohnung in Favoriten glich einer Müllhalde.

Veronika war enttäuscht von ihren Töchtern, die sie gern in Chefetagen bedeutender internationaler Konzerne gesehen hätte. Sie verstand nicht, dass sie sich, obwohl intelligent, so niedrige Lebensziele gesteckt hatten. Jedes Mal wenn sie ihre Mutter besuchten, gab es deswegen Streit.

»Kannst du dir nicht etwas Besseres anziehen, wenn du zu mir kommst?«

»Was hast du? Die Jeans sind sauber und das T-Shirt auch.«

»Hast du nichts anderes im Schrank?«

»Schon, aber das trage ich nur, wenn ich ausgehe.«

»Und die Mutter zu besuchen ist kein Ausgehen?«

»Nein. Die Mutter zu besuchen ist Freizeit.«

»Du kannst dich aber auch in der Freizeit schön anziehen. Ein Kleid wäre ganz nett.«

»Ich trage keine Kleider.«

»Du bist aber eine Frau.«

»Na und?«

»Eine Frau soll Kleider tragen, sich pflegen und ...«

»... alles tun, damit sie die Nachbarn beneiden.«

»Zum Beispiel.«

»Mama, du bist eine Spießerin!«

»Muss ich mir das von meinem eigenen Fleisch und Blut sagen lassen?«

Veronika setzte sich erschöpft auf die Couch, Raissa, die vor ein paar Minuten im Vorzimmer unbemerkt eine Pfütze neben dem Philodendron platziert hatte, sprang ihr in die Arme und schleckte mit voller Leidenschaft ihr Ohr ab. Der Hundespeichel tropfte auf Veronikas Seidenbluse, die sich aber wegen des kleinen Malheurs nicht aufregte. Ich traute meinen Augen nicht, dass meine Freundin, die sich früher halbstündlich ihre Hände gewaschen hatte, weil in der Welt so viele Bazillen schwirrten, so etwas mit sich machen ließ. Und nicht nur das. In der Nacht schlief Raissa an der Seite ihres Frauchens im Ehebett, in dem sie einst mit Gregor geschlafen hatte.

»Frau Jarka bezieht uns das Bett fast jeden Tag frisch«, informierte mich Veronika, »das bisschen Schmutz stört mich nicht, das stärkt nur die Abwehrkräfte. Raissa ist so lieb, manchmal denke ich, dass sie viel besser ist als ein Mensch. Sie liebt mich ohne Wenn und Aber. Und sie beschützt mich. Seit ich sie habe, schlafe ich viel besser, weil mich ihr Atem beruhigt.«

Wir saßen auf der Terrasse eines Hotels am Donauufer und tranken Eiskaffee. Vom Fluss her wehte ein warmer Wind, der mit den Sonnenschirmen über uns spielte und sie zu Windmühlen umzufunktionieren versuchte. Raissa lag zu Veronikas Füßen und leckte an ihren Schuhen, die bereits nass und klebrig waren. Der Verkehr am Kai war sonntäglich ruhig. So lässt es sich leben, dachte ich.

»So lässt es sich leben«, sagte Veronika und sah zum zweiten oder dritten Mal nach hinten, wo zwei Männer etwa in unserem Alter saßen. »Sind sie nicht süß?«, kicherte sie wie damals, als wir sechzehn, siebzehn waren und uns nach Jungen, die uns gefielen, umgedreht hatten. »Na, was ist? Wäre das nichts für uns?«

Die zwei Männer hinter uns sahen wirklich toll aus. Ihre Körper waren gut in Form, die Gesichter braun gebrannt, die Haare, wenn auch von Silberfäden durchwirkt, voll und kräftig. Sie trugen modische Golfkleidung und dazu passende Schuhe.

»Mir würde der Dunklere besser gefallen«, sagte Veronika für meinen Geschmack zu laut und drehte sich noch einmal um.

Die Männer hinter uns schienen uns auch zu bemerken, denn der eine sagte etwas zu dem anderen und sie schauten dabei zu uns. Ich wurde rot und wollte am liebsten verschwinden, aber Veronika fand Gefallen an dem Spiel und schlug vor, dass wir mehr mit ihnen flirten sollten.

Nach ein paar Minuten kam die Kellnerin auf die Terrasse und ging zu den Männern am hinteren Tisch. Sie bezahlten, standen auf und gingen an uns vorbei. Raissa hob den Kopf, knurrte anstandshalber, weil sie glaubte, ihr Frauchen beschützen zu müssen. Veronika sah den beiden enttäuscht nach.

»Verstehe ich das richtig«, sagte ich, »du bist wieder so weit?«

»Das weiß ich nicht«, sagte Veronika, den Blick immer noch zum Ausgang gerichtet. »Ich habe mir gerade vorgestellt, wie es wäre, wieder verliebt zu sein.«

Verliebt zu sein. Wie lange war das her?

Die Bäume in der Plattenbausiedlung waren hoch geworden. Je größer, umso grüner wurde die Oase in der Betonwüste. Im Winter ließ das nackte Geäst genug Licht in die Wohnungen in den unteren Stockwerken, im Frühjahr spielten die Blüten mit den Sonnenstrahlen, die das sommerliche Blattwerk fast vollständig zurückhielt. Nur einzelne Strahlen drangen durch die grüne Mauer durch, flackerten kurz auf und verschwanden wieder.

Tereza liebte den Sommer. Sie saß gern in ihrem dunklen Zimmer und hörte den Vögeln zu, die sie mit der Zeit nach ihrem Gesang voneinander zu unterscheiden lernte. Die Amseln, Drosseln, Finken, sie waren immer da, wie auch sie immer da war.

Und sie beobachtete gern die Tauben. Jetzt war sie diejenige, die über die schönen Vögel alles wissen wollte. Sehr genau ließ sie sich von meiner Forschung und meinen Beobachtungen erzählen. Vor allem über die in Rehbach und Foxtown, wo ich Daniels Spuren gefunden hatte. Mit größter Neugierde blätterte sie mein Buch durch, bewunderte die zahlreichen Fotos und sagte danach, dass sie sehr stolz auf mich sei. Aber das Wichtigste daran war, dass sie endlich innerlich zuließ, dass ihr Sohn Daniel lebte, aber aus einem persönlichen Grund nicht zurückkommen wollte. Ich dachte sehr oft an ihn und konnte nicht verstehen, dass eine Kränkung, die ihm vor langer Zeit alle im Dorf zugefügt hatten, eine solche Macht über ihn hatte.

»Er hat uns nicht vergessen ...«, sagte sie, »... weil er uns liebt.«

In der letzten Zeit waren wir uns wieder nähergekommen. Sie freute sich, wenn ich kam und ihr über die Welt draußen erzählte. Über Daniel sprachen wir nicht mehr. Nur manchmal, wenn sie gurrende Tauben in den Bäumen oder auf dem Fensterbrett entdeckte, wurde sie nachdenklich.

Tereza saß in einem Sessel mit den Händen auf den Armlehnen und sah mich müde an. »Wenn nur schon alles vorbei wäre«, sagte sie.

»Das dürfen Sie nicht sagen«, widersprach ich ihr, auch wenn ich keine Argumente hatte, um ihr Hoffnung zu machen.

Um sie von ihren schwarzen Gedanken abzubringen, begann ich von Annas Schwangerschaft zu reden und davon, wie sehr sie sich auf das Kind freue. »Sie werden den ersten Urenkel bekommen. Ist das nicht wunderbar?«

Tereza freute sich für Anna, davon war ich überzeugt, sie war aber nicht imstande, es zu zeigen. Ihre immer häufiger werdenden Krankheiten und die vielen Schicksalsschläge, die sie hatte erleiden müssen, machten sie leblos und verbittert. Sie sprach langsam, oft machte sie mitten im Satz eine Pause und suchte nach einem Wort, das ihr nicht einfiel. Auf einmal wurde sie unnatürlich lebendig, richtete sich auf, schlug mit der Hand auf die Armlehne und sagte: »Und was sagst du zu Veronikas Neuem?«

»Veronika hat einen Neuen?«

»Ja, einen aus dem … wie heißt das gleich noch … das neumodische Ding … Inter … oder so ähnlich … aus dem Computer halt.«

»Aus dem Internet? Veronika sucht sich einen Mann im Internet?«

»Nicht nur einen, mehrere. Ich weiß es von Lena. Meine Mama spinnt, genau so hat sie es gesagt. Sie sucht nach Männern im Internet, und jeder weiß, was solche Männer wollen, und sie geht mit ihnen aus, lässt sich von ihnen, je nach Bedarf, Hausreparaturen durchführen, den Rasen mähen oder in den Urlaub begleiten, und dann schickt sie sie in die Wüste und sagt, dass die Beziehung keine Zukunft habe. Aber als sie mit ihnen im Bett war, nur weil sie für sie etwas erledigten, dachte sie nicht an die Zukunft. Sodom und Gomorrha ist das. Ich habe von Anfang an gewusst, dass sie ein Flittchen ist. Ein billiges Flittchen. Gregor hätte dich heiraten sollen. Und er wäre noch am Leben.«

Tereza begann mit den Händen zu fuchteln und nach ihrem Stock zu suchen, der zu ihrer Rechten auf dem Boden lag. Ich reichte ihr den Stock und half ihr aufzustehen.

»Regen Sie sich nicht auf«, sagte ich. »Es ist heutzutage normal, einen Partner im Internet zu suchen.«

»Eine Teufelin ist sie. Weißt du, dass sie sich auch an deine Mutter heranmacht?«

»An meine Mutter? Was hat Veronika mit meiner Mutter zu tun?«

»Kind, denk nach«, sagte Tereza, die mit schweren Schritten die Couch erreichte und sich umständlich daraufsetzte. In ihrer Erschöpfung schloss sie die Augen und schlief sofort ein.

# 17

Als Veronika mich anrief und sagte, dass meine Mutter gestorben sei, brach für mich meine Kindheitswelt endgültig zusammen. Ich hatte keine Familie mehr, keinen nahen Angehörigen, der mein Leben mit mir geteilt hätte. Ich war auf einmal ganz auf mich allein gestellt.

Anders als damals, als ich in Österreich geblieben war und meine Mutter in D. zurückgelassen hatte, fühlte ich mich aus dem Nest geworfen. Auch wenn ich seit vielen Jahren im Ausland lebte, war es für mich beruhigend gewesen zu wissen, dass meine Mutter da war, dass sie existierte, dass sie an mich dachte und wartete. Und auch wenn sie immer geschimpft und gejammert hatte, war sie meine Mutter gewesen, der Mensch, mit dem ich die längste und intensivste Beziehung meines Lebens gehabt hatte.

Als Kind beobachtete ich gern alle Vögel, aber am liebsten waren mir damals, abgesehen von den Tauben, die Schwalben. Ich liebte es, ihnen zuzusehen, wie sie ihre Nester bauten und eine Familie gründeten. Und wenn nach ein paar Wochen gelbe Schnäbelchen aus dem Nest ragten, die unentwegt nach Futter verlangten, stand ich die ganze Zeit unter dem Nest und sah den besorgten Eltern zu, wie sie ihre Schnäbel in die Schnäbel ihrer Kinder steckten und ihre Nachkommen mit Köstlichkeiten fütterten.

Die Vögelchen wuchsen sehr schnell heran und füllten die enge Behausung aus. Das bedeutete, die Jungen mussten ausziehen. Und bald schon flog eines mit den Eltern mit, dann das zweite, innerhalb eines Tages trauten sich fast alle auszufliegen. Aber jedes Jahr war ein ängstliches Junges dabei, das im Nest sitzen blieb. Und es half auch nichts, wenn die Eltern es umschwirrten und es mit lautem Zwitschern zum Fliegen animierten, der Nesthocker wollte nicht fliegen. Da griffen die Eltern zur radikalsten Methode und warfen das Junge aus dem Nest. Das Schwalbenkind fiel die ersten Meter wie ein Stein in die Tiefe, kurz vor dem Boden fingen es die Eltern auf, berührten es leicht – und das Junge spannte die Flügel und flog. Die ganze Aktion dauerte nur ein paar Sekunden, sah zuerst sehr dramatisch aus, dann atmete ich erleichtert auf. Ich war glücklich zu wissen, dass die Hilfe im richtigen Moment kam.

Ich war schon längst ausgeflogen und hatte trotzdem mit den mütterlichen Flügeln gerechnet, die mich im Falle einer Gefahr auffangen würden. Ich war davon überzeugt, dass meine Mutter nur das Beste für mich wollte. Und auf einmal hatte ich keine Mutter mehr.

Nach der Trauerfeier im Krematorium schlug mir Veronika die gleichzeitige Beisetzung beider Urnen vor. Die Asche meiner Mutter und die von Gregor, die seit vier Jahren auf seinem Schreibtisch gestanden war, sollten am gleichen Tag der Erde übergeben werden. Mir war das recht. Ich war dankbar dafür, dass Veronika sich mit meiner Mutter kurz vor ihrem Tod und völlig überraschend versöhnt hatte und sich so rührend um die Beisetzung kümmerte.

Todesfälle sind ein Anlass, Rückschau zu halten, sich zu erinnern und zu rekapitulieren. Ein Mensch wird geboren, kämpft sich durchs Leben, feiert Erfolge, freut sich über Familienzuwachs, betrauert Niederlagen und Verluste. Für mich kam alles auf einmal. Meine Mutter wurde nach vielen Jahren wieder mit ihrem Mann, meinem Vater, unter der Erde vereint, Tereza starb, Gregors Asche fand immer noch nicht den Weg in die Erde, Anna, Terezas Enkelin und Gregors Tochter, gebar am Tag, an dem meine Mutter starb, ihr erstes, heiß ersehntes Kind. Drei Leben gingen, ein Neues kam. Man tröstet sich gern damit, dass das Leben weitergeht.

Nachdem ich Daniels Briefe in Mutters Schrank entdeckt und sie die ganze Nacht immer und immer wieder gelesen hatte, fuhr ich völlig unausgeschlafen zurück nach Wien. Ich war fassungslos über die Entscheidung, die sie für mich getroffen hatte. Nie hätte ich ihr eine solche Herzlosigkeit zugetraut.

Im ersten Wutanfall war ich fest entschlossen, alles, was mich an meine Mutter erinnerte, zu vernichten, ihre gestickten und geklöppelten Deckchen, die Fotografien, die sie zeigten und die in meiner Wohnung an den Wänden hingen und auf den Kommoden standen und mich an sie erinnern sollten, in den Müll zu werfen, doch mit jedem gefahrenen Kilometer verflog mein Zorn mehr und an seine Stelle trat tiefes Bedauern darüber, dass sie mit einem solchen Geheimnis hatte leben und sterben müssen. Sicher litt sie als tiefgläubiger Mensch wegen der Sünde, die sie beging, und ging zur Beichte, um sich zu erleichtern. Herr Matúš, was für eine Ironie des Schicksals, hatte ihr die Beichte abgenommen und sie wahrscheinlich in ihrem Entschluss, mir nichts zu sagen, bestärkt. Ich konnte mir vorstellen, dass er sich sehr gern an das Beichtgeheimnis hielt, damit Daniel, der ihn hätte kompromittieren können, nicht wiederkam.

Ich bin kein Mensch, der Hass und Ablehnung zu seinem Lebensprogramm macht. Ich bemühe mich zu verzeihen und versuche zu verstehen. Als Christin ohne Kirchenzugehörigkeit suchte ich eine Festigung im Glauben und je mehr ich es tat, umso mehr entfernte ich mich von ihm.

Der nächtliche Sturm hinterließ in der Stadt ein Bild der Verwüstung. Abgebrochene Äste lagen auf zertrümmerten Autos, umgekippte Mülltonen drängten sich in den Häuserecken und vor Hauseinfahren, in die sie der Wind hineindrückte. Die Feuerwehren und Soldaten arbeiteten auf vollen Touren und räumten die Straßen frei.

Von Straßensperren und Umleitungen aufgehalten, erreichte ich Wien nach mehr als drei Stunden und war froh, als ich vor meinem Haus einparken konnte. Im Postkasten fand ich den Brief eines Notariats aus Bratislava, in dem stand, dass ich mich wegen der Erbschaftssache nach der Erblasserin Klára Goralová, geborene Kopková, zwecks Terminvereinbarung melden solle. Es war nur eine Formsache, trotzdem wollte ich sie so schnell wie möglich erledigen und schlug der Notariatssekretärin als Termin den Tag vor, an dem Terezas Begräbnis stattfinden sollte und ich daher ohnehin in Bratislava sein würde.

Tereza hatte gewünscht, konventionell in der Erde bestattet zu werden. Ihr Sarg lag seit den Morgenstunden in der Aufbahrungshalle, der Akt selbst war für fünfzehn Uhr geplant.

Pünktlich um neun Uhr in der Früh betrat ich das Vorzimmer der Notariatskanzlei und war überrascht, dort Veronika anzutreffen. Sie trug ein schwarzes Armani-Kostüm mit einem Minirock, dazu eine schwarze Spitzenbluse, in deren Ausschnitt eine Perlenkette hing. Sie wirkte sehr gestresst, aber gefasst. Ich fand es unheimlich heldenhaft von ihr, dass sie mich am Tag des Begräbnisses ihrer Schwiegermutter und der Urnenbeisetzung ihres Mannes zu der Notarin begleiten und unterstützen wollte.

Als sie mich erblickte, stand sie auf und ging auf mich zu. »Silvia, wir müssen vorher noch reden«, sagte sie nervös und zog mich ziemlich ruppig in die Ecke des Raumes. Der Stöckel ihres Schuhs knickte dabei um, Veronika stolperte und fiel mir in die Arme. Ungeachtet der Panne, die sie, hätte ich sie nicht aufgefangen, mindestens einen gezerrten Knöchel gekostet hätte, bedrängte sie mich, noch schnell mit ihr etwas zu bereden.

»Später«, sagte ich angespannt. Auch ich fühlte mich nicht wohl in meiner Haut. Die letzten Wochen waren sehr kräfteraubend für mich gewesen. »Warte, ich möchte das hier nur unterschreiben und gehen.«

»Gerade darum geht es«, sagte Veronika leise, aber bestimmt.

Ich konnte mir schon denken, dass es sicher um die Wohnung ging. Sie hatte sich ausgerechnet, dass ich aus Ärger über meine Mutter wegen Daniels Briefen die Wohnung verkaufen würde und wollte den Zuschlag bekommen. Warum eigentlich nicht? Auch wenn ich nicht verstand, wofür sie die Wohnung brauchte.

Das Geld vom Verkauf wollte ich zum Teil in meine Forschung investieren und zum Teil bedürftigen Kindern in der Dritten Welt spenden. »Keine Angst, Veronika, du kannst die Wohnung haben«, sagte ich. »Wir werden uns schon einigen.«

Sie sah mich überrascht an und lächelte bitter. »Hör mir gut zu, egal, was jetzt kommt, ich möchte, dass du mich verstehst.« Die Worte, die nach meinem Verständnis verlangten, klangen wie ein Befehl.

Was sollte ich verstehen, dachte ich, und noch bevor ich die Frage stellen konnte, rief die Notarin Veronikas und meinen Namen und bat uns, in ihr Büro zu kommen. Wir setzten uns an einen Tisch. Die junge Notarin in die Mitte, meine Freundin und ich links und rechts von ihr. Es herrschte Stille im Raum. Die Notarin blätterte in ihren Unterlagen, nahm von den Akten, die vor ihr aufgestapelt waren, die obersten drei und breitete sie vor sich aus. Sie begann die Sitzung förmlich, las die juridische Formulierung der Verhandlung und zählte die Objekte der Verlassenschaft auf. Nach jedem Satz, den sie verlesen hatte, sah sie mich prüfend an.

»Da wir zum Zeitpunkt des Todes der Erblasserin kein Testament hatten, nahmen wir an, dass ihre einzige Tochter, Frau Doktor Silvia Goralová, die Alleinerbin sei. Vor ein paar Wochen legte Frau Magister Veronika Poláková, geborene Nosková …«

In diesem Moment ließ mich meine Konzentration völlig im Stich. Ich hörte auf einmal nicht mehr die Stimme der Notarin, sondern nur das Rauschen in meinem Kopf. Was wird da gespielt, dachte ich. Warum ist Veronika überhaupt hier? Völlig überrumpelt von den Umständen, mit denen ich nicht gerechnet hatte, erfuhr ich, dass meine Mutter ein Testament zu Veronikas Gunsten unterschrieben hatte.

»Frau Goralová, wenn Sie das Testament anerkennen, erben Sie das Wohnungsinventar bestehend aus einem kompletten Wohn- und Schlafzimmer und ein Sparbuch mit einem Guthaben von 12.803 slowakischen Kronen. Nehmen Sie das Erbe an?«

Mir wurde schwarz vor Augen und es nützte auch nichts, dass mir die Notarin ein Glas Wasser reichte und das Fenster öffnete. Ich hörte nur, wie Veronika mit schriller Stimme etwas von Gerechtigkeit schrie und davon, dass sie sich nicht unterkriegen lasse. »Ich weiß, dass du schon immer auf Gregor scharf warst und dass es dich gegiftet hat, dass ich ihn bekommen habe und nicht du. Und es hat dir auch nichts genutzt, dass du in unsere Ehe wiederholt eingebrochen bist. Ja, ich wusste es und weiß es heute mehr denn je, du warst und bist eine Hure, die nichts anderes als das hier verdient.«

Veronika schrie wie von Sinnen. Die Notarin beugte sich zu mir und fragte: »Ist sie betrunken?« Betrunken oder nicht, ich verstand nicht, warum sich Veronika vor der Notarin so bloßstellte. Ihr Gesicht war rot und geschwollen, über die geschminkten Wangen rannen ihr Tränen, der unappetitliche, klebrige Schaum auf den Lippen zog bei jedem Wort Fäden. Dann fiel mir ein, dass sie mir einmal gesagt hatte, dass sie, wenn sie manchmal eine *schwierige* Situation meistern müsse, Beruhigungstabletten mit zwei doppelten Cognacs als *Problemlöser* einnehme. Ich hielt es für durchaus möglich, dass dieser Cocktail sie aller Skrupel enthob.

Noch bevor sie zur nächsten Hasstirade ansetzte, verließ die Notarin den Raum. »Ich wollte dir einen Denkzettel verpassen«, schrie Veronika, »und deine blöde Mutter hat mir dabei, ohne zu wissen, worum es geht, geholfen. Sie hat das Testament unterschrieben, weil ich ihr nicht sagte, was es für ein Dokument war. Aber das ändert nichts an der Tatsache, dass es ihre Unterschrift ist.«

Der Raum, der sich um mich drehte, eckig und weiß, war voll von Veronikas Stimme. Hinter der Fensterglaswand fuhren Autos, der Parkplatz des Einkaufszentrums hinter der Fußgängerbrücke über der Stadtautobahn begann sich zu füllen. Wie in Trance zog ich meine Jacke aus. Meine Bluse war schweißnass.

Die Tür ging auf, die Notarin kam mit einer Mappe zurück. »Werden Sie Ihr Erbe antreten?«, fragte sie und schob mir das von meiner Mutter unterschriebene Testament vor die Augen. »Ist das die Unterschrift Ihrer Mutter?«

Das Dokument war auf dem Computer verfasst und ausgedruckt, darunter eine fast kindliche Unterschrift, die ich sehr gut kannte.

»Das könnten Sie anfechten«, sagte die Notarin. »Es fehlen die Unterschriften der Zeugen. Entweder muss das Testament mit der Hand geschrieben sein oder zwei Zeugen bestätigen mit ihrer Unterschrift, dass die Person, die das Testament ausstellte und unterschrieb, freiwillig gehandelt hat.

»Und bevor ich es vergesse«, schrie Veronika noch lauter, »die Schere wirst du zurückbringen.«

»Welche Schere?«

»Stell dich nicht dümmer, als du bist. Die Schere deiner Mutter ist der wertvollste Gegenstand in der Wohnung. Ein antikes Stück. Eine Rarität. Und schau«, sie zeigte auf das Testament, »hier kannst du nachlesen, die Schere gehört mir. Alles gehört mir!«

Veronikas aufgerissene Augen drohten aus den Augenhöhlen zu springen, der verkrampfte Mund wurde immer eckiger.

»Mir ist schlecht«, sagte ich und stand abrupt auf. Auf dem Weg zur Toilette hörte ich Veronika, wie sie die angebliche Motivation meiner Mutter, mich zu enterben, zum Besten gab. »Du warst zu allem zu blöd. Nicht einmal einen Mann hast du abgekriegt, der Mutter keine Enkel geschenkt … Was glaubst du, wie sie sich deiner geschämt hat.«

Ich verriegelte die Tür und setzte mich auf den Toilettendeckel. Endlich war ich allein. In der Düsternis des kleinen Raumes, der nur mit einer schwachen Lampe über der Tür beleuchtet war, begann ich wieder normal zu denken. *Elternhäuser sind todbringend,* fiel mir ein Satz von Thomas Bernhard ein, *jedes Elternerbe todbringend und wer die Kraft dazu habe, solle diese ererbten Elternhäuser und Elternerben so schnell er kann abstoßen und sich von ihnen befreien, denn sie schnüren nur seinen Hals zu und verhindern in jedem Fall seine Entfaltung.*

Veronika hatte ihr Ziel erreicht.

Ich auch. Ich war endlich frei. Frei vom Ballast der Vergangenheit. Das Einzige, wonach ich mich sehnte, war weg zu sein. Weg von dem Ort, an dem nichts stimmte. Als ich die Tür öffnete, hörte ich, wie Veronika der Notarin lautstark erklärte, dass sie sich bei Testamenten sehr gut auskenne und dass auch ein auf dem Computer verfasstes Dokument in bestimmten Fällen zulässig sei. Sie selbst sei Juristin und kenne die Gesetze. Das alles interessierte mich nicht mehr. Entschlossen ging ich an der Sekretärin vorbei, die mit jemandem telefonierte, dem sie mit einer Klage drohte, und trat ins Freie. Die Luft war kühl und erfrischend. Ich sog sie gierig ein.

# 18

Ich gehöre zu jenen Menschen, die immer wieder an die Orte zurückkehren, wo sie einmal waren, wo sie aufgewachsen sind, wo etwas Entscheidendes in ihrem Leben passiert ist. Das Dorf meiner Kindheit existierte nicht mehr. Am Anger stand keine Linde mehr, unter der sich die Frauen allabendlich auf mitgebrachten Stühlen unterhielten und Neuigkeiten austauschten. Es gab kein Summen der Bienen im roten Klee, der die Wiese betupfte und sie zu einem duftenden Teppich verwandelte. Aus den Dorfbewohnern waren Greise geworden, die sehnsüchtig aus den blinden Fenstern der Plattenbauten schauten und an die alten Zeiten dachten, aus Kindern Erwachsene, die, soweit sie es schafften, die Siedlung verließen. Das Einzige, was geblieben war, war die alte Kirche. Ein Symbol, ein Mahnmal, ein gegen den Berg gedrücktes Gotteshaus, das mit steinerner Geduld der Zeit trotzte.

Es war kurz vor zwölf, die Sonne stand hoch am Himmel, der Mittagsverkehr nahm zu. Je weiter ich mich von der Stadt entfernte, umso mehr Autos fuhren an mir vorbei. Als notorische Langsamfahrerin – in extremen Situationen fahre ich noch langsamer als sonst – hatte ich die Möglichkeit, das Innenleben der überholenden Autos zu studieren. Ich sah einsame Fahrer, die vor sich hinstarrten, gestresste Geschäftsleute, die telefonierten, streitende Ehepaare, genervte Mütter mit tobenden Kindern im Fond.

In die Siedlung eingebogen, fuhr ich an Mutters und Terezas Wohnhäusern so schnell wie nur möglich vorbei, nur damit ich nicht nachdenken musste. Für Zorn oder Melancholie hatte ich an diesem Tag keine Zeit. Wichtiger war mir, noch vor dem Begräbnis innezuhalten und mir ein wenig Kraft zu holen.

Hinter dem Hochhaus, wo die kleine Kirche stand, wohin die Sonne nie gelangte, war die Erde feucht und matschig. Die losen Triebe des Efeus hingen noch trauriger von dem Zauntorso herunter als an dem Tag, als ich zuletzt hier gewesen war, und schaukelten leise mit eingerollten, braunen Blättern im leichten Wind hin und her. Das Moos an der steinernen Mauer schien noch höher gekrochen zu sein und glänzte feucht.

Vorsichtig trat ich über die wackeligen Latten, die zum Schutz der Schuhe vor dem Eingang ausgelegt waren, und hoffte, dass das Tor unversperrt war. Ich hatte Glück. Die schmiedeeiserne Türschnalle auf Höhe meiner Schultern ließ nach und ich durfte zum letzten Mal meine Vergangenheit betreten. An diesem Tag schwor ich mir, mit allem was war abzuschließen. Als ein Zeichen dafür wollte ich noch vier Kerzen anzünden – eine für meine Mutter, der ich trotz allem, was sie mir angetan hatte, Frieden wünschte, eine für Tereza, die es erfolglos gut gemeint hatte, eine für Gregor, der, ob ich es wollte oder nicht, auch einer meiner Lebensbegleiter gewesen war, und eine besondere für Daniel, der lebte, den ich immer noch liebte und nicht vergessen konnte.

Meine Schritte hallten in der leeren Kirche, als ich zum Marienaltar schritt und die Münzen in den Schlitz der kleinen Kassa warf. Sie fielen blechern hinein und blieben auf dem Boden des verrosteten Behälters liegen. Dann zündete ich die Kerzen an, bekreuzigte mich und versuchte ein Gebet zu formulieren, zu dem mir die Worte fehlten, weil ich den Glauben, der mich durchs Leben geführt hatte, anzweifelte.

Von draußen drang schwaches Licht durch die beschädigten und mit Patina überzogenen Mosaikfenster über dem Altar herein, die die biblischen Szenen von der Geburt Jesu bis zu seiner Kreuzigung zeigten. Aus einem Spalt im kaputten Dach, unter dem auf dem Kirchenboden eine Pfütze glänzte und den drohenden Verfall deutlich machte, drang ein einziger gebündelter Sonnenstrahl in die Dunkelheit, der wie eine goldene Nadel das Kirchenschiff durchfuhr und das Gesicht des Jesuskindes auf dem

Altarbild erreichte. Das sonnenbestrahlte kindliche Antlitz auf dem zerfurchten Gemälde wirkte sehr friedlich. Mein Atem beruhigte sich, der Herzschlag wurde langsamer.

Ich sah zu der Orgel über dem Eingang, betrachtete die geometrisch angeordneten Pfeifen und sah auf einmal eine Taube auf dem Chorgeländer sitzen. Es war eine deutsche Brieftaube mit einem gelben Nummernring und einem schwarzen Chipring. Sie sah der Taube ähnlich, die ich vor einer Woche auf Mutters Balkon gesehen hatte. Oder war es dieselbe?

Es war nichts Ungewöhnliches, eine Taube in einer Kirche zu sehen. Die Vögel verflogen sich oft in geschlossene Räume, mit Vorliebe in Kaufhäuser oder Bahnhöfe, sogar auf dem Flughafen hatte ich Tauben gesehen, die die Reste von den Buffettischen pickten und in den unerreichbaren futuristischen Dachkonstruktionen verschwanden.

Die Taube auf dem Geländer begann zu gurren. Sie gurrte so laut, dass es fast unheimlich war. Weil ich sie aus der Nähe sehen wollte, stieg ich vorsichtig die Treppe zu der Orgel hinauf. Die Holzstufen knarrten unter mir, daran hatte sich seit meiner Kindheit nichts geändert. Als wir damals jeden Sonntag hinaufgestiegen waren und die Messlieder gesungen hatten, hatte die Treppe genauso laut geknarrt.

Als ich oben angekommen war, saß die Taube nicht mehr auf ihrem Platz. Ich sah mich um und fand sie auf dem Kopf des heiligen Antonius sitzen. Ich ging näher zum Geländer und lehnte mich weit nach vorne. Das hatte ich schon als Schulmädchen gemacht, weil ich immer sehen wollte, wer schon da oder wer gerade gekommen war. Dort oben hatte ich das Gefühl gehabt, dass die Kirche nur mir gehörte.

Der Blick vom Chorgestühl war wie ein Besuch in meiner Kindheit. Jetzt nach Jahren wirkte alles kleiner und zerbrechlicher, als ich es in Erinnerung gehabt hatte. Sogar der Altar, der mir früher riesig und mächtig vorgekommen war, war in Wirklichkeit nur ein mit einem weißen Leintuch verkleideter und mit Lilien und Callas geschmückter Tisch. Die Stelle, auf der während der Messen die Heilige Schrift lag, war von zwei Kerzenständern umrandet, in denen dicke Kerzen brannten. Die Altarkerzen hatten wir im Religionsunterricht gebastelt und sie mit Ornamenten aus buntem Wachs verziert, diese jedoch waren weiß und kahl.

Das Gurren verstummte, die Taube verschwand. Ich sah hinauf, ob ich ein größeres Loch im Dach entdeckte, fand aber keines, das geeignet gewesen wäre, eine Taube durchzulassen. Es war so still in dem Gotteshaus, dass ich das Pochen meines eigenen Herzens hörte. Ansonsten kein Geräusch. Und plötzlich knarrte die Tür und ein Sonnenstrahl fiel in die friedvolle Stille und Dunkelheit. Mit lauten Schritten auf dem Steinboden betrat ein Mann mit Hut den Kircheninnenraum. Er blieb beim offenen Eingang stehen, als ob er überlegte, wieder hinauszugehen. Dann nahm er seinen Hut ab und griff zaghaft mit seiner rechten Hand in den Weihwasserkessel, bekreuzigte sich und ging langsam zum Altar. In diesem Augenblick flatterten Taubenflügel über seinem Kopf ins Freie.

Der Unbekannte war groß gewachsen und stattlich gebaut, seine khakigrüne Freizeitkleidung entsprach nicht dem üblichen Bild eines Kirchengehers. Wer war er und warum war er hier? Eine Vorahnung überfiel mich, ein Gefühl, an das ich mich leise erinnerte.

Vorsichtig, beinah unhörbar, stieg ich die knarrenden Stufen hinunter, schritt den Gang zwischen den Sitzreihen nach vorne und schlich mich an den Fremden an, der vorne stand und das vergilbte und längst restaurierungsbedürftige Altarbild betrachtete.

Es war nicht meine Art, fremde Menschen anzusprechen, aber in diesem Fall musste ich es tun. »Suchen Sie jemanden?«, fragte ich in der Hoffnung, dass er sich mir zuwenden würde und ich sein Gesicht sehen könnte.

Der Fremde drehte sich langsam zu mir um. Im Licht, das

durch die offene Kirchentür auf ihn fiel, sah ich zuerst seinen grau melierten Bart, dann die fast weißen Haare und erst dann die Augen. Die himmelblauen Augen, die ich so gut kannte.

Daniel.

»Ja, ich suche jemanden«, sagte er und machte eine kleine Pause. »Dich.«

Wir standen uns gegenüber und wussten nicht, was wir sagen sollten. In diesem Moment zu reden wäre sowieso überflüssig gewesen, denn die Tatsache, dass wir uns an dem Ort, an dem wir uns zuletzt gesehen hatten, nach Jahrzehnten zufällig trafen, war stärker als jedes Wort. Unfähig, die Realität zu erfassen, erstarrten wir für einige Sekunden und sahen uns an. Dann breitete Daniel seine Arme aus und drückte mich fest an sich.

Während der Fahrt zum Friedhof sprachen wir wenig. Wir waren über unser Zusammenkommen so gerührt und glücklich, dass die pure Anwesenheit des anderen ausreichend war. Ich spürte ihn an meiner Seite, mehr brauchte ich nicht.

Als wir auf dem Lärchental-Friedhof ankamen, stand schon eine kleine Trauergemeinde rund um das Polák-Grab, über dem der Sarg mit Terezas sterblichen Überresten auf einer Liftkonstruktion lag. Ein Ministrant neben dem Pfarrer hielt die Urne mit Gregors Asche, die neben seiner Mutter bestattet werden sollte. Die schwarz gekleideten Menschen sahen kurz zu uns auf, dann senkten sie ihre Blicke.

Veronika, die mit ihren Töchtern und deren Lebenspartnern neben dem Pfarrer an der Kopfseite des Sarges stand, tupfte ihre Tränen unter der Sonnenbrille mit einem Spitzentaschentuch ab und schluchzte leise. »Sie wird uns allen fehlen«, wimmerte sie leise, aber laut genug, damit es die Leute hören konnten. Sie trug dasselbe Kostüm wie am Vormittag und war damit eindeutig die bestangezogene Frau auf dem Friedhof. Nur die hohen Stöckel ihrer Schuhe, die sich in die weiche Erde bohrten und voller Lehm waren, passten nicht zu ihrem perfekten Outfit.

Von Zeit zu Zeit betrachtete sie mich aus den Augenwinkeln, wobei sie ihr Kinn anhob, als blickte sie unter der Sonnenbrille durch. Bei diesem schwierigen Balanceakt stolperte sie ein wenig, was ihr wiederum half, die schwere Trauer um ihre Schwiegermutter zu demonstrieren. Die Vorstellung war perfekt.

Der Priester, es war der, der eine Woche zuvor die Asche meiner Mutter eingesegnet hatte, hielt die gleiche Predigt wie bei ihr, wiederholte Wort für Wort, nur diesmal langsamer und pathetischer, was sicher mit der größeren Trauergemeinde und der Wichtigkeit der Verblichenen und ihrer Hinterbliebenen zu tun hatte.

Als die Bestatter den Sarg hinunterließen, heulte Veronika laut auf und warf sich Anna in die Arme. Lena öffnete die Urne mit der Asche ihres Vaters und schüttete den Inhalt ins Grab. Der Priester segnete die Toten, die Trauergäste warfen Tereza und Gregor Blumen und je eine Schaufel krümeliger Erde nach.

Daniel war tief bewegt. Er hatte vom Tod seines Bruders nichts gewusst. Und auch dass seine Mutter gestorben war, hatte er erst von mir erfahren. Er weinte nicht, aber ich spürte, dass er litt und sich Vorwürfe machte.

»Wer ist der Mann, der Silvia begleitet?«, hörte ich jemanden fragen und begriff, dass keiner Daniel erkannt hatte. Auch er machte sich nicht die Mühe, die anderen über seine Rückkehr in Kenntnis zu setzen. Er stand nur mit dem Hut in der Hand da und blickte zu Boden.

Ich verabschiedete mich von Anna und Lena, die mir versprachen, mich bald zu besuchen. Veronika, die die Absicht ihrer Töchter sichtlich nicht billigte, mied ich. Es hatte keinen Sinn, sie nach ihrem Auftritt vom Morgen anzusprechen.

Daniel stand abseits, ohne jemandem die Hand zu drücken. Nicht seiner Schwägerin und nicht seinen Nichten, die er zum ersten Mal in seinem Leben sah. Als wir gingen, hörten wir, wie Veronika sagte: »Die Frau ist unverschämt. Sie traut sich mit ihrem Anwalt hierherzukommen.«

In der Stadt suchten wir die Kinderkonditorei, die wir beide geliebt hatten, die es aber nicht mehr gab. An ihrer Stelle war ein In-Lokal mit weißen Tischdecken und Stuhlbezügen, die nicht nur auf uns steril und unpersönlich wirkten, denn das Restaurant war leer. Wir setzten uns in ein anderes Café und versuchten, die fehlenden Seiten in unseren Biografien mit Inhalt zu füllen.

»Wo wohnst du?«

»In Wien. Und du?«

»Im Moment nirgends.«

»Wo ist das?«

»In einem Hotel.«

Daniel hatte in Amerika seine Zelte abgebrochen. Alles, was er besaß, passte in zwei Koffer. Er war frei.

Wie oft hatte ich mir vorgestellt, wie es sein würde, wenn ich Daniel plötzlich treffen würde. Und jetzt saß ich ihm gegenüber und war nicht imstande, meine Gefühle auszudrücken. Aus Angst vor großen Emotionen zwang ich mich, an etwas ganz Einfaches und Normales zu denken. Ich werde morgen eine Vorlesung halten, überlegte ich, und vor meinen Studenten über den Beginn einer Taubenzucht referieren und, wenn es die Zeit zulässt, auch die seltenen Rassen wie Krontauben erwähnen. Es wird ein ganz normaler Tag werden, redete ich mir ein, Alltag einer Frau und eines Mannes, die einander lieben und zusammen leben, es wird nichts Besonderes oder Unerwartetes passieren. Ich werde wie immer meine Arbeit tun, danach mit Daniel durch den Volksgarten spazieren, wir werden in meinem Stammcafé einen Verlängerten trinken, nach Hause fahren, uns auf den nächsten Tag freuen, uns vornehmen, öfter ins Theater oder ins Kino zu gehen, auf Urlaub fahren, ans Meer, vielleicht nach Bulgarien, um Antoaneta, meine Mitbewohnerin aus dem Studentenheim, zu besuchen.

Der Kaffee vor uns war kalt geworden.

Unbemerkt brach der Abend an, wir fuhren nach Wien. Ohne ein Wort darüber zu verlieren, passierten wir die menschenleere

Grenze. Erst als Bratislava außer Sichtweite war, begannen wir zu reden.

»Du hast dich verändert«, sagte ich.

»Du überhaupt nicht«, antwortete er. »Wenn, dann nur ein bisschen.«

»Es wird Zeit, dass wir uns kennenlernen.«

»Daniel. Ich heiße Daniel.«

»Silvia.«

»Ich möchte dich Columbina nennen.«

*Dies ist ein Roman und die Figuren darin entspringen der Fantasie. Jede Ähnlichkeit mit lebenden oder verstorbenen Personen ist zufällig und nicht beabsichtigt, denn diese Geschichte ist ein Puzzle aus erfundenen Namen und Orten, die, einmal geändert, eine andere Geschichte ergeben würden.*